KB080743

Jean Rhys
Voyage in the Dark

•

어둠속의 항해

창 비 세 계 문 학

66
•

어둠속의 항해

•

진 리스

최선령 옮김

창비

차례

•

일러두기

1. 이 책은 Jean Rhys, *Voyage in the Dark*(Norton 1994)를 번역 저본으로 삼았다.

2. 본문 중의 각주는 옮긴이의 것이다.

3. 본문 중의 고딕체는 원서에서 이탤릭체로 강조한 부분이다.

4. 외국어는 되도록 현지 발음에 가깝게 표기하되, 우리말 표기가 굳어진 것은 관용을
　 따랐다.

제1부

1

막이 내려와 그때까지 내가 알던 모든 걸 덮어버린 듯했다. 거의 다시 태어나는 일과 같았다. 색깔도 다르고 냄새도 다르며, 사물이 곧장 사람의 내면에 일으키는 감정도 달랐다. 더위와 추위, 빛과 어둠, 자주색과 회색의 차이에 그치는 게 아니었다. 내가 공포를 느끼거나 행복을 느끼는 방식의 차이이기도 했다. 처음에 나는 영국이 마음에 들지 않았다. 그 추위에 익숙해지질 않았다. 이따금 눈을 감고 벽난로라든가 내 몸을 휘감은 이불에서 전해지는 온기가 태양열인 양 상상해보았다. 또는 내가 고향 집 문밖에 서서 만灣으로 이어지는 마켓 스트리트를 내려다보고 있는 양 상상해보곤 했다.

산들바람이 불 때 바다는 무수히 많은 스팽글처럼 반짝였고, 잔잔한 날에는 티레나 시돈¹과 같은 자줏빛이었다. 마켓 스트리트에서는 바람 냄새가 났지만 비좁은 거리에서는 검둥이들 냄새와 장작 연기 냄새 그리고 라드에 튀겨낸 어묵 냄새가 났다. (싸바나에서 어묵을 파는 흑인 여자들은 그것을 쟁반에 담아 머리에 이고 다니며 외친다. "어묵이요, 진짜 고소하고 맛나요, 진짜 고소하고 맛나요.") 이상하게도, 다른 무엇보다 이런 생각이 제일 많이 났다—거리거리에서 나는 냄새라든가 프랜지파니와 라임주스와 계피와 정향나무 냄새, 생강과 시럽이 들어간 과자 냄새, 장례식이나 성체축일 행렬 뒤의 향냄새, 우리 집 바로 옆 진료소 밖에 서 있는 환자들 냄새, 그리고 바닷바람 냄새와 육지에서 부는 바람의 또다른 냄새.

가끔은 내가 그곳으로 돌아가 있는 듯하고 영국은 하룻밤 꿈처럼 느껴졌다. 어떤 때는 영국이 실제이고 그곳이 꿈이었는데, 나는 결코 그 둘을 제대로 끼워맞추지 못했다.

시간이 어느정도 지나자 나는 영국에 익숙해졌고 그런대로 영국을 좋아하게 되었다. 그 추위만 빼고, 또 우리가 가는 마을마다 완전히 똑같아 보인다는 사실만 빼고는 모든 것에 익숙해졌다. 계속 다른 장소로 옮겨다녀도 계속 같은 풍경이었다. 어떤 작은 잿빛 거리를 따라가다보면 극장 뒷문으로 이어지고, 또다른 작은 잿빛 거리를 따라가면 하숙집들이 나왔다. 늘어선 작은 집마다 모형 중

---

1 티레와 시돈 모두 고대 페니키아의 항구도시. 현재의 레바논 지역에 해당한다.

기선의 굴뚝처럼 생긴 굴뚝에서 하늘과 같은 색깔의 연기를 뿜어 냈다. 회갈색이나 회녹색 바다와 나란히 잿빛 돌이 깔린 산책로가 휑하니 곧게 뻗어 있고, 이리저리 거닐며 가게들을 구경하노라면 코퍼레이션 스트리트나 하이 스트리트 혹은 듀크 스트리트나 로드 스트리트를 지나는 것이었다.

싸우스시[2]가 바로 이런 곳이었다.

우리는 좋은 셋방을 얻었다. 처음에 집주인은 "난 배우들한테는 세 안 놔요"라고 말했다. 하지만 우리 면전에서 문을 꽝 닫거나 하지는 않았고, 모디가 최대한 귀부인 같은 목소리를 내어 잠시 이야기를 하자 그녀는 "뭐, 이번 한번은 예외로 해도 되겠죠"라고 말했다. 그런데 우리가 그곳에 묵은 지 이틀째 되는 날 그녀는 우리 둘다 늦게 일어났다고, 또 모디가 나이트가운과 찢어진 키모노를 입은 채 아래층에 내려왔다고 한바탕 법석을 떨었다.

"그렇게 반벌거숭이로 내 거실 창가에 나타나다니." 집주인은 말했다. "게다가 오후 3시에 내려오질 않나. 우리 집 이름에 먹칠을 하는 중이네."

"진정해요, 아줌마." 모디가 말했다. "올라가서 금방 옷 갖춰 입을 거예요. 아침에 머리가 빠개질 듯 아팠거든요."

"이봐요, 난 그 꼴은 못 봐줘요." 집주인이 말했다. "정찬 먹으러 아래층에 내려올 때는 점잖게 입고 나와야지. 잠옷은 안돼요."

그러고는 문을 탕 닫았다.

---

2 Southsea. 영국 남부 포츠머스에 있는 바닷가 휴양지.

"못살아." 모디가 말했다. "내가 못살아, 저 심술맞은 할망구가 내 신경을 긁기 시작하네. 나한테 한마디만 더 하면 아주 따끔하게 혼내줄 거야."

"전혀 신경 쓸 거 없어요." 내가 말했다.

나는 소파에 누워서 『나나』[3]를 읽고 있었다. 종이 표지에 통통하고 가무잡잡한 여자가 건배하듯 와인잔을 내밀고 있는 컬러 그림이 인쇄된 책이었다. 여자는 야회복을 입은 대머리 남자의 무릎 위에 앉아 있었다. 활자가 아주 작았는데, 그 끝없는 글자의 행렬은 내게 기묘한 느낌을 주었다 ─ 슬프기도 하고 설레기도 하고 무섭기도 했다. 그런 감정을 일으키는 것은 읽고 있는 책의 내용이 아니라 한없이 이어지는 그 검고 흐릿한 글자의 모양이었다.

소파 뒤편에는 유리로 된 문이 있었다. 그 문을 통해 가구가 없는 작은 방이 보였고, 이어서 또다른 유리문을 지나면 담장으로 둘러싸인 정원이 나왔다. 뒷담 가까이에 서 있는 나무는 가지가 잘려나가서 마치 사지 없이 몸통만 있는 사람처럼 보였다. 널어놓은 빨래들이 누르스름한 빛을 받으며 미동도 없이 축 늘어져 있었다.

"옷 입을게." 모디가 말했다. "그런 다음에 나가서 바람 좀 쐬자. 극장에 가서 무슨 편지라도 와 있는지 보고. 그거 야한 책 아니야?"

"괜찮은 데도 좀 있어요." 내가 말했다.

모디가 말했다. "나 알아. 그거 어떤 매춘부 얘기잖아. 역겨워. 내 장담하는데 매춘부에 관한 책을 쓰는 남자는 이런저런 거짓말을

───────────
3 에밀 졸라의 1880년 소설. 빠리의 아름다운 신인 배우 나나가 상류사회 남자들을 매혹해 방탕하게 살다가 파멸해가는 과정을 그렸다.

해대는 거야. 사실 모든 책이 다 그 모양이지 — 그저 사람들한테 되는대로 쑤셔넣는 작자들이라니까."

모디는 큰 키에 말랐고 콧대가 이마에서부터 곧게 뻗어내려왔다. 머리카락은 연노란빛이었으며 살결은 새하얗고 고왔다. 웃을 때면 한쪽으로 치아 하나가 빠진 것이 보였다. 그녀는 스물여덟살이었고 그간 온갖 일을 겪었다. 밤에 극장에서 돌아오면 내게 그런 일들에 대해 말하곤 했다. "좀 있어 보이는 법만 배우면 돼, 그럼 문제없어." 그녀는 입버릇처럼 말했다. 함께 침대에 누워, 양 갈래로 길게 땋은 노란 머리채를 하얗고 기다란 얼굴 양쪽으로 늘어뜨린 채.

"있어 보인다, 바로 그거야." 그녀는 입버릇처럼 말했다.

극장에 우리 앞으로 온 편지는 없었다.

모디는 내가 원하는 스타킹을 살 수 있는 가게를 안다고 말했다. "바로 저 거리를 따라가면 그 가게 앞이 나와."

우리가 지나쳐가는 집들 중 어딘가에서 누가 피아노를 치고 있었다 — 물 흐르듯 영롱한 소리. 그 소리를 듣고 싶어서 나는 아주 느리게 걷기 시작했다. 그러나 소리는 점점 멀어지다가 더이상 들리지 않았다. '영원히 사라졌다'고 나는 생각했다. 꼭 울고 싶은 것처럼 목이 메는 느낌이었다.

"너한텐 뭔가가 있는데," 모디가 말했다. "넌 항상 귀부인처럼 보여."

"세상에, 누가 귀부인처럼 보이고 싶어하겠어요?" 내가 대꾸했다.

우리는 계속 걸었다.

"돌아보지 마." 모디가 말했다. "남자 둘이 우리를 따라오고 있어. 내 생각에 저 남자들 우리랑 사귀려는 거야."

두 남자는 우리 옆을 지나쳐 아주 천천히 앞서 나아갔다. 그중 하나는 양손을 호주머니에 넣고 있었다. 나는 그 남자가 걷는 모습이 맘에 들었다. 뒤를 돌아보며 웃은 건 다른 남자, 키가 더 큰 쪽이었다.

모디가 키득거렸다.

"안녕하세요." 그가 인사했다. "산책 중이신가요? 날씨 좋죠? 10월치고 아주 따뜻해요."

"네, 바람 좀 쐬고 있어요." 모디가 대답했다. "그게 다는 아니지만, 물론."

모두 웃었다. 우린 짝을 맞추었다. 모디는 키 큰 남자와 함께 앞서 걸어갔다. 다른 남자가 한두번 나를 곁눈질했다 ─ 그네들이 늘 그러듯이 잽싸게 위아래를 훑어보는 식으로 ─ 그러고는 어디 가는 길이냐고 물었다.

"스타킹 사려고 이 가게로 오는 길이었어요." 내가 말했다.

모두들 나와 함께 그 가게로 들어갔다. 나는 스타킹 두켤레가 ─ 양옆으로 자수 장식이 있는 라일사絲로 ─ 필요하다고 말했고, 고르는 데 시간이 오래 걸렸다. 나와 같이 걸어온 남자가 스타킹 값을 내겠다고 해서 나는 그러도록 했다.

밖으로 나오자 모디가 말했다. "꽤 쌀쌀해졌네요, 그렇죠? 두분 우리 셋집에 가서 차 한잔 안하실래요? 우린 여기서 꽤 가까운 데 살아요."

키 큰 남자는 약간 빠져나가고 싶어하는 듯 보였지만, 다른 남자가 같이 가고 싶다고 말했다. 가는 길에 남자들은 포트와인 두병과 케이크를 좀 샀다.

우리는 현관 열쇠를 가지고 있지 않았다. 나는 집주인이 우리를 들일 때 분명 무례하게 굴 거라고 생각했다. 하지만 그녀는 문을 열고 아무 말 없이 빤히 쳐다보기만 했다.

거실에 벽난로가 있었다. 모디가 성냥을 그어 가스에 불을 붙였다. 벽난로 선반 위에는 커다란 검은색 시계 양옆으로 허공에 앞발을 치켜든 청동 말이 하나씩 놓여 있었다. 파란색 접시들이 벽에 일정한 간격으로 걸려 있었다.

"집처럼 편하게 계세요, 두분." 모디가 말했다. "그럼 제가 목하 「푸른 왈츠」를 공연 중인 애나 모건 양과 모디 비어든 양을 소개할 게요. 포트와인 병을 따는 게 어떨까요? 코르크 따개를 가져다드리 죠, 아무개 씨. 그런데 당신 이름이 뭐예요?"

키 큰 남자는 대답하지 않았다. 모디의 어깨 너머로 시선을 둔 그의 눈은 동그랗고 흐릿했다. 다른 남자가 기침을 했다.

모디는 런던 사투리로 말했다. "당신에게 말하고 있었는데요, 오러스.[4] 당신 들었죠. 귀머거리 아니잖아요. 이름이 뭐냐고 물었어요."

"존스." 키 큰 남자가 말했다. "존스가 내 이름입니다."

"계속하세요." 모디가 말했다.

그는 짜증이 난 듯 보였다.

"그거 좀 우습네." 다른 남자가 말하며 웃기 시작했다.

----

4 런던 사투리로 Horace와 heard에서 h 발음을 생략하고 있다.

"뭐가 우스워요?" 내가 물었다.

"있잖아요, 존스가 저 친구 이름이에요."

"오, 그래요?" 내가 말했다.

그는 웃음을 멈췄다. "내 이름은 제프리스고요."

"정말요?" 내가 되물었다. "제프리스라고요?"

"존스와 제프리스라," 모디가 말했다. "기억하기 어렵진 않군요."

난 두 남자가 다 싫었다. 네가 누군가를 마음에 들어하면 그 사람은 꼭 네게 무례하게 군다. 서로 호감을 재는 작업이 끝난 뒤에는 늘 호감을 받는 쪽이 상대에게 무례하게 굴어도 된다고 생각하는 것이다.

하지만 포트와인 한잔을 비우고 나서는 나 역시 웃기 시작했고, 그러자 멈출 수가 없었다. 나는 벽난로 위쪽에 걸린 거울로 웃고 있는 내 모습을 보았다.

"몇살이죠?" 제프리스 씨가 물었다.

"열여덟살이요. 더 많을 거라고 생각했나요?"

"아니요," 그는 말했다. "그 반대예요."

존스 씨가 말했다. "저 친구는 당신들 중 한명은 열여덟살, 다른 한명은 스물두살이란 걸 알았어요. 당신네 아가씨들이란 나이가 딱 두가지뿐이잖아요. 당신이 열여덟살이니까 당연히 당신 친구는 스물두살이죠. 당연해요."

"당신이 그 영리하다는 사람들 중 하나인가보죠?" 모디가 턱을 삐죽 내밀면서 말했다. 언짢을 때 그녀가 항상 하는 버릇이었다. "모든 걸 다 아시네요."

"저, 난 열여덟살이에요." 내가 말했다. "원하시면 출생증명서를 보여줄 수도 있어요."

"아니, 우리 꼬마 아가씨, 아니에요. 그럴 필요까진 없어요." 존스 씨가 말했다.

그는 포트와인 병을 가져와서 내 잔을 다시 채웠다. 내 손과 닿자 그는 부르르 떠는 척했다. "어이쿠 세상에, 얼음처럼 차네. 차고 좀 축축해."

"쟤는 항상 차가워요." 모디가 말했다. "어쩔 수 없어요. 뜨거운 지방에서 태어났거든요. 서인도제도인가 어디서 태어났어요. 그렇지 애? 극장 아가씨들은 쟤를 호텐토트[5]라고 불러요. 패씸하지 않아요?"

"아니, 호텐토트라고요?" 제프리스 씨가 말했다. "당신이 그들에게 더 심한 말로 갚아주면 좋겠네요."

그는 아주 빠르게 말했지만 각각의 단어를 또박또박 발음했다. 다른 남자들이 대개 그러는 것과 달리 내 가슴이나 다리를 쳐다보지 않았다. 적어도 내가 보기에는. 그는 나를 똑바로 쳐다보면서 내가 하는 모든 말을 예의 바르고 주의 깊은 표정으로 들었다. 그런 다음 나를 다 파악했다는 듯 시선을 돌리며 미소 지었다.

그는 내게 영국에 산 지 얼마나 되었냐고 물었고, 나는 "2년"이라고 말했다. 그리고 우리는 순회공연에 대해 이야기했다. 우리 극단은 브라이턴을 거쳐 이스트본으로 갈 예정이었고, 그런 다음 런

---

5 남아프리카에 살았던 코이코이족을 가리키는 경멸적 표현. 흔히 유색인종을 비하하는 욕설로 쓰였다.

던에서 공연을 마칠 터였다.

"런던이요?" 존스 씨가 눈썹을 치키며 말했다.

"음, 홀러웨이[6]요. 홀러웨이가 런던이잖아요?"

"물론 그렇죠." 제프리스 씨가 말했다.

"공연 이야기는 그 정도로 됐고요." 모디가 말했다. 그녀는 여전히 언짢아 보였다. "기분을 바꿔볼 겸 이제 당신들에 관해 말해줘요. 나이는 어떻게 되고 무슨 일로 먹고사는지요. 그냥 기분을 바꿔보자는 뜻으로 묻는 거예요."

제프리스 씨가 말했다. "난 씨티[7]에서 일해요. 아주 열심히 일하죠."

"그 말은 다른 사람들이 당신을 위해 열심히 일한다는 뜻이군요." 모디가 말했다. "그럼 '사자 굴 속 대니얼'[8]은 뭘 하시죠? 하지만 그에게 물어봐야 소용없지. 대답 안 할 거야. 기운 내요, 대니얼, 당신 뱀 부리는 사람에 관한 농담 알아요?"

"아니요, 그런 농담은 모르겠는데요." 존스 씨가 딱딱하게 대꾸했다.

모디는 뱀 부리는 사람에 관한 농담을 했다. 그들은 많이 웃지 않았다. 이윽고 존스 씨가 헛기침을 하더니 자기들은 이만 가봐야겠다고 말했다.

---

6 여자 교도소가 있었던 런던 북부의 한 구역.
7 런던 중심부의 금융가.
8 구약성경 다니엘서 6장의 내용. 다니엘(대니얼)은 메디아 왕 다리우스의 신임을 한 몸에 받은 뛰어난 재상으로, 그를 시기한 신하들에 의해 사자 굴에 갇혔다가 하느님의 은총으로 살아남는다.

"우리가 오늘밤에 당신들 공연을 볼 수 있으면 좋겠는데," 제프리스 씨가 말했다. "유감스럽게도 안되겠군요. 두분이 런던에 오시면 우리 꼭 다시 만납시다. 그래요, 반드시 다시 만나야 해요."

"아마도 어느날 나와 저녁식사를 같이하게 될 거예요, 모건 양." 그가 말했다. "약속을 정할 수 있게 당신이 머물 곳 주소를 알려주겠어요?"

나는 대답했다. "우리는 2주 뒤면 홀러웨이에 있겠지만, 이게 내고정 주소예요." 나는 주소를 썼다.

미스 애나 모건

헤스터 모건 부인 전교

펠사이드 로드 118번지

일클리

요크셔.

"이 부인은 어머니인가요?"

"아니요, 헤스터는 내 새어머니예요."

"우리 꼭 만나기로 합시다." 그가 말했다. "그날을 고대할게요."

우리는 거리로 나가 그들에게 작별 인사를 했다. 나는 내가 그렇게 키득댈 수 있다는 게 이상한 일이라는 생각을 하는 중이었다. 왜냐하면 내 마음은 이곳의 추위가 내 가슴에 입힌 것과 같은 종류의 상처를 입은 채 언제나 슬픔에 잠겨 있었기 때문이다.

우리는 다시 거실로 돌아왔다. 문밖에서 집주인이 복도를 따라 걸어오는 소리가 들렸다.

"또 한바탕 난리를 치려나보군." 모디가 말했다.

우리는 귀를 기울였다. 하지만 그녀는 들어오지 않고 문 앞을 지나쳐갔다.

모디가 말했다. "내가 궁금한 건 이거야. 대체 왜 아무 이유도 없이 그 남자들은 자기들이 사람을 모욕할 권리를 가졌다고 생각할까? 그게 바로 내가 궁금한 거야."

나는 불 쪽으로 바짝 다가갔다. 그러곤 생각했다. '10월이야. 겨울이 오고 있어.'

"너 네 남자랑 죽이 잘 맞더라?" 모디가 말했다. "내 남자는 좀 별로야. 그 인간이 내가 스물두살이라는 둥 하면서 비웃는 식으로 말하는 거 들었어?"

"난 둘 다 싫어요." 내가 말했다.

"그래도 주소는 냉큼 주던데?" 모디가 말했다. "그것도 나쁘지 않아. 그 사람이 만나자고 하면 만나. 그 남자들 돈깨나 있어. 금방 알 수 있지 않니? 누구라도 알 수 있지. 돈 있는 남자와 돈 없는 남자는 완전히 다르거든."

"너처럼 그렇게 덜덜 떠는 사람은 처음 봤다." 그녀가 말했다. "끔찍하네. 일부러 그러는 거야 뭐야? 소파에 가 앉아, 원한다면 내 커다란 코트를 덮어줄게."

코트에서는 어떤 따스한 동물 냄새와 싸구려 향수 냄새가 났다.

"비브가 내게 그 코트를 줬지." 모디가 말했다. "그 사람은 그래. 뭐 많은 걸 주지는 않지만 주면 좋은 걸 주거든, 조잡하지 않은."

"유대인처럼 말이죠." 내가 말했다. "그 사람 유대인이에요?"

"물론 아니야. 내가 말했잖아."

그녀는 코트를 준 그 남자에 대한 말을 이어갔다. 그의 이름은 비비언 로버츠였고, 그녀는 오랫동안 그를 사랑해왔다. 아직도 순회공연 사이사이 런던에 들를 때 그를 만났지만, 정말 어쩌다 한번씩이었다. 그녀는 그가 관계를 끝낼 게 분명하지만, 조심성 있고 모든 일을 차근차근 하는 사람이기 때문에, 차근차근 그렇게 할 거라고 말했다.

그녀는 계속해서 그에 대해 떠들었다. 나는 듣지 않았다.

바깥 거리는 얼마나 추울 것이며 분장실은 또 얼마나 추울지를 생각하고 내 자리는 문 옆이라 외풍이 있다는 것을 생각한다. 항상 그랬다. 지독하게 유감스러운 일. 그리고 로리 게이너에 대한 생각. 그 주에 내 옆자리에서 분장을 하고 있었다. 숫처녀, 그녀는 나를 그렇게 부른다. 가끔은 철부지라고 부르기도 한다. ("저 문 좀 어떻게 항상 닫아놓을 수는 없니 숫처녀, 이 철부지야?") 하지만 나는 다른 누구보다도 그녀를 좋아한다. 좋은 사람이다. 내가 정말로 좋아하는 유일한 사람이다. 또한 그 추운 밤들. 서막용 의상을 입었을 때 내 쇄골이 뾰족하게 도드라진 모양. 목을 통통하게 만들어줄 뭔가를 살 수도 있다. 비너스 카르니스.[9] '볼륨 없이 매혹은 불가능한 일. 숙녀 여러분, 자신의 매력을 실현하세요.' 하지만 3기니나 하는데, 내가 어디서 3기니를 번단 말인가? 또한 그 추운 밤들, 지독하

---

9 여성의 가슴을 풍만하게 키우는 약으로 당대에 선전된 제품.

게 추운 그 밤들.

북위 15도 10분과 15도 40분 사이, 서경 61도 14분과 61도 30분 사이에 위치. "큰 섬으로 일부는 산악 지대, 그러나 온통 수풀로 덮여 있음." 책에 그렇게 쓰여 있었다. 손아귀에 종잇장을 구겨넣은 듯 모든 것이 언덕이나 산 — 둥그스름한 녹색 언덕이나 깎아지른 산으로 구겨져 있다.

막이 내린 뒤 나는 여기에 있었다.

……여기가 영국이란다 헤스터가 말했고 나는 손수건같이 격자로 나뉜 열차 창문을 통해 영국을 보았다 사방에 울타리가 쳐진 아담하고 단정한 풍경이었다 — 저건 뭐예요 — 저건 건초 더미들이란다 — 아 저게 건초 더미예요 — 난 글을 깨친 이래로 줄곧 영국에 관해서 읽어왔다 — 모든 것이 좀더 작고 좀더 누추하지만 상관없다 — 여기가 런던이다 — 수없이 많은 백인 백인들이 휙휙 스쳐가고 칙칙한 집들이 하나같이 서로 인상을 쓴 채 하나같이 다닥다닥 붙어 있는 곳 — 완만한 골짜기 같은 거리들과 인상을 쓰고 있는 칙칙한 집들 — 오 전 이곳이 맘에 들지 않을 거예요 이곳이 맘에 들지 않을 거예요 이곳이 맘에 들지 않을 거예요 — 넌 익숙해질 거야 헤스터는 계속해서 말했다 지금은 마치 물 밖에 나온 물고기 같은 기분이겠지만 곧 익숙해질 거야 — 네 불쌍한 아버지가 입버릇처럼 말했듯이 이제 죽어가는 딕이나 **침통한 데이비** 같은 표정은 짓지 마라 넌 익숙해질 거야……

모디가 말했다. "포트와인 마저 마시자." 그녀는 잔 두개를 채웠고 우리는 천천히 마셨다. 그녀는 거울에 비친 자기 모습을 보았다.

"나 눈 밑에 주름 생기고 있지 않니?"

나는 말했다. "고향에 사촌이 한명 있어요. 아주 어려요. 그런데 그애는 눈을 본 적이 없어서 무척 궁금해해요. 나한테 계속 편지를 쓰면서 눈이 어떻게 생겼는지 말해달라는 거예요. 나도 눈이 보고 싶었어요. 꼭 보고 싶었던 것들 중 하나였죠."

"뭐," 모디가 말했다. "이제 넌 본 적이 있는 거잖아, 그렇지? 이 번 주엔 우리 청구서가 얼마나 나올 거 같아?"

"대충 15실링¹⁰ 정도일 거 같아요."

우리는 합산을 해보았다.

내게는 저축해놓은 돈 6파운드가 있었고, 헤스터가 크리스마스 에, 아니 필요하면 더 일찍 5파운드를 보내주겠다고 했다. 그래서 나는 메이플 스트리트에 있는 코러스걸 숙소 대신 어딘가에서 싼 방을 하나 알아보려고 마음먹었던 것이다. 지독한 곳이다, 거기는.

"3주만 더 하면 이 망할 순회공연도 끝나, 드디어!" 모디가 말했 다. "이건 사는 게 아니야. 겨울 빼곤 사는 게 사는 게 아니야."

그날밤 우리가 극장에서 집으로 돌아갈 때 비가 내리기 시작했 다. 브라이턴에서는 언제나 비가 내렸다. 우리가 홀러웨이에 도착 했을 때는 겨울이었고, 극장 주변의 어두운 거리들은 내게 살인 사 건들을 떠올리게 했다.

내가 모디에게 그 편지를 주고 읽어보게 한 뒤 그녀는 말했다.

---

10 1971년 십진법 체계로 바뀌기 전의 구 화폐단위로 1실링은 12펜스이다. 5실링 은 1크라운, 20실링은 1파운드, 21실링은 1기니이다.

"내가 그랬잖아. 그 남자 돈깨나 있다고. 거기 엄청나게 있어 보이는 클럽이야. 런던에서 가장 있어 보이는 클럽 네개를 꼽자면……"

여자 단원들이 전부 런던에서 가장 있어 보이는 클럽이 어디인지를 두고 논쟁하기 시작했다.

나는 편지로 선약이 있어서 월요일에는 그와 식사를 할 수 없다고 전했다. ("항상 선약이 있다고 말해야 돼.") 하지만 11월 17일 수요일에는 가능하다고 했고, 내가 묵고 있던 저드 스트리트의 방 주소를 보내줬다.

로리 게이너가 말했다. "그 남자에게 그 클럽 깡통 따개를 빌리라고 해. '추신 — 깡통 따개를 잊지 마세요'라고 써."

"오, 쟤를 가만 내버려둬." 모디가 말했다.

"걱정 마." 로리가 말했다. "괴롭히는 게 아니야. 에티켓을 가르치는 중이지."

"쟤는 내가 착한 늙은 암소[11]라는 걸 알거든." 로리가 말했다. "대부분의 다른 늙은 암소보다 훨씬 좋은. 그렇지 않니, 너 이름이 뭐더라 — 애나?"

2

나는 양손을 내려다보았다. 손톱이 황동처럼 밝게 빛났다. 적어

---

11 영어로 cow에는 여자를 낮잡아 이르는 '년'이란 뜻도 있다.

도 왼손은 그랬다 ── 오른손은 상태가 그리 좋지 못했다.

"항상 검은색 옷을 입어요?" 그가 물었다. "지난번에 만났을 때도 검은 드레스를 입고 있던 걸로 기억하는데."

"잠깐." 그가 말했다. "그거 마시지 말아요."

웨이터가 정성껏 길게 노크를 한 뒤 수프 그릇을 치우러 들어왔다.

"이 와인에서 코르크 냄새가 나는군." 제프리스 씨가 말했다.

"코르크 냄새요, 선생님?" 웨이터는 부드럽지만 믿을 수 없다는 듯한, 공포에 질린 목소리로 말했다. 그는 매부리코에 창백하고 밋밋한 얼굴이었다.

"그렇소, 코르크. 냄새 맡아보시오."

웨이터는 킁킁대며 냄새를 맡았다. 그런 다음엔 제프리스 씨가 냄새를 맡았다. 두 사람의 코는 똑 닮았고 그들의 얼굴은 아주 근엄했다. 슬릭과 슬랙 형제[12], 나를지구밖으로밀어내 형제[13]. 나는 '자, 그런데 넌 웃으면 안돼. 네가 자기를 비웃고 있단 걸 그가 눈치챌 거야. 웃어선 안돼'라고 생각했다.

테이블 위에는 붉은 갓을 씌운 램프가 놓여 있고 창문에는 육중한 분홍색 실크 커튼이 드리워 있었다. 등받이가 곧게 선 딱딱한 소파 하나와 다리가 곡선으로 된 의자 두개가 벽을 등지고 놓여 있었다 ── 모두 붉은 천을 씌웠다. 호프너 호텔 레스토랑, 이곳은 그렇게 불렸다. 호프너 호텔 레스토랑, 하노버 스퀘어.

----

12 '겉만 번드르르하다'는 뜻의 slick과 발음이 비슷한 단어를 이용한 말장난.
13 애나는 안중에도 없이 자기들만의 세계에 빠져 심각하게 구는 남자들을 비꼬는 표현.

웨이터가 사과를 마치고 나갔다. 이윽고 그는 생선 요리와 다른 와인 한병을 가지고 돌아와서 우리 잔을 채워주었다. 나는 종일 감기 기운이 있었기 때문에 빠른 속도로 와인을 마셨다. 목이 아팠다.

"당신 친구는 잘 있나요 — 메이지인가?"

"모디."

"그래, 모디. 모디는 어떻게 지내요?"

"오, 좋아요." 내가 말했다. "아주 잘 있어요."

"그녀는 어찌 됐나요, 아직도 당신과 함께 사나요?"

"아니요." 내가 대답했다. "순회공연 사이사이에 그녀는 킬번에 사는 어머니 집에 머물러요."

그는 "킬번에 사는 그녀의 어머니와 함께 지낸다는 거죠?"라고 되묻고는 마치 내 속을 가늠해보려는 듯 나를 바라보았다. "공연 사이에 당신은 주로 뭘 해요? 내게 준 그 주소에 사는 부인과 함께 지내나요?"

"새어머니요?" 내가 말했다. "헤스터 말이죠? 아뇨, 새어머니를 자주 만나지는 않아요. 런던에 자주 안 오세요."

"그럼 내내 저드 스트리트에 있는 그 셋집에서 지내요?"

"방이요." 내가 말했다. "방 하나. 하나뿐이에요. 아뇨. 이전에는 거기서 지낸 적이 없고 그 방을 별로 안 좋아해요. 하지만 어쨌든 그 방이 고양이 집보다는 나아요. 내가 지난여름을 보냈던 곳인데 — 메이플 스트리트에 있는 코러스걸들을 위한 단체 숙소죠. 매일 아침식사 전에 내려와 기도하라고 시켜서 짜증났거든요."

나는 와인을 좀더 마셨고 테이블보를 응시하면서 사감이 얼굴을 쳐든 채 눈을 감고 기도하는 모습을 보았다. 그리고 그녀의 자그마한 짧은 코와 씰룩이는 기다란 입술을. 토끼, 그녀는 꼭 한마리 눈먼 토끼 같았다. 그런 식의 기도에는 뭔가 끔찍한 게 있었다. 나는 '어떤 종류든 기도에는 뭔가 끔찍한 게 있기 마련이지' 하고 생각했다.

나는 그녀를 보았고 테이블 위에 놓인 카네이션의 그림자를 보았으며 우리는 순회공연에 관해 이야기했고 그는 내게 얼마나 버느냐고 물었다. 나는 대답했다. "일주일에 35실링, 물론 추가로 하는 낮 공연에서 좀더 나오고요."

"맙소사." 그가 말했다. "그걸로 생활이 되나요, 안되죠?"

'그런대로 잘 꾸려나가고 있는데.' 나는 생각했다. 하지만 음식을 내오느라 들락거리는 웨이터에 신경이 쓰였다.

우리는 와인을 한병 더 마셨고, 나는 배 속이 따뜻해지며 행복한 기분을 느꼈다. 나는 그의 질문에 답하는 내 목소리가 계속 이어지는 걸 들었고, 내가 말하는 내내 그는 마치 내 말을 믿지 않는 듯 기이한 태도로 나를 바라보고 있었다.

"그러니까 당신은 새어머니를 자주 보지 않는단 말이죠? 새어머니가 당신이 순회공연한다며 여기저기 돌아다니는 걸 반대하나요? 당신이 집안의 수치라거나 뭐 그렇게 생각하는 건가?"

그를 바라보니, 그는 마치 나를 비웃듯 미소 짓고 있었다. 나는 말을 멈췄다. 그러곤 생각했다. '오 세상에, 냉소적인 인간이야. 나오지 말 걸 그랬어.'

그러나 웨이터가 커피와 리큐어를 내온 뒤 다시는 오지 않을 것처럼 문을 닫고 나가자 우리는 난롯가로 다가갔고, 나는 다시 기분이 괜찮아졌다. 나는 그 방과 테이블 위에 놓인 붉은 카네이션이 마음에 들었고 그가 말하는 방식과 그의 옷 —특히 옷이 마음에 들었다. 내 옷은 딱한 몰골이었지만 어쨌든 검은색이었다. "그녀는 검은 옷을 입었다. 남자들은 그런 흑담비색, 혹은 색의 결핍에서 기쁨을 느꼈다.' '보관寶冠'이라고 불리는 한 남자가 그렇게 썼다. 아니 '귀족'이라고 불리는 남자였던가?

그는 말했다. "당신은 최고로 예쁜 치아를 가졌어요. 당신은 사랑스러워. 그 끔찍한 스타킹들을 그토록 애태우며 고를 때 당신이 정말 안쓰러워 보였어." 그렇게 말하고 그는 내게 키스하기 시작했고, 그가 키스하는 내내 나는 크로이던의 그레이하운드에서 열린 저녁 파티에서 만난 한 남자를 생각하고 있었다. 그때 그가 말했다. "키스할 줄 모르네. 내가 하는 법을 알려줄게. 당신은 이렇게 하는 거야."

어지러웠다. 나는 고개를 돌려 빼고 일어섰다.

커튼에 가려서 미처 알아채지 못했지만, 소파 뒤편에는 문이 있었다. 나는 문손잡이를 돌렸다. "이런," 내가 말했다. "침실이네." 내 목소리가 높아졌다.

"그렇네." 그가 말했다. 그는 웃었다. 나도 웃었다. 그것이 내가 해야 할 일이라고 느꼈기 때문이다. 너는 지금 그걸 할 수 있고 또 그게 어떤 건지 아는데, 하지 않을 이유가 뭐야?

내 두 팔이 양옆으로 어색하게 늘어져 있었다. 그는 다시 내게 키스를 했고, 그의 입은 단단했으며, 나는 그가 와인 향을 맡던 모습이 떠올라 그외에 다른 어떤 생각도 할 수 없었고, 그가 미웠다.

"저기, 놔주세요." 내가 말했다. 그가 뭐라고 대꾸했지만 나는 듣지 못했다. "당신 내가 세상 물정도 모르는 풋내기라고 생각하는 거예요, 뭐예요?" 나는 아주 큰 소리로 말했다. 할 수 있는 한 세게 그를 밀어냈다. 그의 옷깃 날카로운 부분에 내 손이 닿는 게 느껴졌다. 나는 계속해서 말했다. "젠장, 놔, 젠장, 안 그러면 난리칠 거야." 그러나 그가 날 놓자마자 그를 미워하는 마음도 사라졌다.

"정말 미안해요." 그가 말했다. "내가 너무 바보같이 굴었어." 마치 내가 미운 듯, 내가 거기 없는 듯, 좁은 미간에 가느다란 눈으로 나를 바라보면서. 그러고는 돌아서서 거울에 자기 자신을 비춰 보았다.

테이블 위에는 붉은 카네이션이 있고 난롯불은 활활 타오르고 있었다. 나는 생각했다. '만약 되돌아갈 수 있다면, 그래서 딱 그 일이 일어나기 전과 같아진 다음 다른 식으로 일어난다면.'

나는 내 코트와 모자를 집어들고 침실로 들어갔다. 등 뒤로 문을 닫았다.

벽난롯불이 있었지만 방은 추웠다. 나는 거울 앞으로 다가가서 위쪽에 있는 불을 켜고 나 자신을 응시했다. 누군가 다른 사람을 보고 있는 것 같았다. 한참 동안 내 모습을 바라보면서 한편으로는 문이 열리는 소리가 나는지 귀를 기울이고 있었다. 그러나 옆방에서는 어떤 소리도 나지 않았다. 사방에서 아무런 소리도 들리지 않았다. 귀를 기울이면 소라 껍데기를 귀에 댈 때처럼 뭔가 쉬익 스쳐가는 소리가 들릴 뿐이었다.

이 방에도 전등마다 붉은색 갓을 씌워놓았다. 방은 어쩐지 비밀스러운 느낌을 주었다 —— 조용하고, 숨바꼭질할 때 들어가 웅크리고 숨는 그런 장소 같았다.

나는 침대 위에 앉아 귀를 기울이다가 이내 누웠다. 침대는 푹신했고, 베개는 얼음처럼 차가웠다. 마치 내가 정신이 나가버린 듯한, 꿈속에 있는 듯한 느낌이었다.

곧 그가 다시 다가와 내게 키스할 테지만, 이번엔 다를 것이다. 그는 다를 것이고 따라서 나도 다를 것이다. 이번엔 다를 것이다. 나는 생각했다. '이번엔 다를 거야, 다를 거야. 달라야만 해.'

귀를 기울이면서 나는 그대로 오랫동안 누워 있었다. 난롯불은 그림처럼 보였다. 조금도 온기가 전달되지 않았다. 얼굴에 손을 대보니 손은 차갑고 얼굴은 뜨거웠다. 나는 덜덜 떨기 시작했다. 일어나서 옆방으로 돌아갔다.

"이런," 그가 말했다. "난 당신이 벌써 잠든 줄 알았는데."

그가 매우 침착하게 나를 보고 미소 지었다. "기운 내요." 그가 말했다. "그렇게 슬픈 표정 하지 말고. 뭐가 문제죠? 퀴멜[14] 한잔 더 해요."

"고맙지만 사양할게요." 내가 말했다. "아무것도 필요 없어요." 가슴이 아팠다.

우리는 거기서 그렇게 마주 보고 서 있었다. 그가 "자 자, 이제

---

[14] 캐러웨이 열매로 당분을 가미한 독주.

30

갑시다, 제발" 하고는 내 코트를 들어주었다. 나는 코트를 걸치고 모자를 썼다.

우리는 계단을 내려갔다.

나는 생각에 잠겨 있었다. '내가 이 얘길 하면 단원들이 분장실이 떠나가게 웃어댈 거야. 아주 비명을 지르겠지.'

우리는 거리로 나가 모퉁이 쪽으로 걸어갔고 그가 택시 한대를 세웠다. "어디 보자 — 저드 스트리트, 맞죠?"

나는 택시에 탔다. 그가 운전사에게 돈을 주었다.

"그럼, 잘 가요."

"안녕히 가세요." 내가 말했다.

집에 돌아오니 자정도 안된 이른 시간이었다. 내 방은 3층에 있는 작은 방이었다. 방세는 일주일에 10실링 6펜스였다.

나는 옷을 벗고 침대 속으로 들어갔지만 좀처럼 따뜻해지지 않았다. 방에서는 차갑고 답답한 냄새가 났다. 작고 어두운 상자 속에 있는 것 같았다.

거리에서 누군가가 노래를 부르며 지나갔다. 고래고래 소리를 지르면서

빵, 빵, 빵,
보통 빵,
약간, 음, 보통 빵,
팜, 팜,

부르고 또 불렀다.

나는 생각했다. '무슨 노래가 저 모양이람! 정신 나간 노래야. 특히 끔찍한 건 저 가락이야. 꼭 사람을 패는 것 같네.' 하지만 그 가사가 계속 머릿속에서 맴돌았고 나는 그 박자에 맞춰 호흡하기 시작했다.

내 옷에 대해 생각하면 나는 너무나 슬퍼서 울 수도 없었다.

옷에 관해서라면, 끔찍하다. 세상은 온통 예쁜 옷을 미치도록 원하게 만든다. 사람들은 옷을 잘 못 입는 여자들을 비웃는다. 뭐가 어떻고, 어떻고, 어떻고…… "아름답게 차려입은 여자가……" 마치 아름다워지고 싶어하는 것만으로는, 예쁜 옷을 가지고 싶어하는 것만으로는, 그걸 미치도록 원하는 것만으로는 충분하지 않다는 듯이. 그걸로는 충분하지 않다는 듯이. 그래, 충분하지 않다. 언제나 뭐가 어떻다고 수군대고 수군대며, 비웃고 비웃는다. 면전에서 빈정대고 웃는 가게 진열창들. 그러면 너는 네 치마를 바라본다. 뒤쪽이 온통 쭈글쭈글하다. 그리고 네 흉한 속옷들. 너는 흉한 속옷들을 보고 생각한다. '좋아, 좋은 옷을 위해서라면 난 뭐든 할 거야. 뭐든지—옷을 위해서라면 뭐든지.'

'하지만 항상 이렇지는 않겠지?' 나는 생각했다. '항상 이런 식이라면 너무 끔찍할 거야. 그럴 수는 없어. 분명히 무슨 일인가가 일어나서 이 상황을 바꿔놓을 거야.' 그러고는 이어서 생각했다. '그래, 괜찮아. 난 가난하고 내 옷은 싸구려고 아마 앞으로도 항상 그럴 거야. 그것도 괜찮아.' 그런 생각을 한 것은 내 인생에 처음이었다.

돈 한푼 없는 사람들, 비참하게 살아가는 사람들. 아마도 난 비
참하게 살아가는 사람들 중 한명이 될 것이다. 고향에서 막대기로
쥐며느리 집을 찌르면 떼로 기어나오는 쥐며느리같이 그런 사람들
이 우글거린다. 그들의 얼굴은 쥐며느리 색깔이다.

잠에서 깼을 때 몸이 아팠다. 온몸이 아팠다. 방에 누워 있으니
얼마 후 집주인이 계단을 올라오는 소리가 들렸다. 그녀는 말랐고
대부분의 집주인보다 젊었다. 머리카락은 검었고 작은 눈은 붉은
색이었다. 나는 그녀를 보지 않으려고 계속 고개를 돌리고 있었다.

"10시가 넘었어요." 그녀가 말했다. "오늘 아침식사 준비가 좀
늦었는데, 내 시계가 죽었거든요. 당신한테 이게 왔어요. 배달하는
애가 가져왔어요."

아침식사 쟁반 위에는 편지 한통과 커다란 제비꽃 다발이 놓여
있었다. 나는 꽃다발을 집어들었다. 꽃에서 비 냄새가 났다.

집주인은 작고 붉은 눈으로 나를 보고 있었다. 내가 "뜨거운 물
좀 가져다주시겠어요?"라고 말하자 그녀가 나갔다.

편지를 뜯으니 안에 5파운드 지폐 다섯장이 들어 있었다.

"나의 친애하는 애나, 당신이 얼마나 사랑스러운지 당신에게 말
할 수 있으면 좋겠어요. 당신이 걱정돼요. 이 돈으로 당신이 직접
스타킹을 좀 살래요? 그리고 스타킹 살 때 그렇게 애타는 표정 짓
지 말아요, 제발. 항상 당신 곁에, 월터 제프리스."

집주인이 돌아오는 소리가 들려서 나는 그 돈을 베개 밑에 넣었

다. 바스락거리는 소리가 났다. 그녀는 뜨거운 물이 담긴 양동이를 방문 밖에 내려놓고 갔다.

제비꽃 다발은 양치 컵에 꽂기에는 너무 컸다. 물병에 꽂았다.

나는 베개 밑에서 돈을 꺼내 핸드백에 넣었다. 난 벌써 그 돈에 익숙해져 있었다. 그동안 죽 그 돈을 갖고 있었던 것 같았다. 돈은 모든 사람의 것이어야 한다. 물과 같은 것이어야 한다. 사람이란 돈에 너무나 빠르게 익숙해지기 때문에 그렇게 말할 수 있는 것이다.

옷을 입는 동안 줄곧 어떤 옷을 살지 생각했다. 다른 생각은 일절 하지 않았고 몸이 아프다는 사실도 잊었다.

바깥에서는 눈 녹은 냄새가 났다.

집주인이 계단 물청소를 하고 있었다. 그녀는 더러운 물이 든 양동이에 손을 풍덩 담갔다가, 걸레를 짜서 다시 걸레질을 시작했다. 계단에 무릎을 꿇은 채로 그렇게.

"제 방에 불 좀 피워주시겠어요?" 내가 말했다. 내 목소리는 작고 가느다란 게 아니라 낭랑하고 우렁찼다. '돈 때문이야.' 나는 생각했다.

"기다려야 할 거예요." 그녀가 말했다. "불 피우느라 계단을 오르락내리락하는 거 말고도 내가 다른 할 일이 있어서 말이에요."

"오늘 저는 오후에나 다시 들어올 거예요." 내가 말했다.

돌아보니 그녀는 무릎으로 선 채 나를 노려보고 있었다. 나는 생각했다. '괜찮아 ― 노려봐.'

드레스 한벌이랑 모자 하나랑 구두랑 속옷.

나는 택시를 잡아타고 운전사에게 섀프츠베리 애비뉴에 있는 코언스로 가달라고 말했다.

두명의 미스 코언이 있었다. 똑같이 생긴 코하며 흐릿하게 빛나는 눈하며 그저 가면일 뿐인 오만함을 보면 둘은 천생 자매였다. 나는 그 가게를 알고 있었다. 공연 리허설 기간에 로리와 함께 와본 적이 있었다.

가게 안은 따뜻했고 모피 냄새가 났다. 기다란 거울이 두개 있고, 이동식 옷장의 문이 활짝 열려 있어서 옷걸이에 주르르 걸린 드레스들이 보였다. 온갖 색깔의 드레스들이 거기에 걸려 기다리고 있었다. 모자는 판매대 위에 놓인 한두개를 제외하고는 뒤쪽의 더 작은 방에 있었다.

두 미스 코언이 빤히 쳐다보았다. 한명은 작고 통통했고, 다른 한명은 누런 얼굴에 말랐다.

나는 말했다. "진열창에 걸린 저 진청색 드레스와 코트를 입어봐도 될까요?" 그러자 마른 쪽이 미소 지으며 다가왔다. 그녀의 붉은 입술은 미소를 띠었지만 작고 빛나는 눈 위로는 눈꺼풀이 무겁게 늘어져 있었다.

이게 시작이야. 모피 냄새가 나는 이 따뜻한 방에서 나가면 내가 꿈꿔왔던 그 모든 멋진 곳에 다 가볼 거야. 이게 그 시작이야.

뚱뚱한 미스 코언이 뒷방으로 들어갔다. 나는 양팔을 올렸고 마른 미스 코언은 마치 내가 인형이라도 되듯 내게 옷을 입혔다. 치마가 길고 꽉 끼어서 움직이면 허벅지 윤곽이 그대로 드러나는 게 보였다.

"완벽해요." 그녀가 말했다. "딱 이렇게 입고 바로 걸어 나가도 되겠어요."

나는 말했다. "네, 맘에 들어요. 입고 갈게요." 하지만 거울에 비친 내 얼굴은 쪼그라들고 겁에 질린 모습이었다.

드레스와 코트 값은 8기니였다.

이윽고 다른 미스 코언이 진청색과 흰색이 섞인 벨벳 모자를 가지고 들어왔다. 모자는 2기니였다.

내가 지불할 돈을 꺼내자 마른 미스 코언이 말했다. "당신에게 딱 어울릴 아주 예쁘고 아담한 야회복이 있어요." "오늘은 안돼요." 내가 말했다. 그녀는 "그 옷이 맘에 들더라도 당장 돈을 낼 필요는 없어요"라고 말했다. 나는 고개를 저었다.

뚱뚱한 쪽이 미소를 지으며 말했다. "이제 기억나네요. 아는 얼굴이라고 생각했거든요. 게이너 양이 무대의상을 가봉할 때 같이 오지 않았나요? 로리 게이너 양?" 마른 쪽이 말했다. "맞네, 기억나요. 두 사람이 같은 극단에 있었잖아요. 게이너 양은 잘 지내나요?" 뚱뚱한 미스 코언이 말했다. "다음 주에 새 드레스들이 들어올 거예요. 빠리에서 유행하는 스타일이요. 와서 구경해요. 당신이 곧바로 돈을 내지 못해도 아마 우리가 알아서 맞춰줄 수 있을 거예요."

그날은 거리가 달라 보였다. 실제 사물과 거울에 비친 모습이 다르듯이 바로 그렇게.

나는 길을 건너 저코버스로 가서 구두를 샀다. 그다음엔 속옷과 실크 스타킹을 샀다. 그러고 나니 7파운드가 남았다.

다시 몸이 아프기 시작했다. 숨을 쉬면 옆구리가 아팠다. 나는 택시를 타고 저드 스트리트로 돌아왔다.

난롯불은 피워 있지 않았다. 사 온 속옷들을 침대 위에 펼쳐놓고 바라보고 있을 때 집주인이 석탄 한동이와 나뭇가지와 종이를 가지고 들어왔다.

나는 말했다. "불을 피워주시면 좋겠어요. 제가 몸이 좀 안 좋아서요. 혹시 차 한잔 주실 수 있나요?"

"내가 당신 시중이나 들려고 여기 있다고 생각하는 것 같군요." 그녀가 말했다.

그녀가 나가자 나는 가방에서 편지를 꺼냈고, 처음부터 끝까지 한 문장 한 문장 주의 깊게 읽으며 각 문장에 무슨 뜻이 담겨 있는지 알아내려 했다. '나를 다시 만나는 것에 관해서는 한마디도 없어.' 나는 생각했다.

"차 여기 있어요, 모건 양." 집주인이 말했다. "그리고 토요일까지 딴 방을 알아보라고 부탁해야겠어요. 토요일 이후에는 이 방이 딴 사람에게 예약되어 있어서."

"제게 세놓을 땐 왜 그런 말을 안하셨죠?" 내가 물었다.

그녀는 고함을 치기 시작했다. "알고 싶다면 말하지, 난 당신 하는 짓을 용납할 수 없고, 내 남편도 마찬가지야. 새벽 3시에 계단을 기어오르질 않나. 그러더니 오늘은 완전히 쫙 빼입었네. 난 뒤통수에도 눈이 달렸다고."

"3시 아니었어요, 무슨 그런 거짓말을!" 내가 대꾸했다.

"날 거짓말쟁이라고 부르게 내버려두지 않겠어." 그녀가 말했다. "당신의 그 느릿느릿한 목소리로 말이야. 그리고 한마디라도 더 건방진 소리 하면 내 남편을 불러올 거야."

문간에서 뒤를 돌아보며 그녀가 말했다. "내 집에 창녀는 절대 두고 싶지 않아. 이제 무슨 말인지 알겠지."

나는 대답하지 않았다. 심장이 미친 듯이 뛰고 있었다. 나는 누워서 내가 뉴캐슬에서 아팠던 때와 그곳에서 지내던 방을 떠올리고, 사방 벽이 점점 조여와서 사람을 납작하게 눌러 죽이는 어떤 방에 관한 이야기를 떠올리기 시작했다. '철 수의'라는 제목이었다. 포의 소설은 아니었다.[15] 포의 소설보다 더 무서웠다. '이 망할 방이 진짜로 점점 작아지고 있는 것 같아.' 나는 생각했다. 그리고 밖에 늘어선 집들, 조잡하고 낡아빠진 외관의 완전히 똑같이 생긴 집들을 떠올렸다.

잠시 뒤에 나는 종이 한장을 가져다 이렇게 썼다. "편지 고마워요. 그런데 내가 지독한 감기에 걸렸어요. 제발, 나를 보러 와주실래요? 이 편지를 받는 대로 와주실래요? 당신이 그러고 싶다면 말이에요. 집주인은 당신을 올려보내고 싶어하지 않을 거예요. 하지만 당신이 내 친척이라고 말하면 허락할 수밖에 없을 거예요. 부디 와주세요."

나는 나가서 편지를 부치고 암모니아가 첨가된 퀴닌[16]을 좀 사왔다. 거의 3시가 되었다. 하지만 퀴닌을 먹고 다시 자리에 눕자 너무도 아파서 그가 오나 안 오나 신경 쓸 정신이 없었다.

---

15 「철 수의」(The Iron Shroud)는 영국 고딕 작가 윌리엄 머드퍼드의 단편소설로, 에드거 앨런 포의 「함정과 진자」(The Pit and the Pendulum)에 나오는 점점 줄어드는 감옥의 모티프를 「철 수의」에서 얻은 것으로 알려져 있다.
16 19세기부터 20세기 초중반까지 해열제, 감기약 등으로 널리 쓰인 약제.

여기는 영국이고, 나는 더러운 먼지를 전부 침대 밑으로 쓸어넣은 멋지고 깨끗한 영국식 방에 있어.

어두워졌지만 가스에 불을 붙이러 일어날 수가 없었다. 다리가 천만근인 듯 느껴져서 움직일 수가 없었다. 고향에서 열이 났을 때 같았다. 그때는 오후였고, 창문에 드리운 블라인드 사이사이로 들어온 빛이 마루 위에 막대기 모양으로 줄지어 비치고 있었다. 방에는 페인트칠이 되어 있지 않았다. 여기저기 나무옹이가 있고, 그중 한 옹이에서 바퀴벌레가 더듬이를 앞뒤로 천천히 흔들고 있었다. 나는 움직일 수가 없었다. 누워서 그것을 보고 있었다. 나는 생각했다. '만약 저게 침대 위로 날아오거나 내 얼굴 쪽으로 날아오면 난 미쳐버릴 거야.' 그것을 바라보면서 '이제 날아오려나?' 하는 생각을 했고, 머리에 감은 붕대는 뜨거웠다. 그러다가 프랜신이 들어와 그걸 보고는 신발을 집어들어 때려잡았다. 그녀는 내 머리에 감긴 붕대를 갈아주었고, 새 붕대는 얼음처럼 차가웠다. 그러고는 야자나무 잎사귀로 내게 부채질을 해주기 시작했다. 바깥은 밤. 거리를 지나가는 사람들의 말소리 ─ 가늘고 슬픈 쓸쓸한 목소리들. 그리고 마치 살아 있는 무엇이라도 되는 듯 사람을 짓누르는 그 열기. 나는 흑인이 되고 싶었다. 난 항상 흑인이 되고 싶었다. 프랜신이 거기 있어서 나는 행복했다. 나는 그녀의 손이 부채질을 하느라 까딱까딱하는 모습을 보았고, 그녀의 손수건 밑으로 떨어지는 구슬 같은 땀방울을 보았다. 검다는 것은 따스하고 유쾌하며 희다는 것은 차갑고 슬프다. 그녀는 이런 노래를 부르곤 했다.

안녕, 내 사랑, 잘 있어요,
소금에 절인 소고기와 정어리도
내가 남기고 떠나는 모든 좋은 시절도,
안녕, 내 사랑, 잘 있어요.

이것이 그녀가 아는 유일한 영어 노래였다.

— 배 위에서 뒤돌아 마을의 일렁이는 불빛들을 보는 순간 나는 처음으로 내가 떠난다는 사실을 실감했다. 밥 삼촌이 자 이제 가는 거야 하고 말했고 나는 내가 우는 것을 아무도 보지 못하게 고개를 돌렸다 — 빗방울이 후드득 떨어지듯이 얼굴을 타고 흘러내린 눈물이 바닷속으로 후드득 떨어졌다 — 안녕 내 사랑 잘 있어요 — 나는 일렁이는 불빛들을 지켜보았다 —

그가 문간에 서 있었다. 복도 불빛을 등지고 있는 모습이 보였다.

"몇시예요?" 내가 물었다.

그가 말했다. "5시 30분. 당신 편지를 받자마자 왔어요."

그는 침대 쪽으로 다가와서 내 손 위에 자기 손을 올렸다. 그러곤 말했다. "펄펄 끓네, 정말 많이 아프군요."

"그으런 거엇 같아요." 내가 말했다.

그는 호주머니에서 성냥갑을 꺼내 가스 불을 붙였다. "이런, 이게 활활 타오르질 않아."

"다 그 모양이에요." 내가 말했다.

내가 산 속옷들이 의자에 쌓여 있었다.

"옷을 잔뜩 샀어요." 내가 말했다.

"잘했어요."

"그리고 나 여기를 비워줘야 해요."

"그 역시 꽤 잘된 일이라 해야겠네요." 그가 말했다. "여긴 정말 끔찍한 곳이야."

"너무 추워요." 내가 말했다. "그게 이곳의 제일 나쁜 점이에요. 그런데 어디 가려고요?" 그가 어디 가든 상관없었다. 나는 너무 아파서 신경을 쓸 수가 없었다.

"십분 내로 돌아올게요." 그가 말했다.

그는 꾸러미를 가득 들고 다시 들어왔다 — 깃털이불에 부르고뉴 와인 한병, 포도, 브랜즈[17] 소고기 농축액과 찬 닭고기였다.

그는 내게 키스했고, 내게 닿는 그의 얼굴이 시원하고 부드럽게 느껴졌다. 그러나 열 때문에 내 등줄기에서는 열기와 한기가 번갈아 오르내렸다. 열이 나면 몸이 무거웠다 가벼웠다 하고, 줄어들었다 부풀기도 하며, 물레방아 같은 것을 끝도 없이 기어오르는 느낌이 든다.

나는 말했다. "조심하세요. 감기 옮겠어요."

"그럴 것 같아." 그가 말했다. "어쩔 수 없지."

그는 앉아서 담배를 피웠지만 나는 피울 수 없었다. 그래도 그를 바라보고 있는 게 좋았다. 마치 오랫동안 그를 알아왔던 것 같았다.

그가 말했다. "들어봐요. 내가 내일 어딜 좀 가야 하는데 다음 주

---

17 영국에서 시작된 건강보조식품 회사.

에 돌아올 거예요. 오늘밤이나 내일 아침에 내 주치의를 당신에게 보내 진찰하게 할게요. 이름은 에임스예요. 좋은 사람이고 당신도 그가 맘에 들 거예요. 걱정 말고 낫기만 해요. 그리고 어찌 지내는지 편지로 내게 알려주고."

"내일 나가서 다른 방을 찾아봐야 해요." 내가 말했다.

"아, 안돼요." 그가 말했다. "내가 당신 집주인에게 말할 거고 에임스에게도 그녀에게 얘기하라고 이를게요. 아무 문제 없으리란 걸 알게 될 거야. 그 여자에 대해서는 걱정 말아요."

"이 음식들은 내가 가는 길에 아래층에 가져다놓을게요." 그가 말했다.

그가 나갔다. 방이 달라 보였다. 꼭 더 커진 것 같았다.

잠시 뒤에 집주인이 들어오더니 아무 말 없이 테이블 위에 마개를 딴 와인병과 수프를 내려놓았다. 나는 수프를 먹고 와인 두잔을 마셨다. 그러고는 잠이 들었다.

3

그 집 현관 안쪽에는 다리가 곡선을 이루는 검은색 테이블이 있었다. 그 위에 12시 5분에 멈춰선 네모난 시계와 끝이 다섯갈래인 선홍색 잎이 달린 고무로 만든 식물이 놓여 있었다. 나는 그 식물에서 눈을 뗄 수가 없었다. 그것은 당당해 보였다. 마치 자기가 언제까지나 계속 살아가리라는 걸 아는 듯, 자기가 그 집과 거리 그리고 바깥의 뾰족한 철책과 잘 어울린다는 사실을 아는 듯.

집주인이 부엌에서 나왔다.

"내일이면 그럭저럭 떠날 수 있지 않겠어요, 모건 양?"

"네." 내가 말했다.

"그게 내가 알고 싶은 전부예요." 그렇게 말한 뒤에도 그녀는 그대로 서서 나를 빤히 바라보았고, 그래서 나는 밖으로 나와 문 앞에 서서 장갑을 마저 끼었다. (숙녀란 거리로 나서기 전에 항상 장갑을 끼는 법이다.)

한 남자와 여자가 브런즈윅 스퀘어에서 철책에 기대어 키스를 하고 있었다. 서로 입술이 달라붙은 채로 어둠속에서 꼼짝 않고 서 있었다. 철책에 매달려 있는 딱정벌레들 같았다.

나는 핸드백에서 거울을 꺼내 택시가 가로등을 지나칠 때마다 내 모습을 비춰 보았다. 항상 슬퍼 보이는 건 처량해. 웃기는 이야기라도 좀 ─ 기억해봐, 제발.

하지만 내가 기억하는 유일한 이야기는 목사보에 관한 것이었다. 그는 웃고 나서 말했다. "당신 머리핀이 이쪽으로 튀어나와 있어요. 이것만 아니면 완벽할 미모를 망치고 있어."

그가 머리핀을 밀어넣을 때 그의 손이 내 얼굴에 닿았고, 나는 스스로를 다잡으며 처음 만났을 때 내가 그를 좋아하지 않았다는 사실을 기억하려 애썼다. 하지만 그건 너무 오래전인 듯했고, 그래서 난 더이상 애쓰지 않았다.

"에임스 박사는 훌륭했어요." 내가 말했다. "집주인을 아예 입도 뻥긋 못하게 했어요."

나는 여전히 내 얼굴에 닿았던 그의 손을 느낄 수 있었다.

"겨울이면 종종 그렇게 아파요?" 그가 물었다. "작년 겨울엔, 그랬어요." 내가 말했다. "여기 온 첫해 겨울엔 안 아팠고. 그때는 괜찮았어요. 그땐 여기가 그렇게 춥다는 생각조차 하지 않았어요. 사람들 말이 원래 그렇대요 ― 1년은 지나야 제대로 추위를 실감한대요. 하지만 작년 겨울엔 흉막염에 걸렸고 단원들은 나를 뉴캐슬에 남겨두고 떠나야 했죠." "당신 혼자만? 불쌍해라!" 그가 말했다. "그래요," 내가 말했다. "그랬어요. 3주 동안 거기 있었죠. 영원처럼 느껴졌어요."

나는 뭘 먹어도 맛을 느끼지 못했다. 오케스트라는 뿌치니 곡을, 그리고 다음에 어떤 가락이 나올지 항상 알고 있어서 말하자면 미리 앞질러 듣게 되는 그런 종류의 음악을 연주했고, 나는 여전히 내 얼굴에 닿았던 그의 손을 느낄 수 있었다. 나는 그의 삶이 어떤 모습일지 상상해보려는 노력을 계속했다.

함께 밖으로 나왔을 때, 마치 술에 취한 것처럼 내 눈에는 택시며 불빛이며 지나가는 사람들이 부풀어 보였다. 우리는 그린 스트리트에 있는 그의 집에 도착했다. 그곳은 조용하고 주시하는 분위기였으며 내게 우호적이지 않았다.

"지난주 내내 당신에게서 편지가 오기를 기대하고 있었어요." 그가 말했다. "그런데 당신은 안 보냈지. 왜 그랬어요?"

"당신이 편지하는지 보고 싶었어요." 내가 말했다.

소파는 부드럽고 빵빵했으며 푸른색의 작은 꽃무늬가 있는 친츠 천을 씌웠다. 그가 내 무릎 위에 손을 얹었고 나는 생각했다. '그래…… 그래…… 그래……' 가끔 그런 때가 있다 ─ 그 한순간 이외의 모든 것이 스르르 사라져버리는 그런 때.

"당신에게 그 돈을 보낼 때 난 전혀 그럴 의도가 없었어요 ─ 당신을 다시 볼 거라고 결코 생각하지 않았어요." 그가 말했다.

"알아요. 하지만 난 당신을 다시 보고 싶었어요." 내가 말했다.

이윽고 그는 내가 숫처녀라는 말을 꺼냈고, 그러자 그 모든 것이 ─ 불붙은 듯한 느낌이 ─ 사라지고 나는 추웠다.

"왜 그런 말을 꺼냈어요?" 내가 말했다. "그게 왜 중요하죠? 게다가 난 숫처녀도 아니에요. 당신이 걱정하는 게 그거라면."

"그런 건 거짓말하면 안돼."

"거짓말하는 거 아니에요. 어쨌든 그건 전혀 중요하지 않아요." 내가 말했다. "전부 사람들이 지어낸 얘기죠."

"오, 아니지, 중요해. 그게 중요한 단 한가지야."

"그건 중요한 단 한가지가 아니에요. 전부 지어낸 얘기라고요."

그는 나를 빤히 쳐다보고 나서 웃었다. "정말 당신 말이 맞네."

그러나 나는 누가 내게 찬물을 끼얹기라도 한 것처럼 추위를 느꼈다. 그가 내게 키스하자 나는 울기 시작했다.

'난 가야 해,' 나는 생각했다. '문이 어느 쪽이지? 문이 안 보여. 어찌 된 일일까?' 눈이 멀어버린 것 같았다.

그는 손수건으로 가만히 내 눈물을 닦아주었지만 나는 계속 말했다. "가야겠어요. 가야겠어요." 이윽고 우리는 층계참을 지나 그 다음 계단을 올라가고 있었다. 나는 살살 걸었다. "새벽 3시에 계단을 기어오르질 않나"라고 그녀가 말했지. 자, 나는 지금 계단을 기어오르고 있어.

나는 멈춰섰다. "아니, 맘이 바뀌었어요"라고 말하고 싶었다. 그러나 그는 웃으면서 내 손을 꼭 쥐고 말했다. "왜 그래요? 자 자, 용기를 내요." 나는 아무 말도 하지 않았다. 하지만 난 추웠고 꿈을 꾸고 있는 듯했다.

침대 시트 안으로 들어가자 그로부터 온기가 전해져왔고 나는 그에게 가까이 다가갔다. 물론 언제나 알고 있었고 언제나 기억하고 있었는데 그러고는 그토록 까맣게 잊어버려. 네가 그것을 언제나 알고 있었다는 사실만 빼고 말이야. 언제나 ─ 언제나라는 게 얼마나 긴 시간일까?

화장대 위에 놓여 있는 물건들이 벽난로 불빛을 받아 빛났고, 나는 생각했다. '앞으로 평생 동안 눈을 감으면 이 방을 볼 수 있겠지.'

나는 말했다. "이제 가야겠어요. 몇시죠?"

"3시 30분." 그가 말했다.

"가야겠어요." 내가 속삭이는 소리로 다시 말했다.

그는 말했다. "슬퍼하지도 말고 걱정하지도 말아. 내 사랑 슬퍼하면 안돼."

나는 꼼짝 않고 누워서 생각하고 있었다. '그 말 다시 해봐요. 내 사랑이라고 그렇게 다시 말해요. 다시 말해봐요.'

그러나 그는 입을 열지 않았고, 내가 대꾸했다. "난 슬프지 않아요. 왜 내가 항상 슬퍼할 거라는 그런 처량한 생각을 해요?"

나는 일어나서 옷을 입기 시작했다. 슬립에 달린 리본들이 바보같이 보였다.

"당신 거울이 맘에 안 들어요." 내가 말했다.

"그래?" 그가 말했다.

"어떤 거울에 비춰 보면 사람이 아주 달라 보이는 거 느껴본 적 있어요?" 내가 물었다.

나는 그 거울에 비친 내 모습을 다시 쳐다보지 않고 계속 옷을 입었다. 나는 그 일이 극단 여자들이 말한 것과 꼭 같다는 생각이 들었다. 그렇게 아플 거라는 사실을 미처 몰랐다는 점만 빼고.

"한잔해도 될까요?" 내가 물었다. "지독하게 목이 말라요."

그가 대답했다. "그래, 와인 좀더 마셔. 아니면 뭐 다른 거 줄까?"

"위스키소다 마실게요." 내가 말했다.

테이블 위 쟁반에 마실 것들이 놓여 있었다. 그가 내게 한잔 따라주었다.

그는 말했다. "자, 잠깐 기다려. 함께 나가서 택시 잡아줄게."

침대 옆 위쪽에 전화기가 있었다. '왜 전화로 택시를 부르지 않지?' 하는 생각이 들었지만 아무 말도 하지 않았다.

그는 욕실로 들어갔다. 나는 여전히 목이 너무 말랐다. 다시 소다수로 잔을 가득 채우고 조금씩 마셨다. 아무런 생각도 하지 않으면서. 머릿속 모든 것이 다 멈춰서버린 듯했다.

그가 다시 방으로 들어왔고, 나는 거울에 비친 그를 보았다. 테이블 위에 내 핸드백이 있었다. 그는 그걸 집어들더니 안에 돈을 좀 넣었다. 돈을 넣기 전에 내 쪽을 보았지만 내가 자기를 보지 못한다고 생각하는 모양이었다. 나는 일어섰다. "뭐 하는 거예요?"라고 말할 생각이었다. 그러나 그에게 다가갔을 때 나는 "그러지 마세요"라고 말하는 대신 "괜찮아요. 당신이 그러고 싶다면 — 당신이 원한다면 뭐든, 당신 좋을 대로"라고 말했다. 그러고는 그의 손에 키스했다.

"하지 마." 그가 말했다. "내가 당신 손에 키스해야 하는 거야, 당신이 내 손에 하는 게 아니고."

나는 갑자기 비참한 기분이 들었고 망연자실했다. '내가 왜 그랬지?'

그러나 그와 함께 거리로 나오자마자 나는 다시 행복해졌고, 차분하고 평화로운 느낌이 들었다. 우리는 안개 속을 나란히 걸었고 그가 내 손을 잡고 있었다.

그의 손목에서 맥박이 느껴졌다.

우리는 파크 레인에서 택시를 잡았다.

"그럼, 잘 가요." 내가 인사했다.

그는 말했다. "내일 편지할게."

"일찌감치 받을 수 있게 할 거예요?" 내가 물었다.

"그래, 심부름꾼 편에 보낼게. 아침에 일어나면 받을 거야."

"내 새 주소 가지고 있는 거죠? 가서 잃어버리지 않을 거죠?"

"그래, 그래, 가지고 있어." 그는 말했다. "안 잃어버릴 거야."

"엄청나게 졸려." 내가 말했다. "분명 이 택시 안에서 잠들어버릴 거예요."

내가 요금을 내자 운전사가 내게 윙크를 했다. 나는 그의 머리 너머를 바라보며 못 본 척했다.

4

내가 새로 세 든 곳은 애들레이드 로드에 있었고 초크팜 지하철
역에서 멀지 않았다. 하루 종일 할 일이 별로 없었다. 나는 느지막
이 일어나서 산책을 나갔다가 집으로 돌아와 뭘 좀 먹고 전보 배달
하는 아이나 심부름꾼이 오는지 창밖을 내다보곤 했다. 우편배달
부가 문을 두드릴 때면 언제나 '내 편지인가?' 생각했다.

길에는 언제나 느릿느릿 걸어가면서 찬송가 ─「내 주를 가까이
하게 함은」이라든가 「나와 함께하소서」─ 를 부르는 노인들이 있
었다. 어떤 사람들은 그런 이들을 마주치지 않게 10미터쯤 멀찍이
떨어져 가기로 했고 어떤 사람들은 그들을 아예 쳐다보지 않았다.
보이지 않는 사람들이었다, 그들은. 하지만 그중에서 제일 나이 많
은 노인은 양철 피리로 「내가 남겨두고 떠난 소녀」를 연주했다.

거실 사방 벽에는 쇠시리가 둘려 있었는데 ─포도나 파인애플
또는 아칸서스 잎사귀 장식에 때가 덕지덕지 꼈다. 천장 가운데
달린 전등 주위로는 더 많은 아칸서스 잎사귀가 장식되어 있었다.
크고 천장이 높은 정사각형 방에는 의자 네개가 벽을 등지고 놓여
있고, 피아노와 소파와 안락의자 하나 그리고 중앙에 테이블이 있
었다. 그 방을 보면 레스토랑이 떠올랐고, 그래서 나는 그 방이 좋
았다.

나는 그가 나와 사랑을 나누던 때를 생각하며 거실을 서성이
곤 했다. 그리고 내가 그의 방에 있던 거울을 싫어한 일을 생각했
다─그 거울에 비친 나는 너무 마르고 창백해 보였다. 또 일어나

서 "이제 가야겠어요"라고 말하고 옷을 입은 뒤 조용히 계단을 내려오던 일, 현관문이 그토록 조용히, 늘 이번이 마지막이라는 듯이 닫히던 일, 내가 그 어두운 거리에 서 있던 일을 생각하곤 했다.

물론 사람은 익숙해진다. 무엇에든지 익숙해진다. 내가 언제나 그렇게 살아온 것 같았다. 다만 가끔씩, 집에 돌아와 잠자리에 들려고 옷을 벗을 때 이런 생각이 들곤 하는 것이다. '주여, 이렇게 사는 건 이상해요. 주여, 어쩌다 이런 일이 벌어졌나요?'

일요일이 최악의 날이었다. 왜냐하면 일요일에 그는 런던에 있는 법이 없었으므로 그가 나를 부르리라는 희망도 전혀 없었기 때문이다. 그해에는 내 생일이 일요일이었다. 1월 7일. 나는 열아홉 살이 되었다. 그 전날 밤 그가 내게 장미와 편지를 보냈다. "열아홉 살은 위대한 나이야. 내가 몇살이라고 생각해? 신경 쓰지 말길. 곧 쓰러지겠다고, 만약 당신이 내 나이를 알게 되면 아마 그렇게 말할 걸." 그러고는 월요일에 함께 저녁식사를 할 때 내가 그의 사촌인 빈센트를 만났으면 싶다고, 또 내가 좋아할 만한 선물을 하나 생각해놨다고 썼다. "그것에 관해 당신에게 말해줄 생각이야."

모디에게서 엽서가 와 있었다. "일요일 오후에 보러 갈게. 안녕. 모디."

딱히 할 일이 없었기에 나는 아주 늦게까지 침대에 누워 있었다. 일어나서는 산책을 나갔다. 런던의 이곳저곳이 마치 죽은 듯이 텅 비어 있다는 건 이상한 일이다. 해가 나지 않았지만 관악대가 연주하는 모습처럼 모든 게 번쩍거렸다.

오후에는 비가 오기 시작했다. 나는 소파에 누워서 잠을 청했지만, 교회 종이 예의 그 쨍그랑거리는 성가신 소리로 울리기 시작해서 잘 수가 없었다. 일요일의 느낌은 어디에서나 똑같다. 무겁고 우울하고 정지된 느낌. 사람들이 말하듯 "태초에 그러했고 지금 그러하며 앞으로도 그러할, 끝이 없는 세계"[18].

고향 생각을 했다. 나는 일요일 아침에 창가에 서 있다. 교회에 가려고 옷을 입는다. 세탁할 때 줄어들어서 너무 작아진 모직 러닝셔츠를 입는다. 피부에 모직 천이 닿는 게 건강에 좋기 때문이다. 거기에 무릎 부분이 꼭 끼는 흰색 속바지와 흰색 속치마 그리고 수가 놓인 흰색 드레스 ── 모두 풀을 먹여 빳빳하다. 그리고 모직으로 된 검정 골지 스타킹에 검정 구두. (구두약과 침으로 구두를 닦는 마부 조지프. 뱉고 ── 섞고 ── 닦고, 뱉고 ── 섞고 ── 닦고. 조지프는 침이 엄청나게 풍부했고 구두약 통을 겨냥해 침을 분사할 때면 어긋나는 법이 없었다.) 영국에서 직수입된 어린이용 갈색 장갑, 한가지 사이즈에 너무 작다. "아니, 이 못된 계집애가 장갑을 찢으려고 하네. 일부러 장갑을 찢으려 하고 있어."

(조심조심 장갑을 끼는 동안 땀이 나기 시작하고, 겨드랑이를 타고 땀이 흘러내리는 게 느껴진다. 겨드랑이에 젖은 천 쪼가리를 대고 있다는 생각 ── 숙녀에게는 역겹고 수치스러운 일 ── 은 사람을 아주 비참한 기분으로 만든다.)

그리고 땅에 맞닿은 하늘. 견고하고, 푸르고, 땅에 맞닿은 하늘. 망고나무는 너무 커서 정원 전체에 그늘을 드리웠고 그 밑의 땅은

---

18 가톨릭교의 「영광송」(Gloria Parti) 일부. 우리나라에선 보통 "처음과 같이 이제와 항상 영원히 (아멘)"이라고 한다.

항상 컴컴하고 축축해 보였다. 정원 옆쪽의 하얀 자갈이 깔린 마구간 앞마당은 후끈했고 말 냄새, 거름 냄새가 났다. 마구간 바로 옆에는 목욕탕이 있었다. 목욕탕 역시 항상 컴컴하고 축축했다. 거기에는 창문이 없었지만 문고리가 걸린 채로 문이 약간 열려 있곤 했다. 항상 침침한 녹색 빛이 감돌았다. 지붕에는 거미줄이 쳐 있었다.

돌로 된 욕조는 꽤 큰 욕탕의 절반이나 차지했다. 돌계단 두단을 걸어올라가면 발끝에 시원한 느낌이 기분 좋게 전해졌다. 그러고 욕조 가장자리에 걸터앉아 암녹색 물속에서 다리로 물장구를 치는 것이었다.

"……그리고 모든 귀이족 가아문 여러분."

"저희 기도를 들어주시기를 간청하옵나이다, 주여."

호칭기도가 진행되는 중에 나는 앞에 놓인 소나무 의자의 등받이를 물어뜯고, 한숨을 쉬고, 혼인성사문의 일부를 읽고, 또 철사가 들어간 낡은 부채를 부치곤 했는데, 그 부채에는 어떤 뚱뚱한 중국 여자가 뒤로 자빠지는 모습이 빛바랜 푸른색과 붉은색으로 그려져 있었다. 발가락이 드러나는 슬리퍼를 뀐 그녀의 작고 통통한 발은 허공에서 움직이고 있는 것처럼 보였다. 작고 통통한 손으로 그녀는 아무것도 붙잡지 못했다.

'찰스 르메슈리어 박사를 추모하며, 이 섬의 빈자들은 그의 자선에 감사했으며 부자들은 그의 근면성과 재주에 보답했다.' 이 문구는 평화롭고도 우울한 감정을 자아냈다. 빈자들은 이걸 하고 부자들은 저걸 한다. 세상은 이러저러하고 그 무엇도 세상을 바꾸지 못한다. 영원히 영원히 돌고 돌지만 어떤 것도, 그 어떤 것도 세상을 바꿀 수 없다.

빨간색, 파란색, 초록색, 자주색의 스테인드글라스 창문들. 길고 유연한 발가락을 가진 밀랍색 맨발의 성자들.

"저희 기도를 들어주시기를 간청하옵나이다, 주여."

언제나, 내가 일종의 멍한 마비 상태에 빠지고 나서야 호칭기도는 끝이 났다.

교회 경내에 고요히 서 있는 야자나무들 사이를 걷는다. 빛은 황금색이고 눈을 감으면 불의 색이 보인다.

"혼자서 그간 어떻게 지냈어?" 모디가 물었다. "너 달라 보인다. 멀리 있지만 않았어도 진작 한번 보러 왔을 텐데. 머리에 뭐 한 거 맞지? 색깔이 더 밝아졌어." 내가 말했다. "네, 헤나샴푸를 써봤어요. 괜찮아요?" "그런대로 괜찮아," 모디가 말했다. "나쁘지 않아."

모디는 앉아서 긴 이야기를 늘어놓기 시작했다. 그녀는 때때로 초조하게 의미 없이 키득거리곤 했다. 그녀와 함께 살 때의 나를 떠올리면 마치 오래된 내 사진을 보면서 '도대체 이게 나와 무슨 상관이지?' 하고 생각하는 것 같았다.

내게 베르무뜨[19]가 조금 있었다. 나는 그걸 내왔고 각자 한잔씩 마셨다.

"오늘 내 생일이에요. 축하해줘요."

"당연히 축하하지." 모디가 말했다. "자, 우리를 위해. 우리가 어

---

19 와인에 여러 향신료를 첨가하고 알코올 도수를 높인 술.

떤 사람들이지? 저주받은 소수들. 인생이란 참!"

"그나저나 너 좀 있어 보이는 집에 사는구나." 그녀가 말했다. "피아노도 있고 다 있네." "네, 괜찮은 곳이에요." 내가 말했다. "한 잔 더 해요." "고마워." 모디가 말했다.

베르무뜨를 두잔째 비우고 나자 나는 그것에 관해 그녀에게 말하고 싶어졌다.

"뭐, 싸우스시에서 만난 그 남자?" 모디가 말했다. "그 남자 돈 많지 않던? 너 알아? 난 옛날부터 네가 돈 많은 남자를 만나리란 걸 알았어. 바로 얼마 전에도 내가 그랬거든. '뭐 다 좋아. 하지만 내 장담하는데 갠 돈 있는 남자 만날 거야.'"

'내가 뭐 하러 그 얘기를 꺼냈을까?' 나는 생각했다.

"내가 왜 웃고 있는지 모르겠네." 모디가 말했다. "정말 전혀 웃을 일이 아닌데. 이 술 좋다. 좀더 줄래?"

"다만 그 사람한테 너무 목매지는 마라." 그녀가 말했다. "그건 치명적이야. 남자랑은 말이지, 네가 얻어낼 수 있는 걸 다 얻어내고 눈곱만큼도 신경 쓰지 않는 거야. 그 문제에 관해서라면 런던에 사는 여자―아니 온 세상 여자―하여간 제대로 아는 여자한테 물어봐, 그럼 다 똑같은 말을 할 거다." "그런 말은 이미 골백번도 더 들었어요." 내가 말했다. "귀에 못이 박혔다고요." "아, 내가 굳이 말할 필요 없겠네." 모디가 말했다. "비브랑은 내가 바보였어! 내 경우는 좀 달랐지만 말이야, 너 알지. 우리는 결혼할 사이였어."

"인생이란 참!" 그녀가 말했다.

우리는 침실로 갔다. 세면대 위에 「무르익은 체리」가 걸려 있고 그 맞은편 벽에는 흰색 드레스에 파란색 장식 띠를 두른 어린 소녀가 복슬강아지를 쓰다듬는 그림이 걸려 있었다.

모디가 침대를 유심히 바라보았다. 작고 좁은 침대였다.

"그 사람은 절대 여기 안 와요." 내가 말했다. "우린 그 사람 집이나 다른 곳에 가요. 그가 여기에 온 적은 한번도 없어요." "아, 그런 인간이군." 모디가 말했다. "신중한 인간이야, 그렇지? 비브도 지독하게 신중했어. 그렇다는 게 그다지 좋은 징조는 아닌데."

그러고 그녀는 나더러 가능한 한 있어 보여야 한다고 말하기 시작했다.

"간섭하고 싶지는 않지만, 얘, 너 꼭 그래야 해. 더 있어 보일수록 더 좋아. 좀 있어 보이지 않으면 득 될 게 없어. 그가 부자고 너랑 계속 만날 거라면 너한테 서쪽 어디에다 멋진 아파트를 한채 사주고 살림을 장만해주게 만들어야 해. 그렇게 한몫 챙기는 거지. 기억난다—그가 씨티에서 일한다고 말했던 거. 증권회사 쪽인가?" "네, 하지만 보험회사와도 관련이 있나봐요. 난 몰라요. 그는 자기 얘기는 별로 안해요." 내가 말했다. "거봐—신중한 인간이라니까." 모디가 말했다.

그녀는 내 드레스들을 보고 말을 이어갔다. "아주 귀부인 같아. 정말이지 아주 귀부인 같다고 해야겠어. 너 모피 코트도 있구나. 흠, 만약 어떤 젊은 여자가 좋은 옷이 많고 모피 코트까지 있다면 그 여자는 한몫 챙긴 거고, 거기서 벗어난다는 건 불가능해."

"얘야, 내가 정말 웃지 않을 수 없었는데," 그녀가 말했다. "얼마 전에 어떤 남자가 내게 뭐랬는 줄 아니? 우스운 일이라면서, 어떤 여자가 입은 옷이 그 옷 속에 있는 여자보다 더 비싸다는 걸 생각이나 해본 적 있느냐는 거야."

"참 야비한 작자네!" 내가 말했다.

"맞아, 나도 그렇게 말했어." 모디가 말했다. "'그렇게 말하는 게 아니죠'라고 했지. 그러니까 그자가 또 이러는 거야. '뭐, 그게 사실 아닌가요? 5파운드로 아주 멋진 여자를 얻을 수 있죠, 정말 아주 멋진 여자를요. 심지어 어떻게 다가갈지 안다면 아주 멋진 여자를 공짜로 손에 넣을 수도 있어요. 하지만 5파운드로 그녀에게 아주 멋진 옷을 사줄 수는 없죠. 속옷이니 구두니 기타 등등은 말할 것도 없고요.' 그 말을 듣고 나니 웃지 않을 수가 없더라고. 결국 그게 사실이니까, 안 그래? 사람이 물건보다 훨씬 싸. 생각해봐! 어떤 개들은 사람보다 더 비싸지 않니? 또 어떤 말馬들은……"

"아, 집어치워요." 내가 말했다. "짜증나. 거실로 돌아가요. 여긴 추워요."

"네 새어머니는 어때?" 모디가 물었다. "네가 공연을 때려치우면 어떻게 생각하실까? 공연 때려치울 거야?" "새어머니가 어떻게 생각할지 나도 모르겠어요." 내가 말했다. "뭐 별생각 없을 거 같아요." "흠, 그거 이상한 일이네." 모디가 말했다. "네 새어머니를 대신해서 내가 그렇게 말할게. 그녀는 전혀 궁금하지 않은 모양이니까. 그렇지?" "런던에서 일자리를 찾아보려 한다고 말할 거예요. 새어머니가 왜 그걸 이상하다고 생각하겠어요?" 내가 말했다.

거리를 내다보는데 마치 고인 물을 바라보는 것 같았다. 헤스터는 2월에 런던으로 올라올 예정이었다. 나는 그녀에게 뭐라 말해야 할지 궁리하기 시작했고, 그러자 우울해지기 시작했다. 나는 말했다. "난 런던이 싫어요. 끔찍한 곳이에요. 가끔씩 무시무시해 보이고. 애초에 여기 오지 않았으면 싶어요."

"너 진짜 맛이 갔구나." 모디가 말했다. "런던이 싫다는 사람에 대해 누가 들어본 적이나 있니?" 그녀의 눈에 조롱하는 빛이 어렸다.

"글쎄요, 모든 사람이 싫어해요." 내가 말했다. "이것 좀 들어봐요." 나는 서랍에서 그걸 꺼내 와 읽었다.

> "말 얼굴들, 말 같은 얼굴들,
> 그리고 잿빛 거리들, 거기서 늙은이들은 울부짖지만 아무도 몰라주네.
> 비천한 신에게 바치는 기도들."
> 저기 푸줏간에서 나는 악취는 납빛 하늘까지 닿고
> 저기 생선가게에서는 또다른, 더 지독한 악취가 나네.

"기타 등등 기타 등등."
그다음엔 수많은 점이 찍혀 있었다. 그러고는 이렇게 이어졌다.

> 하지만 어디에 있나 ―
> 설화석고처럼 하얀, 그 서늘한 팔들은?

"흠, 그게 다 뭐야?" 모디가 말했다.
"이거 하나만 들어봐요." 내가 말했다.

"야, 그건 그 정도면 됐어." 모디가 말했다.

나는 웃음을 터뜨렸다. 그러곤 말했다. "이걸 쓴 사람은 나 들어 오기 전에 이 셋집에 살던 남자예요. 주인아주머니가 그 사람에 관해 말해줬어요. 방세를 못 내니 쫓아낼 수밖에 없었대요. 내가 서랍 속에서 이것들을 발견했고."

"정신 나간 사람이었던 게 분명해." 모디가 말했다. "있잖아, 이 곳에는 나를 기분 나쁘게 만드는 뭔가가 있다는 생각이 들었어. 내 가 그런 데에 엄청나게 민감하거든. 주변에 누군가 이상한 사람이 있으면 — 난 언제든 금방 알아채. 게다가 난 높은 천장이 싫어. 저 벽에 둘린 빌어먹을 파인애플들하며. 아늑하지가 않아."

"그 사람한테 아파트를 한채 받아내야 한다니까." 그녀가 말을 이었다. "파크 맨션, 바로 거기야. 그 남자가 너를 좋아하면 틀림없 이 사줄 거야. 하지만 너무 오래 있다가 부탁하면 안돼. 그 역시 치 명적이니까."

"자, 우리 나갈 거면 지금 가요. 금방 깜깜해질 거예요." 내가 말 했다.

우리는 지하철을 타고 마블아치[20]까지 가서 공원을 가로질러 걸 었다. 연설가들을 둘러싼 군중으로부터 좀 떨어진 곳에서 한 남자

---

20 런던 하이드파크의 북동쪽 문이자 지하철역 이름.

가 상자 위에 선 채 고래고래 소리를 지르며 신에 대해 떠들었다. 아무도 듣고 있지 않았다. 그저 "신…… 신…… 신의 분노…… 와, 와, 와, 와……" 하는 소리가 들려올 뿐이었다.

우리는 그에게로 다가갔다. 그의 목울대가 오르락내리락하는 게 보였다. 모디가 웃음을 터뜨리자 그는 흥분해서 우리 뒤에 대고 소리쳤다. "웃으시오! 당신들의 죄가 당신들을 찾아낼 것이오. 당신들 가슴속에는 이미 죽음과 지옥에 대한 두려움이 있소. 당신들 가슴속에는 이미 신에 대한 두려움이 불처럼 타고 있소."

"참, 더러운 촌놈 주제에!" 모디가 말했다. "그저 우리 옆에 남자가 없다는 이유로 우릴 모욕하네. 난 이런 인간들을 알아. 사람 봐가면서 무례하게 굴지. 젠장, 사람 봐가면서 개종시키려 든다고. 너 눈치챘어? 만약 우리가 남자랑 같이 있었다면 저 인간은 한마디도 하지 않았을 거야."

뒤에서 그의 목소리가 들려왔다. "신, 와, 와, 와…… 신, 와, 와, 와……"

그는 말랐고 추워 보였다. 작고 슬픈 눈을 하고 있었다. 하지만 모디는 단단히 화가 났다. 그녀는 양팔을 흔들며 평소보다 빨리 걸으면서 말했다. "더러운 촌놈, 더러운 촌놈…… 젠장, 사람 봐가면서 개종시키려 든다니까."

그러나 나는 돌아가서 그에게 말을 걸어 진짜 그의 생각이 뭔지 알아내고 싶었다. 그의 눈은 개가 무슨 냄새를 맡을 때처럼 맹목적인 빛을 띠고 있었기 때문이다.

우리는 하이드파크 코너에서 버스를 타고 빅토리아 역 근처에 있는 모디가 아는 곳으로 갔다. 굴과 흑맥주를 먹었다.

모디는 집으로 가는 버스를 탔다.

"자," 그녀가 말했다. "있지, 내게 꼭 편지해, 애. 무슨 일이 있는지 알려줘. 몸조심하고 일이 잘 안 풀릴 때 조심하고. 기타 등등, 기타 등등."

나는 말했다. "내가 리허설에 나타나더라도 놀라지 말아요."

"오 그럼, 놀라지 않을 거야." 그녀가 말했다. "난 이미 놀라기를 포기했어."

5

다음 날 밤 11시쯤에 우리는 다시 그린 스트리트로 갔다. 위쪽 전등불이 소파를 비추고 쟁반에는 마실 것들이 놓여 있었다. 집 안 다른 곳은 모두 어둡고 조용했으며 내게 우호적이지 않았다. 하인이 그러듯이 희미하게 조롱하는, 신중하게 조롱하는 느낌. 이건 누구야? 도대체 저 여자는 어디서 주워 왔지?

"그런데 빈센트는 어땠어? 잘생긴 친구지 않아?" 그가 말했다.

"네, 아주." 내가 말했다.

"그는 당신을 좋아해. 당신이 사랑스러운 사람이라고 생각해."

"오, 그래요? 난 어쩐지 그가 그렇게 생각하지 않는 것 같았는데."

"맙소사, 왜?"

"몰라요, 그냥 그렇게 생각했어요." 내가 말했다.

"당연히 그는 당신을 좋아해. 언젠가 당신이 노래하는 걸 듣고 싶다고도 하고."

"뭣 때문에요?" 내가 말했다.

세찬 비가 내리고 있었다. 귀를 기울이면 바로 그 소리가 들려왔다.

"아마 그가 당신이 일자리를 얻는 데 뭔가 해줄 수 있을 테니까. 그는 그쪽 사람들과 아주 친하게 지내니까 어쩌면 당신에게 엄청 유용할지도 몰라. 사실은 말이야, 그가 당신을 위해 자기가 할 수 있는 일은 알아서 하겠다고 했어. 내가 부탁한 거 아니야."

"글쎄, 그 문제라면, 난 돌아가서 다시 순회공연을 다닐 수 있어요." 내가 말했다.

나는 그가 언제 키스를 시작할지 그리고 언제 우리가 위층으로 올라갈지 생각하고 있었다.

"우린 당신이 그보다 훨씬 나은 일을 하게 해줄 거야. 빈센트는 당신이 성공하지 못할 이유를 모르겠대, 나도 모르겠어. 난 당신이 노래 레슨을 받는 것도 좋은 생각 같아. 당신을 돕고 싶어. 당신이 성공하길 바라. 당신 성공하고 싶잖아, 그렇지?"

"모르겠어요." 내가 말했다.

"이런, 내 사랑, 모르겠다니 무슨 말이야? 맙소사, 알아야 해. 당신이 정말 하고 싶은 게 뭐지?"

나는 말했다. "당신과 함께 있고 싶어요. 그게 내가 원하는 전부예요."

"오, 내게 금방 싫증이 날 텐데." 그가 미소를 지었는데, 마치 나를 약간 비웃는 듯했다.

나는 대꾸하지 않았다.

"그러면 안돼." 그가 말했다. "내가 언덕 위로 밀어올려주려고 애쓰고 있는데 계속해서 도로 굴러떨어지는 돌덩이같이 굴면 안되지."

"돌덩이같이"라고 그가 말했다. 그 순간 '움직이지 않으면 다치지 않을 거야' 하는 생각이 든다니 우스운 일이다. 그래서 너는 꼼짝 않고 가만히 앉아 있는다. 얼굴조차 딱딱하게 굳어간다.

그는 계속 말하고 있었다. "당신은 정말이지 사랑스러운 사람이지만, 아직 아기에 불과해. 당신도 차차 나아질 거야. 그게 나이랑 상관있는 건 아니지만 말이야. 어떤 사람들은 태어날 때부터 자기가 뭘 어떻게 해나갈지 아는 반면 어떤 사람들은 결코 그걸 깨치지 못하기도 해. 당신 선임은 —"

"내 선임?" 내가 말했다. "아! 내 선임."

"그녀는 분명히 태어날 때부터 자기가 뭘 어떻게 해나갈지 안 사람이야. 그렇다고 그게 중요한 건 아니야. 걱정하지 마. 나만 믿어. 당신은 걱정할 거 없어."

"네, 당연하죠." 내가 말했다.

"자, 그럼 행복한 표정을 지어봐. 행복해하라고. 난 당신이 행복하길 바라."

"좋아요, 나 위스키 한잔 할래." 내가 말했다. "아뇨, 와인 말고 — 위스키로."

"벌써 위스키 맛을 알아버렸군, 그렇지?" 그가 말했다.

"핏줄에 흐르는 거예요." 내가 말했다. "우리 가족 모두 술을 너무 많이 마셨어요. 우리 외삼촌 램지 — 보 삼촌을 당신이 봐야 하는데. 외삼촌은 술 좀 마실 줄 아는 사람이거든요."

"그것참 반가운 소리네." 월터가 말했다. "하지만 너무 일찍 시작하지는 마."

……펀치 여기 있다 보 삼촌이 말했다 환영한다 헤베[21] — 이 아이는 틀림없이 펀치를 기가 막히게 섞을 거야 아버지는 아이의 기운을 북돋아줄 무슨 말인가를 했다 — 베란다에서 블라인드가 퍼덕거리고 있었다 — 아버지는 마치 술을 한모금 홀짝 삼키듯이 워하고 말했다 그는 그 정도면 됐다 우리는 네가 너무 일찍 시작하게 만들고 싶진 않다고 말했다……

"그래요, 보 삼촌은 술 좀 마실 줄 알아요." 내가 말했다. "사람들은 그렇게 생각 안할 거예요. 외삼촌은 술을 마셔도 겉으로는 전혀 달라 보이지 않거든요. 좋은 사람이에요. 나는 다른 삼촌보다 보 삼촌이 훨씬 더 좋아요."

"당신은 말썽꾸러기 별종이야, 안 그래?" 월터가 말했다.

"오, 난 항상 별종이었어요." 내가 말했다. "어렸을 때는 흑인이 되고 싶어했다니까. 그래서 사람들이 '네가 그렇게 말하는 걸 들으시면 불쌍한 네 할아버지가 무덤에서 통곡하시겠다'라고 말하곤 했어요."

나는 위스키를 다 마셨다. 마비된 것 같은 느낌이 사라지고 다시

---

21 그리스신화 속 청춘의 여신으로 신들의 술 시중을 든다.

괜찮아졌다. '음, 뭐, 신경 안 써. 무슨 상관이야?' 나는 생각했다.

"외가 쪽으로 따지면, 난 거기서 태어난 다섯번째 세대예요."

"정말?" 여전히 나를 약간 비웃듯 그가 말했다.

"당신이 콘스턴스 사유지를 볼 수 있으면 좋을 텐데." 내가 말했다. "구舊 사유지예요 — 외가 식구들이 살던 곳이요. 거긴 정말 아름다워요. 당신이 거길 볼 수 있으면 좋겠는데."

"나도 그랬으면 좋겠어." 그가 말했다. "틀림없이 아름다울 거야."

"그래요. 다른 한편으로 생각하면, 만약 영국을 아름답다고 한다면 거긴 아름답지 않은 곳이요. 거긴 일종의 다른 세계예요. 관점에 따라 전혀 다르겠죠?"

온통 이끼가 낀 채로 여전히 서 있는 구 사유지 주택 벽들을 떠올린다. 그곳은 정원이었다. 폐허가 돼버린 장미 자리, 난초 자리, 나무고사리 자리. 가파른 계단을 따라 인동덩굴이 무성하고, 그 계단을 내려가면 감독관이 자기 책들을 보관해둔 방이 나왔다.

"콘스턴스에서 한번은 오래된 노예 명부를 하나 봤어요." 내가 말했다. "돌돌 말린 종이에 손글씨로 쓰여 있었죠. 그걸 양피지라고 부르나요? 세로 단으로 되어 있었는데 — 이름과 나이와 하는 일이 쓰여 있고 그다음에 비고란이 있었어요."

……메일럿 보이드, 18세, 물라또[22], 가내 하인. 헤스터는 말했다 조상의 죄는 3대 4대를 대물림해서 후손에게 돌아온단다 — 애한테 그런 쓸데없는 소리 하지 마 아버지가 말했다 — 아버지는 내

---

22 중남미에서 백인과 흑인 부모 사이의 혼혈을 이르는 말.

게 어떤 하나의 신화가 다른 신화들과 뒤엉키는 건 아니라고 했다……[23]

"그렇게 모든 이름이 적혀 있는 거예요." 내가 말했다. "이상하죠, 난 그걸 결코 잊어본 적이 없어."

위스키 때문이었던 것 같지만, 나는 그 명부에 관해 말하고 싶었다. 그게 어떻게 생겼는지 그가 볼 수 있도록 하고 싶었다. 그 모든 것이 내 머리를 스쳤지만, 너무나 빠르게 지나갔다. 더구나, 이런저런 것들에 대해선 결코 말할 수 없다.

"학교에 한 여자애가 있었어요." 나는 말했다. "내가 다녔던 수녀원 학교에. 베아뜨리세 아고스띠니가 걔 이름이었죠. 베네수엘라에서 와서 기숙사에서 지냈어요. 나는 걔를 무척 좋아했어요. 물론 내가 기숙사 생활을 한 건 아버지가 6개월 동안 영국에 갔을 때 한번뿐이었지만. 아버지는 재혼을 해서 돌아왔어요. 헤스터를 데려온 거죠."

"새어머니는 당신에게 잘해줬겠지?"

"네, 잘해줬어요. 그녀는 아주 좋은 사람이었죠 ─ 어떤 면에서는."

"우리는 달밤에 배를 타러 가곤 했어요." 내가 말했다. "노 젓는 하인 이름은 블랙 패피였고. 멋진 달밤들을 보냈어요. 당신이 봐야 하는데. 달그림자도 해그림자만큼이나 어두워요."

─────────────

23 조상의 죄가 후손들에게 돌아온다는 헤스터의 말을 반박하는 차원에서, 각 개인이나 세대는 그들 나름의 믿음이 있지만 그것들 사이에 상호작용이 일어나는 것은 아니라는 뜻.

블랙 패피는 푸른색 리넨 양복을 자주 입었는데, 바지 뒤쪽을 마대 조각으로 기웠다. 그는 귀가 아주 길었고 한쪽 귀에 둥그런 금귀고리를 하고 있었다. 그는 꼬치고기들이 있으니까 손을 내밀어 물살을 가르면 안된다고 우리에게 호통을 치곤 했다. 그 말을 들으면 ─수백마리─ 꼬치고기가 배 옆으로 헤엄쳐 와서 손을 물려고 기다리는 광경이 상상되었다. 납작한 머리에 날카로운 이빨을 가진 꼬치고기들이 수면 위에 생긴 차갑고 하얀 달빛 길을 따라서 헤엄쳐 오는 모습.

"분명히 아름다울 거야." 월터가 말했다. "하지만 나는 더운 지방을 별로 안 좋아해. 추운 지방이 더 나아. 열대지방은 초목이 너무 무성해서 나한텐 안 맞을 거야, 내 생각엔."

"무성하지 않아요." 내가 말했다. "완전히 틀렸어. 거긴 거칠고 가끔은 좀 슬퍼요. 차라리 태양이 무성하다고 말하는 게 낫죠."

이따금 땅이 흔들린다. 이따금 땅이 숨을 쉬는 게 느껴진다. 그곳의 색깔은 붉은색, 자주색, 파란색, 금색, 그리고 온갖 종류의 초록색이다. 이곳의 색깔은 검은색, 갈색, 회색, 담녹색, 담청색, 사람들의 하얀 얼굴색 ─ 쥐며느리 같은 색이다.

"게다가 그렇게까지 덥지 않아요." 내가 말했다. "사람들이 더위에 대해 과장하는 거예요. 도시는 때때로 약간 덥지만, 아버지에게 '모건 쉼터'라는 작은 사유지가 있어서 우리는 거기에 많이 머물렀어요. 농장주였어요, 아버지는. 처음 그곳에 자리 잡았을 땐 큰 사유지가 있었죠. 그러다 헤스터와 결혼하면서 그걸 팔았고 우리는 거의 4년 동안 도시에 살았어요. 그다음에 모건 쉼터를 샀고 ─훨씬 작은 곳이었어요. 그래서 아버지가 그렇게 부른 거죠, 모건 쉼터."

"아버지는 세련된 사람이었어요." 약간 취기를 느끼며 내가 말했다. "붉은 콧수염을 길렀고 성질이 아주 불같았어요. 크로 씨만큼 심하지는 않았지만요. 크로 씨는 거기서 40년씩이나 살았는데 성질이 하도 고약해서 어느날엔가는 자기 담배 파이프를 깨물어 바로 두동강을 내버렸어요 ─ 아니 하인들이 하는 말로는 그래요. 크로 씨가 집에 있을 때면 나는 그가 다시 한번 그러길 기대하면서 그를 바라봤는데, 결코 하지 않았죠."

"나는 내 아버지를 싫어했어." 월터가 말했다. "대부분의 사람이 싫어한다고 생각했지."

"오, 난 아버지를 싫어하지 않았어요." 내가 말했다. "어쨌든 내내 싫어하진 않았죠."

"나는 진짜 서인도제도 사람이에요." 나는 말을 계속했다. "외가 쪽으로 5대째고요."

"알고 있어, 귀염둥이." 월터가 말했다. "좀 전에도 말했잖아."

"상관없어요." 내가 말했다. "거긴 아름다운 곳이에요."

"모두 자기가 태어난 곳은 아름답다고 생각하지." 월터가 말했다.

"음, 거기라고 다 아름다운 건 아니에요." 내가 말했다. "절대 그렇지 않아요. 사실 어떤 곳은 처음에 보면 충격을 받죠. 너무 추해서. 그저 거기에 익숙해질 뿐이고, 좀 지나면 그걸 의식하지 못하게 돼요."

그가 일어나더니 나를 끌어당겨 키스하기 시작했다.

"말소리를 들으니 당신 좀 긴장한 것 같아." 그가 말했다. "자, 위층으로 가지, 요 별종 꼬마, 요 별종 말썽꾸러기."

"샴페인과 위스키는 훌륭한 배합이야." 그가 말했다.

우리는 위층으로 갔다.

"어린이 여러분, 우리는 매일 십오분씩 시간을 할애해서 네가지 마지막 문제[24]에 관해 명상해야 합니다. 매일 밤 잠자리에 들기 전에 — 이때가 가장 좋은 시간이죠 — 눈을 감고 그 네가지 마지막 문제 중 하나에 관해 생각해보는 거예요." (질문: 네가지 마지막 문제가 무엇입니까? 정답: 네가지 마지막 문제는 죽음, 심판, 지옥, 천국입니다.) 쎄인트 앤서니 원장수녀였다 — 그녀 또한 오래되고 이상한 문제였다. "어린이 여러분, 매일 밤 잠들기 전에 팔을 양옆으로 반듯이 두고 똑바로 누워 눈을 감은 채 이렇게 말해야 합니다. '언젠가 나는 죽을 것이다. 언젠가 나는 이렇게 눈을 감고 누울 것이고 죽을 것이다.'" "죽는 게 두렵니?" 베아뜨리세는 묻곤 했다. "아니, 난 안 두려운데. 넌?" "응, 난 두려워. 하지만 절대 죽는 것에 관해 생각하지 않아."

팔을 양옆으로 반듯이 두고 누워 눈을 감기.

"월터, 불 좀 끌래요? 눈에 비치는 게 싫어요."

메일럿 보이드, 18세, 메일럿 보이드, 18세…… 그런데 나는 그것을 이렇게 하는 게 좋아. 이것 외에 다른 방식은 싫어.

"자?"

---

24 Four Last Things. '사말(四末)'로도 불리는 가톨릭 신학 용어로 인간이 피할 수 없는 최종적이고 궁극적인 문제를 가리킨다.

"아니, 안 자요."

"당신 아주 꼼짝 않고 누워 있더군." 그가 말했다.

하고 난 뒤에 꼼짝 않고 누워 있는 것. 그게 바로 '작은 죽음'이라 불리는 거야.

"이제 가야겠어요." 내가 말했다. "늦었어요."

나는 일어나서 옷을 입었다.

"빈센트랑 약속 잡아놓을게." 그가 말했다. "다음 주 언제 오후에."

"좋아요." 내가 말했다.

돌아오는 택시 안에서 나는 여전히 고향 생각을 했고 침대에 누워서도 잠들지 않은 채 생각하고 있었다. 태양이 얼마나 슬플 수 있는지에 관해, 특히 오후에. 하지만 추운 지방의 슬픔과는 다른, 완전히 다른 방식으로 느껴지는 슬픔이었다. 그리고 해 질 무렵 박쥐들이 두마리씩 아주 위엄 있게 밖으로 날아오르는 모습. 만 아래편 가게에서 나는 냄새. ("분홍색으로 네마 주세요, 제시 양.") 그리고 프랜신 냄새 ─ 아릿한 단내. 언젠가 보았던 그 히비스커스 ─ 그 꽃은 너무나 붉고 너무나 당당했으며 기다란 금빛 수술을 쑥 내밀고 있었다. 그것은 너무도 붉어서 하늘조차 다만 그 배경 역할을 할 뿐이었다. 그런데 그 꽃이 죽었다는 걸 믿을 수 없다……. 그리고 양철 지붕 위에 비 떨어지는 소리. 지붕 위로 우르릉거리면서 비는 얼마나 내리고 또 내렸던가…….

밤중에 잠들지 않은 채 누워서 이런저런 것들을 기억할 때, 슬픈 것은 그럴 때였다. 침대 옆에 서서 옷을 벗으며 이런 생각들을 할 때, 슬픈 것은 그럴 때였다. '그가 내게 키스하면 등을 타고 전율이 올라와. 나는 바라는 것도 없고 주어진 대로 받아들이며 완전히 행복해. 그게 난가? 나는 나빠, 더이상 착하지 않아, 나빠. 그건 아무런 의미도 없어, 전적으로 무의미해. 그저 말에 불과할 뿐. 그러나 거리의 어둠에 관한 무언가에는 모종의 의미가 있어.'

6

헤스터는 보통 1월 세일 기간 때면 런던에 왔지만, 베이즈워터의 한 하숙집에서 그녀가 내게 편지를 쓴 것은 3월 중순이 지나서였다.

"네, 모건 부인이 기다리고 계세요." 하녀가 말했다. "부인은 점심식사 중이세요."

"늦어서 죄송해요." 내가 말하자 헤스터는 "네가 아주 좋아 보여 기쁘구나"라고 말했다.

그녀의 맑은 갈색 눈은 옆에서 보면 좀 튀어나와 있었다. 목소리는 카랑카랑하고 활력 있는 영국 귀부인 스타일이었다. 내 말소리를 들은 이상 넌 내가 귀부인이라는 걸 알 수 있을 거야. 내가 말을 했으니 이제 넌 내가 영국 상류층 부인이라는 사실을 깨닫겠지. 나는 네가 의심스러워. 큰 소리로 말해봐, 그럼 당장 내가 네 신분을 판별해줄게. 큰 소리로 말해봐, 난 최악의 상황이 두려우니까. 그런 뜻이 담긴 목소리였다.

우리 식탁에는 중년 여자 두명과 신문을 든 젊은 남자 하나가 있었고, 그는 음식을 먹는 사이사이에 신문을 읽었다. 스튜에서는 아무 맛도 나지 않았다. 모두 한수저 떠먹어본 다음 스튜에 병에 든 소금과 소스를 뿌려댔다. 아무런 표정 변화 없이 다들 기계적으로 그렇게 하는 걸 보면, 스튜가 아무 맛도 없으리라는 사실을 그들이 이미 알고 있었음을 눈치챌 수 있다. 만약 조금이라도 무슨 맛이 났다면, 그들은 스튜에 문제가 있는 건 아닌지 의심했을 것이다.

신문 뒷면에 광고 하나가 보였다. '순수란 무엇인가? 35년 동안 정답은 본Bourne 코코아.'

"여기 너한테 읽어주고 싶은 편지가 하나 있다." 헤스터가 말했다. "내가 일클리를 떠나기 직전에 온 편지야. 이것 때문에 좀 화가 나는구나."

"그런데 여기선 말고," 그녀가 말했다. "나중에, 위층에서." 그리고는 교구 목사의 딸이 곧 결혼할 거라면서 그녀에게 홍두[25] 두개를 금세공해서 만든 브로치를 선물하려 한다고 했다.

"검둥이들은 홍두가 행운을 가져온다고 말하지 않니?"

"네, 그래요." 내가 말했다. "그들은 항상 그렇게 말하죠."

우리는 통조림 배를 먹었다. 이윽고 그녀가 말했다. "자, 이제 내 방으로 가는 게 어떨까 싶구나."

"이게 그 브로치야." 위층에 가자 그녀가 말했다. "멋지지 않니?"

"엄청나게 예뻐요." 내가 말했다.

----

25 선홍색을 띠는 열대의 콩과 열매로 장신구를 만드는 데 쓰이기도 한다.

그녀는 그것을 다시 상자에 넣더니 마치 눈에 안 보이는 콧수염이라도 있는 듯 윗입술을 쓰다듬기 시작했다. 버릇이었다. 그녀의 손은 크고 손바닥이 넓적했지만, 손가락은 길고 가늘었으며 그녀는 그걸 자랑스러워했다.

"너 정말 놀랄 만큼 좋아 보이는구나." 그녀가 말했다. "새로 시작할 공연은 어때? 벌써 리허설에 들어갔니?"

"뭐, 아직은 아니에요." 내가 말했다.

그녀는 눈을 깜박거리며 계속해서 윗입술을 쓰다듬었다.

"아마도 9월에 시작하는 런던 공연에 합류하게 될 거예요." 내가 말했다. "지금 노래 레슨을 받고 있어요. 3주 전에 시작했어요. 프라이스라는 남잔데, 아주 잘 가르쳐요."

"정말?" 눈썹을 치키며 그녀가 말했다.

나는 자리에 앉았다. 무슨 말을 해야 할지 몰랐다. 할 말이 없었다. 내가 뭘 해서 먹고사는지를 그녀가 물어볼지 안 물어볼지, 나는 줄곧 그 생각을 하고 있었다. '순수란 무엇인가? 35년 동안 정답은 본 코코아.' 35년이라…… 서른다섯살이 되었다고 상상해보라. '순수란 무엇인가? 3만 5000년 동안 정답은……'

그녀는 목을 가다듬었다. 그러곤 말했다. "이 편지는 램지 삼촌에게서 온 거야. 두달 전에 내가 너에 관해 썼던 편지의 답장이란다."

"저에 관해서요?" 내가 말했다.

그녀는 나를 처다보지 않고 말했다. "너를 다시 고향으로 돌려보내는 게 어떻겠냐고 내가 썼거든. 너를 데리고 이리 건너올 때 내가 바랐던 바와는 상황이 다르게 돌아가는 것 같고 나는 네가 걱정스럽다고, 또 어쩌면 이게 최선의 방법일 거라 생각한다고도 했어."

"아, 그러셨군요." 내가 말했다.

"그래, 난 정말로 네가 걱정스럽다." 그녀가 말했다. "작년 겨울 뉴캐슬에서 네가 앓고 난 뒤에 너를 보고 충격을 받았어. 게다가…… 그 모든 게 다 내 책임이라는 느낌이 들어."

"보 삼촌이 답장에다 그렇게 썼군요, 그렇죠?" 내가 물었다.

"보 삼촌이라!" 그녀가 말했다. "보 삼촌! 고주망태 삼촌[26]이라고 부르는 게 그 사람한테 더 맞겠다. 그래, 이게 바로 보 삼촌의 답장이야."

그녀는 안경을 썼다.

그녀가 말했다. "이것 좀 들어봐라. '사실 나는 얼마 전 애나가 코러스걸인지 뭔지가 된 척하면서 그런 곳 주변을 알짱거리기 시작했을 때부터 그 아이에 관해 당신에게 편지를 하고 싶었소. 그때 나는 애나와 같은 곳에 사는 당신이야말로 그애가 뭘 하는 게 좋을지 가장 잘 판단할 사람이라고 생각했소. 그래서 간섭하지 않았던 거요. 그런데 이제 와서 당신은 이런 기막힌 편지를 보내 영국에서의 삶이 그 아이에게 아주 잘 맞는 것 같지 않다며 그애가 여기로 돌아오는 뱃삯의 반을 기꺼이 지불하겠다고 말하는군요. 반이라. 그런데 나머지 반은 어디서 난단 말이오? 내가 알고 싶은 건 그거요. 솔직담백하게 이야기하기에는 좀 늦었지만, 늦게라도 하는 게 아주 안하는 것보다 낫소. 애나를 부양할 책임이 당신에게 있다

----

26 Uncle Boozy. 로버트(Robert)의 애칭인 보(Bo)와 앞 철자가 같은 단어를 이용해 비꼬는 말.

는 사실은 나도 알고 당신도 알아요. 그리고 그걸 내 어깨에 떠넘기려는 어떤 시도든 나는 조금도 참지 않겠소. 딱한 제럴드는 자기 마지막 자산을 모건 쉼터에 썼는데(내 충고를 무시했다고 말할 수 있지), 그는 그곳을 장차 딸에게 물려주려 한 거요. 하지만 그가 죽자마자 당신은 그곳을 팔고 섬을 떠나는 쪽을 택했소. 당신은 그곳을 팔 전적인 권리를 가지고 있었소. 그가 당신에게 남겨준 거니까. 그는 당신을 완전히 신뢰하고 아무것도 숨기지 않았지. 안 그랬다면 그의 유언이 달랐을 텐데 말이오. 불쌍한 인간. 그런데 당신이 편지로 내게 그 아이가 돌아가는 '뱃삯의 반'을 지불하라거나, 호주머니에 한푼도 없는 채로 그애를 다시 여기로 돌려보내자는 제안을 하니 나로서는 그저 뭔가 오해가 있는 게 분명하다고, 진심으로 하는 말일 리가 없다고 답할 수밖에 없겠소. 당신이 영국에서 그애와 함께 살고 싶지 않은 거라면 당연히 그애 숙모와 내가 여기서 데리고 있겠소. 하지만 그렇게 될 경우에는 걔 아버지의 부동산을 판 돈 가운데서 그애에게 정당한 몫을 주어야 한다고 나는 — 나와 내 아내 둘 다 — 주장하는 것이오. 그러지 않는다면 그건 대단히 부당한 일일 거요 — 부당하다는 말밖에 달리 표현할 방법이 없소. 당신도 알겠지만, 그애가 여기 와서 스스로 돈을 벌 수 있는 가능성은 털끝만큼도 없소. 꼭 써야 할 편지치고 이것은 더할 나위 없이 불쾌한 편지요. 그러나 쓰지 않을 수 없었던 것이 유감이라는 말로밖에는 달리 이 글을 맺을 도리가 없소. 당신과 그 아이 둘 다 잘 지내길 바라오. 우리는 애나 소식을 거의 못 듣고 있소. 걔는 이상한 아이요. 블랙풀인가 어디 그런 도시에서 우리에게 엽서를 한장 보냈는데, 거기에 적힌 말이라고는 '여기는 바람이 아주 많이 부는 곳이에요'뿐이었고, 그걸 봐서는 그애가 어찌 지내는지 자세히 알 수 없는 노릇이오. 내가 그러더라고 그애에게 전해주시오, 분별 있는 여자가 되라고 그리고 정착하도록 노력하라고. 정말이지 당신이 그애가 갖지 못하게 하려 애쓰고 있는 생각을 내가 전해봤자 그애가 정착하는 데 거의 도움이 안되겠지만 말이오. 숙모 쎄이스도 그 아이에게 사랑을 보내오.'"

"이건 터무니없는 편지야." 헤스터가 말했다.

그녀는 테이블을 톡톡 두드리기 시작했다.

"이 편지는," 그녀가 말했다. "단 하나의 목표와 목적을 가지고 쓰였어 ── 내게 상처를 주고 나를 슬프게 만들기 위해 쓰인 거야. 내가 너를 속이면서 네 아버지 돈을 가로챘다고 비난하는 건 터무니없는 짓이야. 모건 쉼터를 팔아서 난 500파운드를 받았다, 그게 전부야. 500파운드. 그런데 네 아버지는 속아서 850파운드를 지불했던 거지. 하지만 그건 나와 아무 상관 없는 일이었어. 오히려 그를 말릴 수 있었더라면 난 그랬을 거고, 지금 뭐라고 말하든 간에 네 잘난 보 삼촌이 그 일에 관여했지. 반푼어치의 가치도 없는 사유지를 영국인들이 속아서 사는 꼴은 수치스러운 일이야. 사유지라니! 그런 곳을 사유지라고 부른다고 생각해봐라. 사실 말이지 거기 가서 영국에 있는 모든 사람과 연락이 끊긴 채로 30년을 살았으면 네 아버지도 그보다는 좀더 알았어야 해. 언젠가는 나한테 이렇게 말하더라. '아니, 난 절대 돌아가고 싶지 않아. 지난번엔 영국이 내게서 너무 많은 걸 앗아갔고 나는 그곳이 정말 별로였어. 거기에선 내게 털끝만큼이라도 관심이 있는 사람을 본 적이 없어. 코 있는 사람이라면 누구나 그곳에서 나는 그 고약한 위선의 냄새를 맡을 거야.' 그는 '영국을 다시는 못 본다 해도 난 아무 상관 없어'라고 말했단다. 그가 그런 소리를 할 때 나는 그가 무너지고 있다는 걸 알았어. 그렇게 명석한 사람 불쌍한 사람이 산 채로 묻혀 있는 건 맞아 그건 하나의 비극이었다고 할 수 있다 비극. 하지만 그렇다 하더라도 그 사람은 그보다는 좀더 알았어야 해. 하나부터 열까지 속아넘어가는 그런 식으로 속아서는 안되는 거지. 모건 쉼터라니! 모건 성채[27]라고 부르라고 난 그에게 말했단다. 그렇게 불러도 크게 틀리진 않을 거라고 말이다. 팔아요! 손해를 끼친 곳, 그곳에다 돈을 쓸 만큼 어리석은 어떤 인간의 마지막 한푼까지 줄곧 털어왔고 앞으로도 계속 털어갈 그런 곳을 내가 팔아버린 거라고 생각한다. 바위랑 돌투성이에 뜨겁고 노상 그 끔찍한 비둘기들만 구구댈 뿐인 곳을 말이야. 한주가 가고 또 한주가 가도 백인 얼굴이라고는 코빼기도 안 보이지, 너는 날마다 점점 더 검둥이처럼 커가지. 사람 미치기 딱 좋지. 내가 그런 곳을 팔았다고 생각해. 게다가 그 감독관이란 자는 영어를 못하는 척하면서 이래저래 내 돈 뜯어갈 준비나 하고 있고……"

나는 전혀 다른 이야기를 기대하고 있었던 터라 그녀가 하는 말

---

27 folly는 18~19세기에 유행한 정원 건축의 일종으로 로마 신전이나 폐허가 된 고딕 양식의 수도원, 고성 등을 흉내내어 화려하게 지은 장식용 건물이다. 동시에 Morgan's folly에는 '모건의 어리석음'이라는 뜻도 있다. 헤스터는 이 두가지 뜻을 이용해 남편을 비꼬고 있다.

이 종잡을 수 없는 것처럼 들렸다. 나는 창밖을 보고 있었다. 광장에 서 있는 나무들에서 잎이 돋아나는 중이었고, 거리에서는 목이 온통 녹색과 금색인 비둘기 한마리가 거드름을 피우며 걷고 있었다.

"그리고 난 네 아버지 빚도 갚아야 했어." 그녀가 말을 이었다. "섬을 떠날 때 내 수중에 남은 돈은 채 300파운드도 안되었는데, 난 그 돈으로 네 영국행 뱃삯도 냈고 네가 겨울옷 한벌도 없었으니 너 학교 보내려고 복장도 갖춰줬어. 머리끝부터 발끝까지 — 모든 걸 다 — 사야만 했고 한학기 동안 네게 들어가는 비용까지 부담했다. 게다가 너도 장차 밥벌이를 하려면 어떤 식으로든 변변한 교육을 받아야 하고 뭔가 인상을 남기거나 진짜 도움이 되려면 한학기로는 충분치 않아서, 내가 네 외삼촌에게 편지를 써서 네가 계속해서 1년간 학교에 다닐 수 있도록 도와달라고 부탁했을 때, 그는 자기도 부양해야 할 자식이 셋이나 있기 때문에 그럴 여유가 없다고 하더라. 그는 영국에 대한 자기 기억이 맞는다면 네가 덜덜 떨고 있을 거라면서 따뜻한 옷이나 사 입히라고 5파운드를 보냈어. 그가 자식이 셋이라고 한 게 생각났지, 다른 녀석들은 어쩌고 이 지긋지긋한 영감태기, 총천연 무지개 색깔을 한 다른 녀석들은 어쩌고 말이야. 내 연 수입은 300파운드도 안되고 그건 그야말로 내 수입인데, 거기에서 작년에 한두번 너한테 30파운드를 보냈고 네게 들어가는 이런저런 비용이랑 네가 뉴캐슬에서 아팠을 때 치료비도 지불했고 충치 치료할 때 병원비 역시 내가 냈다. 나는 네게 1년에 50파운드 가까이를 대줄 만한 처지가 아니야. 그런데도 결국 내가 받는 보답이라곤 그동안 내가 널 속여왔고 네가 살아갈 방식에 대해서 내가 전적으로 책임져야 한다는 이 터무니없는 비난뿐이다. 네가 장차 어떻게 살아갈지는 나도 짐작할 수 없다는 사실을 생각 안하는 거지. 어떤 것들에 대해서는 무시할 수밖에 없고 내가 엮이고 싶지 않은 것들에 대해서라면 난 생각조차 거부하는 사람이다. 그런데 네 외가 식구들은 저만치 떨어져서 아무것도 안해. 난 네 외삼촌에게 한번 더 편지를 할 거고 그다음에는 무슨 일이 있더라도 네 외가 식구들과는 더이상 연락하지 않을 거다. 그 사람들은 항상 나를 싫어했어. 그리고 그걸 숨기려고 애쓰지도 않았고. 하지만 이 편지는 마지막 결정타야.”

처음에는 느린 속도로 말하기 시작했지만 이제 그녀는 멈출 수가 없는 것처럼 보였다. 얼굴은 벌겋게 달아올라 있었다. 보 삼촌이 “몰아치는 강물 같아, 저 여자”라고 말하곤 했듯이.

“오, 외삼촌이 별 뜻 없이 한 말인 거 같아요.” 내가 말했다. “자기가 진심으로 하려는 말보다 항상 과장해서 말하는 사람들이 있고 외삼촌도 그중 하나잖아요.”

그녀가 대꾸했다. “나는 오직 내가 진심으로 하려는 말만 답장으로 쓸 거다. 네 외삼촌은 신사가 못되고, 나는 그에게 그렇게 말할 거야.”

“오, 외삼촌은 신경 안 쓸걸요.” 내가 말했다. 나는 웃지 않을 수 없었다. 보 삼촌이 “램지, 당신은 신사가 아니에요……”로 시작되는 편지를 받는 걸 상상하면서.

“그게 웃기는 일이란 걸 네가 아니 기쁘다.” 그녀가 말했다. “신사라니! 그곳에서 자기 성으로 ─ 세상에나 자기 성으로 불리는 사생아들이 여기저기 안 돌아다니는 데가 없는 판에 말이다. 숄토 코스티러스, 밀드러드 코스티러스, 대그마. 다양한 또래의 코스티러스들이 섬 인구의 반은 차지한 듯 보이니 너무나 이상한 일이지. 넌 그애들이 네 사촌이라는 말을 듣고 크리스마스 때마다 그애들에게 선물을 주었고, 네 아버지는 너무나 안이하게도 자기는 그게 무슨 해를 끼칠 일인지 모르겠다고 말했지. 네 아버지는 한편의 비극 그래 비극이었어 그토록 명석한 사람 불쌍한 사람이. 그래도 어느날엔가 나는 램지에게 내 맘속에 있는 말 한마디는 했단다. 큰소리로 이렇게 말했어. '내가 아는 신사, 영국 신사란 사생아를 두지 않고, 설사 두었다 하더라도 그애들을 자랑하지 않죠.' '그렇죠, 신사라면 절대 그러지 않죠.' 그는 그 느끼한 태도로 웃으면서 — 자기가 데리고 있는 검둥이처럼 딱 그렇게 웃으면서 — 말하더라. '그 불쌍한 어린 녀석들이 자랑거리가 되는 일은 결코 일어나지 않을 거라 생각하오. 영국에서도 그런 걸 자랑하는 경우는 그리 많지 않소.' 끔찍한 인간 같으니! 내가 항상 그 사람을 얼마나 싫어했던지!……"

"불운한 기질들," 그녀가 말했다. "처음부터 내게 또렷이 보였던 불운한 기질들. 하지만 모든 걸 고려해보면, 아마 너로서도 그것들을 어찌할 수 없을 거야. 난 늘 네가 불쌍했다. 모든 걸 고려해보면 넌 참 불쌍한 애라고 난 늘 생각했어."

나는 물었다. "'모든 걸 고려해보면'이라는 게 무슨 뜻이에요?"

"무슨 뜻인지 정확히 알면서, 모르는 척하지 마라."

"우리 엄마가 혼혈이라고 주장하시려는 거죠." 내가 말했다. "항상 그렇게 주장하려 하셨죠. 하지만 엄마는 혼혈이 아니었어요."

"난 그런 식의 주장을 하려는 게 전혀 아니야. 넌 가끔 도저히 용서할 수 없는 말들을 하는구나 —사악하고 용서할 수 없는 말들을."

내가 대꾸했다. "그럼 무슨 뜻으로 말씀하신 거예요?"

"너랑 말싸움 안할 거야." 그녀가 말했다. "내 양심은 아주 떳떳해. 난 항상 너를 위해 최선을 다했지만 그에 대해 고맙다는 말 한 번 들은 적 없다. 네가 검둥이가 아니라 숙녀처럼 말하고 숙녀처럼 행동하게 가르치려고 노력했지, 물론 나는 해내지 못했지만. 하인들로부터 널 떼놓는 게 불가능했다. 그런 흥얼거리는 듯한 천박한 억양이라니! 넌 딱 검둥이들처럼 말했고 —지금도 여전해. 그 끔찍한 계집애 프랜신하고 완전히 똑같아. 너희가 식료품 저장실에서 함께 재잘거리고 있으면 난 누구 목소리가 누구 목소리인지 구분할 수가 없었다. 그래도 너를 영국으로 데려오면서 내가 네게 진짜 기회를 주고 있다고 정말 그렇게 생각했어. 그런데 이제 네가 잘못되어가기 시작하니까 내가 그 책임을 져야 하고 또 너를 계속해서 뒷바라지해야만 하는 상황이 된 거야. 네 외가 식구들은 나 몰라라 손 놓고 있을 게 분명하고. 언제나 똑같은 얘기지. 더 해주면 해줄수록 고맙다는 인사는 점점 줄어들고 계속 더 해주기만 바란다니까. 네 외삼촌은 항상 네게 애정이 있는 척했어. 하지만 돈을 줘야 할 일이 생기니까 한껏 인색해져서, 그러느니 이런 온갖 터무니없는 거짓말을 꾸며내는 거야."

"저, 신경 쓰실 필요 없을 거예요." 내가 말했다. "제게 더이상 돈을 주실 필요도 없을 거고요. 보 삼촌이든 다른 누구든 마찬가지예요. 원하는 만큼 제가 벌 수 있고, 그러니까 아무 문제 없어요. 그럼 모두 다 행복하죠? 그래요, 모두 다 행복해요."

그녀는 나를 응시했다. 그녀의 눈은 미심쩍어하는 기색을 보이다가 이내 역겨워하는 차가운 기색을 드러냈다.

내가 말했다. "알고 싶으시다면, 저는—"

"알고 싶지 않다." 그녀가 말했다. "런던 공연에서 일자리를 얻었으면 싶다는 거잖아. 그것만 알면 됐다. 네 외삼촌에게 편지를 써서 나는 너에 대해 책임지는 걸 거부한다고 말할 생각이야. 만약 네 외삼촌이 네가 올바르고 적절한 방식으로 살고 있지 않다고 생각한다면 그걸 막기 위해 뭔가 해야 할 사람은 네 외삼촌 자신이지. 난 못해. 난 항상 내 의무를 다해왔고, 내 의무 이상을 해왔지만, 이젠 정말 때가 됐다—"

"브로치가 떨어졌네요." 내가 말했다. 나는 그것을 주워 테이블 위에 놓았다.

"오, 고맙다." 그녀가 말했다.

그녀가 차분해지는 게 보였다. 나는 그녀가 자기 자신에게 '난 이 일에 관해 결코 다시는 생각하지 않을 거야'라고 말하고 있음을 알았다.

"오늘은 더이상 이 얘기 못하겠다." 그녀가 말했다. "그 편지 때문에 너무나 화가 났거든. 하지만 꼭 해야 할 얘기는 다 했다고 믿는다. 나는 내일 요크셔로 돌아가지만, 네가 어떻게 지내는지 편지로 알려주면 좋겠구나. 충고하는데, 내가 너에게 자기 편지를 보여줬단 사실을 네 외삼촌도 알도록 해줘. 네가 노력하고 있는 그 일자리 얻어내길 바라고."

"저도 그러길 바라요." 내가 말했다.

"너를 위해서 내가 할 수 있는 일이라면 난 항상 기쁜 마음으로 할 거야. 하지만 돈 문제라면, 나로서는 이미 내 여력을 훨씬 넘어설 만큼 했다는 사실을 제발 기억해라."

"그건 걱정하실 필요 없어요." 내가 말했다. "저는 돈 달라고 하지 않을 거예요."

그녀는 잠시 아무 말도 않고 있다가 말했다. "가기 전에 차 한잔하렴."

"고맙지만 사양할게요." 내가 말했다.

내가 "안녕히 계세요"라고 말할 때, 그녀는 내게 키스하지 않았다.

그녀는 언제나 프랜신을 미워했다.

"너희들 무슨 말 하고 있는 거니?" 그녀는 묻곤 했다.

그러면 나는 이렇게 대답했다. "특별히 무슨 말 하는 거 아니에요. 그냥 얘기하고 있어요."

그러나 그녀는 나를 믿지 않았다.

"저 아이를 내쫓아야 해요." 그녀가 아버지에게 말했다.

"프랜신을 내쫓으라고?" 아버지가 말했다. "세상에, 할 수 있는 한 최선을 다해 요리할 줄 아는 애를 내쫓으라네, 우리 헤스터가!"

프랜신이 문제가 된 것은 내가 그녀와 함께 있을 때 행복하다는 사실 때문이었다. 작고 포동포동한 그녀는 그곳 대부분의 사람보다 더 까맣고 얼굴이 예뻤다. 난 그녀가 망고 먹는 모습을 지켜보는 걸 좋아했다. 그녀는 이로 망고를 덥석 물어서 양 입술로 단단히 붙들었다. 그리고 망고를 빨아먹는 동안 더할 나위 없이 행복해 보이는 것이었다. 다 먹고 나면 으레 입맛을 쩝쩝 다시는 소리를 두번 냈는데, 그것은 아주 큰 소리 — 어떻게 가능한지 믿을 수 없을 만큼 큰 소리였다. 일종의 의식이었다.

그녀는 신발을 신는 법이 없었고 발바닥은 가죽처럼 딱딱했다. 그녀는 뭐든지 — 물이 가득 찬 동이든 어마어마하게 큰 짐이든 다 머리에 이고 다녔다. 헤스터는 말하곤 했다. "이 사람들 머리는 뭘로 만들어진 거지? 백인이라면 저런 짐을 이지 못할 텐데. 이 사람들 머리는 틀림없이 나무토막이나 뭐 그런 것과 비슷할 거야."

프랜신은 항상 웃고 있었지만, 노래 부를 때 그 소리는 슬프게 들렸다. 아주 경쾌하고 빠른 곡조차 슬프게 들렸다. 그녀는 땅부렐레[28]를 — 손바닥 아랫부분으로 쿵 한번 치고 손가락으로 다섯번 짧게 — 두드리면서 혼자 노래를 부르며 오랫동안 앉아 있곤 했다.

나는 그녀가 몇살인지 몰랐고 그녀 자신도 몰랐다. 가끔 그들은 모른다. 어쨌든 그녀가 나보다 약간 더 나이가 많았고 내가 처음 생리를 시작했을 때 내게 그에 관해 설명해준 사람도 그녀였다. 그래서 그게 별문제가 아닌 듯 보였고 나는 그것이 먹고 마시는 일과 같은 일상사라고 생각했다. 그러나 이내 그녀가 헤스터에게 가서 말하자, 헤스터는 내게 와서 잔소리를 해대면서 눈으로는 주위를

---

28 나무와 염소가죽으로 만든 원기둥 모양의 드럼으로 도미니카 전통 악기.

온통 두리번거렸다. 나는 계속 "아니요, 안 그러는 게…… 네, 알았어요…… 오, 네, 물론……" 하고 말했다. 그러나 마치 나를 둘러싼 주변의 모든 것이 옥죄어와서 숨을 쉴 수가 없는 듯, 끔찍하게 비참한 기분이 들기 시작했다. 죽고 싶었다.

헤스터가 말을 다 마치고 난 뒤에 나는 베란다로 가서 해먹에 누워 흔들거렸다. 우리는 모건 쉼터에 가 있었다. 아버지가 일주일 동안 집을 떠나 있던 터라 헤스터와 나만 거기에 갔다. 나는 그날의 일분 일초까지 다 기억할 수 있다.

해먹을 매단 밧줄이 삐걱거렸고 바람이 불었으며 바깥쪽 덧문이 연신 탕탕 부딪치는 게 꼭 총소리 같았다. 두 언덕 사이에 낀 그곳은 마치 세상의 끝 같았다. 한동안 비가 내리지 않아서 능선을 덮은 초원은 태양에 그을린 갈색이었다.

잠시 해먹에서 흔들거리자 속이 심하게 메스꺼워졌다. 그래서 해먹을 멈추고 바다를 바라보면서 가만히 누워 있었다. 방금 배가 지나간 것처럼 바다 위에 하얀색 선들이 있었다.

12시 30분에 우리는 아침식사를 했고 헤스터는 케임브리지에 관해 이야기하기 시작했다. 그녀는 항상 케임브리지에 관해 이야기했다.

그녀는 내가 영국을 굉장히 좋아할 거라고 확신한다면서, 내가 영국에 간다면 그건 내게 아주 잘된 일 거라고 말했다. 그러고는 다섯번째 랭글러[29]인 자기 삼촌 이야기를 했는데, 사람들이 그를

---

29 Wrangler. 케임브리지 대학의 수학 학사학위 시험에서 우등상을 받은 합격자를 이르는 말로, 1등은 Senior Wrangler로 부르고 2등부터 앞에 Second, Third 식으로 서수를 붙여간다.

'지저분한 와츠'라고 불렀다고 했다.

"삼촌이 좀 지저분했지." 그녀가 말했다. "하지만 그건 그냥 딴데 정신이 팔려서 그런 거였어. 그런데 그 아내인 패니 숙모는 미인 ─ 절세미인이었지. 어느날 저녁 그녀가 극장의 귀빈석에 들어서니까 모두가 일어나는 거야. 자기도 모르게."

"설마!" 내가 말했다. "어쩜 좋아!"

"어쩜 좋아라고 말해선 안돼." 헤스터가 말했다. "어쩜 나빠라고 말해야 하는 거야."[30]

"그래, 사람들은 그 둘을 미녀와 야수라고 부르곤 했지." 그녀가 말했다. "미녀와 야수. 오, 그녀에 관한 일화가 많았어. 한 젊은 남자가 있었는데, 그녀를 뚫어지게 바라보다가 그녀가 성가셔하자 이렇게 대답했어.

고양이가 왕을 바라보는 건 되고
내가 더 예쁜 여인을 바라보는 건 왜 안되죠?

그녀는 그 말을 듣고 아주 즐거워했고 그 이야기를 자주 했어. 그리고 그 남자는 대단한 총아 ─ 정말 대단한 총아가 되었지. 가만있자 ─ 그 남자 이름이 뭐였더라? 아무튼 간에 그는 킹스 칼리지에 다녔어. 킹스였더라 트리니티였더라? 기억이 안 나네. 어쨌든 그 남자는 그 나름대로 꽤 재치가 있었고 그녀는 재치 있는 사람들

---

[30] my god의 완곡어인 my goodness라는 감탄사를 헤스터가 my badness라는 말로 다시 한번 완곡하게 바꾼 것.

을 좋아했어. 그런 사람들이 뭘 해도 용서해줬지. 그 시절에는 사람들이 재치를 갖추기 위한 수고를 마다하지 않았단다. 그 시절을 어떻게 깎아내려도 다 괜찮지만 그때 사람들이 재치는 더 있었어."

"그래요." 내가 말했다. "댄스파티가 있던 요전 날 밤 브라이언트 판사처럼요. 그때 어떤 바보가 식당 문을 팔로 가로막으면서 '각운을 맞추지 못하는 사람은 아무도 못 들어갑니다. 각운을 맞추지 못하는 사람은 아무도 못 들어갑니다'라고 말했어요. 그러자 브라이언트 판사가 번개처럼 잽싸게 이렇게 말했죠.

우리를 들여보내라
이 망할 늙은 얼간아[31]

그 역시 상당히 재치가 번뜩이는 거죠, 그렇게 생각 안하세요?"

헤스터는 말했다. "약간 차이가 있지. 물론 네가 그 차이를 알아차리리라고 기대할 수는 없겠지만 말이다." 마치 혼잣말을 하는 듯한 목소리였다.

우리는 어묵과 고구마를 먹은 다음 푹 끓인 구아바를 먹었다. 또 그녀가 빵나무 열매의 식감을 좋아했기 때문에 우리는 빵 대신 빵나무 열매를 먹었다.

음식을 먹으며 거기 앉아 있노라면 마치 초록색 어깨처럼 생긴 둥근 언덕이 보였다. 테이블 위에는 금빛 고리들이 달린 둥그런 파

---

31 각 행의 끝을 pass와 ass로 해서 각운을 맞춘 것.

란색 꽃병에 분홍색 장미들이 꽂혀 있었다.

구석에는 술을 넣어둔 수납장과 유리잔을 늘어놓은 찬장이 있었다. 그리고 월터 스콧의 작품이라든가 낡아서 속지가 누레진 옛 『롱먼 매거진』이 수두룩하게 꽂힌 책장도 있었다.

아침식사 후에 나는 다시 베란다로 갔고 그녀 역시 나와서 기다란 캔버스 의자에 앉았다. 그녀는 수수께끼라도 내려는 양 눈을 깜박거리면서 스캠프를 쓰다듬기 시작했다. (누가 홀 케인[32] 작품을 했지? 도러시아 베어드.[33]) 스캠프는 그녀에게 꼬리를 살랑거렸다.

"난 개가 싫어요." 내가 말했다.

"저런, 설마!" 그녀가 말했다.

"글쎄, 난 싫어요." 내가 말했다.

"계속 그런 식으로 나가다가 네가 어찌 될지 모르겠다." 헤스터가 말했다. "내가 한마디 하자면, 계속 그런 식으로 나가다간 아주 불행하게 살게 될 거다. 사람들이 너를 안 좋아할 거야. 네가 그런 말을 하면 영국에 사는 사람들은 널 아주 싫어할 거라고."

"난 상관없어요." 내가 말했다. 하지만 나는 울음이 터질까 두려워서 구구단을 외우기 시작했다.

그리고는 일어나서 그녀에게 프랜신과 이야기하려고 부엌에 간다고 말했다.

부엌은 20미터쯤 떨어진 곳에 있었다 — 지붕널이 덮인 방 두칸짜리 건물이었다. 그중 한칸은 프랜신의 침실이었다. 거기에는 침

---

32 Hall Caine(1853~1931). 영국의 극작가, 소설가, 시인.
33 Dorothea Baird(1875~1933). 영국의 연극·영화배우.

대가 놓여 있고, 도기 물병과 대야 그리고 의자가 하나씩 있었다. 침대 위쪽으로는 사랑에 불타는 성심의 예수 그림, 푸른 옷에 양팔을 벌린 동정녀 마리아 그림 등등이 잔뜩 걸려 있었다. 「우리를 위해 기도하는 성 요셉」 「예수, 마리아, 요셉, 내게 행복한 죽음이라는 은총을 허락하시다」.

일하지 않을 때 프랜신은 문간에 앉아 있곤 했고 나는 그녀와 함께 거기 앉아 있기를 좋아했다. 가끔씩 그녀는 내게 이런저런 이야기를 해주었는데, 이야기를 시작할 때면 어김없이 "팀, 팀"이라고 말했다. 그러면 나는 "부아 쎄슈"라고 대답해야 했다.[34]

한동안 비가 이어지면 진흙투성이가 되었다가도 가물면 목이 마른 듯 쩍쩍 갈라지는 길 건너편으로는 대나무 숲이 햇빛을 받으며 혹은 비를 맞으며 흔들리는 모습이 보였다. 하지만 부엌은 끔찍했다. 굴뚝 하나 없이 항상 숯 연기가 자욱했다.

프랜신이 거기서 설거지를 하고 있었다. 연기 때문에 그녀의 눈은 붉게 충혈되고 눈물을 흘리고 있었다. 얼굴도 흠뻑 젖었다. 그녀는 손등으로 눈물을 훔치면서 곁눈질로 나를 보았다. 그러고는 패트와[35] 사투리로 무슨 말인가를 하더니 다시 설거지를 계속했다. 나는 알았다. 내가 백인이라서 당연히 그녀가 나 역시 안 좋아한다

---

34 진 리스가 자서전 『좀 웃어봐요』(Smile Please)에서 실제 친구인 프랜신과 자주 나누던 대화로 소개한 대목. 일종의 둘만의 의식으로 보이며, 리스는 프랑스어로 '마른 나무'를 뜻하는 '부아 쎄슈'(Bois sèche)가 서인도제도 흑인들의 영적 의식인 '오베아'(obeah)의 신을 의미한다고 설명했다.

35 서인도제도의 흑인들이 주로 사용하는 방언. 크게 영어를 기반으로 한 자메이카 방언과 프랑스어를 기반으로 한 아이티 방언이 있다.

는 것을. 그리고 내가 백인인 게 나도 싫다는 사실을 그녀에게 결코 설명해낼 수 없으리라는 것을. 백인인 것, 헤스터처럼 되는 것, 또 우리가 가진 모든 것 ─ 오래되고 슬픈 모든 것. 나는 계속해서 생각했다. '아니야…… 아니야…… 아니야……' 나는 그날 내가 이미 늙기 시작했고 무엇으로도 그걸 막을 수 없다는 것을 알았다.

그녀를 다시 쳐다보지 않고 나는 걸어서 장미 꽃밭과 커다란 망고나무를 지나 언덕으로 올라갔다. 줄곧 비둘기들이 오가고 있었다. 2시 무렵, 바로 해가 가장 뜨거운 때였다.

황량한 풍경이었다. 주변에 있는 커다란 잿빛 바위들 때문에 그곳은 뜨겁고 험준하고 황량한 모습이었다 ─ 옛날 옛적에 화산 폭발이 있었다고들 했다 ─ 그렇다고 그곳이 아름다운 장소가 아니었다는 뜻은 아니다. 그곳은 기름진 땅이었다 ─ 아니, 아버지가 항상 그렇게 말했다. 아버지는 카카오와 육두구를 길렀다. 언덕 경사지에서는 커피를 길렀다.

어린 육두구나무에 처음으로 꽃이 피면 아버지는 그것이 수나무인지 암나무인지 알아보려고 나를 데려가곤 했다. 꽃봉오리가 아주 작아서 그것을 구별하려면 눈이 좋아야 하기 때문이었다. 그럴 때면 아버지는 이렇게 말했다. "어리니까 네가 눈이 밝지. 같이 가자."

"난 늙어가고 있어, 보이는 게 예전 같지 않아." 아버지가 그렇게 말할 때면 나는 항상 무척 우울한 기분이 들었다.

나는 부엌 건물로부터 한참 떨어진 곳까지 갔다. 그늘 아래 있는 바위에 기대앉았다. 하늘은 몹시 푸르렀고 땅과 아주 가까웠다.

나는 내가 이 지상에 살았던 그 어떤 인간보다 더 외롭다고 느꼈고, 다만 그렇게 '아니야…… 아니야…… 아니야……' 하는 생각만 하고 있었다. 이윽고 구름 한조각이 시야에 들어와 그러지 않았더라면 볼 수 있었을 것들의 반은 가려버리는 듯했다. 두통이 생기려 할 때 항상 그랬다.

나는 생각했다. '그래, 좋아. 이제 난 죽을 거야.' 그래서 나는 모자를 벗고 걸어가서 태양 아래 섰다.

고향에서 태양은 마치 신처럼 무섭기도 하다. 여기 있는 이것은 — 이게 같은 태양이라는 걸 믿을 수 없다. 정말 믿을 수가 없다.

나는 두통이 느껴지기 시작할 때까지 거기 서 있었다. 이윽고 하늘이 내게 가까이 다가왔다. 머리가 띵하고 통증이 극심했다. 칼로에는 듯한 고통이었다. 이내 한기가 들었고, 나는 심하게 메스꺼워지고 나서야 집으로 갔다.

열이 났고 오랫동안 아팠다. 나아졌다가도 다시 열이 나고 아프기 시작했다. 그렇게 몇달을 갔다. 내가 엄청나게 마르고 흉해지고 금화처럼 노래졌다고 아버지는 말했다.

나는 헤스터에게 몸 상태가 나빴을 때 내가 말을 많이 했는지 물었고, 그녀는 "그래, 고양이 얘기를 하고 프랜신 얘기를 엄청 했어"라고 했다. 그 이후부터 그녀는 프랜신을 극렬히 싫어하면서 내쫓아야 한다고 말하기 시작했다. 그 모든 시간이 흐른 뒤에도 헤스터는 어김없이 프랜신 이야기를 끄집어내고야 만다는 생각을 하면서 나는 웃지 않을 수 없었다.

내가 헤스터에게 한번 편지를 했지만 그녀는 답장으로 그저 엽서 한장을 보냈고, 이후로 나는 다시 편지하지 않았다. 그녀 역시 하지 않았다.

7

밤중에 깨어나서 자기가 혼자라는 걸 생각할 때 그리고 남자란 반드시 싫증을 내기 마련이라고 모두가 입을 모아 말한다는 사실을 생각할 때, 그럴 때가 슬픈 순간이다. (결코 보낸 적 없고 쓴 적조차도 없는 편지들을 꾸며낸다. '내 사랑 월터……')

모두가 "성공하라"고 말한다. 물론 어떤 사람들은 실제로 성공한다. 그렇다. 하지만 얼마나 많은 사람이? 아무개 양은 어떻게 됐지? 그녀는 성공했지, 아닌가? '코러스걸, 귀족 집안 아들과 결혼하다'. 그런데 그녀는 정말 어떻게 됐지? 그들은 말한다. 성공하든지 아니면 꺼지든지. 성공하든지 아니면 꺼지든지.

제가 원하는 것은, 프라이스 씨, 목소리 테스트를 대비하기에 효과적인 노래예요. 꽃들이 깨어나듯 내 가슴 부드럽게 깨어나고[36] ─ 그런 게 아주 효과적인 곡이죠.

남자란 반드시 싫증을 내기 마련이라고 모두가 입을 모아 말하고 온갖 책에 그렇게 쓰어 있는 걸 사람들은 읽는다. 그러나 나는

---

36 미국 가수 메리언 앤더슨의 노래 「내 가슴 부드럽게 깨어나고」(Softly Awakes My Heart)의 가사.

지금 결코 책을 읽지 않으니, 어쨌든 책들이 내게 그런 잔소리를 늘어놓을 수 없다. ('내 사랑 월터……')

잠들지 못한 채로 누워 있다가 이윽고 날이 밝아오고 참새들이 지저귀기 시작할 때, 그럴 때가 슬픈 순간이다 ─ 그럴 때가 슬픈 순간이자 외로운 느낌, 절망적인 느낌이 드는 순간이다. 참새들이 지저귀기 시작할 때.

하지만 낮 동안은 괜찮았다. 술 한잔 할 때면 그게 세상에서 살아가는 최선의 방법임을 알았다. 어떤 일이 일어날지 모르는 법이니까. 매일 자기에게 어떤 일이 일어날지를 정확히 안다면 사람들이 어떻게 살아갈지 모르겠다. 내가 보기엔 그렇게 사느니 죽는 게 낫다. 옷을 차려입고 나가서 그를 만나고 레스토랑에서 나와 거리의 불빛 아래 택시를 타고 그곳으로 가는 택시 안에서 그가 키스했을 때.

한달이 일주일 같았고, 나는 '벌써 6월이네' 하는 생각을 했다.

그해 여름은 가끔 더웠다. 우리가 쌔버네이크 숲에 간 날은 정말 더웠다. 나는 프림로즈힐에 앉아 있던 참이었다. 거기에는 한 무리의 아이들이 있었다. 내가 앉은 의자 바로 뒤에서 몸집이 큰 남자애와 작은 남자애가 밧줄을 가지고 놀고 있었다. 작은 애는 팔다리를 움직일 수 없도록 꽁꽁 묶이는 중이었다. 큰 애가 한번 밀자 작은 애는 바닥에 납작하게 쓰러져버렸다. 땅바닥에 누워서도 작은 애는 잠시 동안 웃었다. 그러다가 얼굴이 변하더니 울기 시작했다. 큰 애가 작은 애를 발로 찼다 ─ 세게 찬 것은 아니다. 작은 애는 더 크게 소리를 질렀다. "안돼, 그럼." 큰 애가 말했다. 다시 발로 찰 태세였다. 그러나 그 순간 아이는 내가 보고 있는 걸 알아차렸다. 아이는 히죽 웃더니 밧줄을 풀었다. 작은 애가 울음을 멈추고 일어섰다. 둘 다 내게 혀를 내밀고는 달아났다. 작은 애는 다리가 짧은데다 오동통했다. 보조를 맞춰 달려가기가 힘들었다. 그렇지만 아이는 뒤돌아서 또다시 한껏 혀를 내미는 걸 잊지 않았다.

해가 나지 않았는데도, 탁하고 정체된 공기는 지저분하게 뜨뜻했다. 마치 수천명의 사람이 이미 들이마셨다 내뿜은 입김 같았다. 한 여자가 지나가면서 씨저라고 부르는 개에게 공을 던져 물어 오게 했다. 그녀의 목소리가 헤스터의 목소리를 닮았다.

"씨이-자, 씨이-자……"

잠시 후에 나는 집으로 돌아와서 찬물 목욕을 했다.

도스 부인이 월터의 편지를 가지고 들어왔을 때 나는 누워서 호흡운동을 하는 중이었다. 프라이스는 누워 있을 때야말로 호흡운동을 해야 할 시간이라고 늘 말했다.

"6시에 차로 당신을 데리러 갈게. 시골에 가는 거야. 이틀 정도 지낼 물건들과 그외에 당신이 필요한 것 모두 챙겨 ─ 알지?"

내가 나가려는 참에 도스 부인이 지하실에서 올라왔다.

"안녕히 계세요." 내가 말했다. "전 월요일 아니면 화요일에 돌아올 거예요."

그녀가 말했다. "잘 다녀와요, 모건 양." 그녀는 흰머리에 얼굴이 길고 온화했으며 목소리는 부드러웠다 ─ 런던 토박이 목소리가 아니었다. 내게 말할 때 그녀는 항상 멍한 표정을 지었다.

그녀는 "재밌게 다녀오길 바라요, 정말로요"라고 말하곤 문간에 서서 내가 차에 타는 걸 지켜보았다.

머리를 제대로 말리고 나올 시간이 없었기 때문에 나는 내가 괜찮게 보일지 아닐지를 걱정하고 있었다. 내가 어떻게 보일지에 너무 신경을 쓴 나머지 나의 4분의 3은 감옥에 갇혀 그 안을 맴돌고 있었다. 만약 그가 내게 괜찮아 보인다든가 예쁘다는 말을 했더라면 나는 자유롭게 풀려났을 것이다. 그러나 그는 그냥 나를 위아래로 훑어보고 미소 지었을 뿐이다.

"빈센트가 내일 아가씨 하나 데리고 기차로 내려올 거야. 그러면 재밌을 거 같다고 생각했거든."

"오, 그래요?" 내가 말했다. "정말 좋겠네요. 내가 만났던 그 아가씨예요 — 에일린?"

"아니, 에일린 말고. 다른 아가씨."

날이 어두워지자 나는 더 행복해졌다. 나방 한마리가 내 얼굴로 날아들었고 나는 그것을 때려잡았다.

호텔의 식당 벽에는 수사슴 머리들이 여기저기 걸려 있었다. 우리 테이블 위편에 있는 것은 암소 머리만큼 컸다. 그 거대한 유리알 눈이 우리 너머를 응시했다. 침실에는 인쇄된 그림이 있었다 —「선원의 작별」「선원의 귀향」「유언장 읽기」「부부의 정」. 마치 박제된 인물을 그려놓은 듯 그들은 고요하고 생기 없는 표정을 하고 있었다 — 단정한 차림으로 웃고 있는 키가 아주 크고 통통한 여자들과 덥수룩한 수염을 기른 다리 긴 남자들. 그러나 나무들이 흐트러짐 없이 잔잔한 모양을 유지하고 있는 것으로 미루어 그 시간은 분명 좋은 시간임을 느낄 수 있었다.

나는 아주 일찍 일어났고, 잠시 동안 내가 어디에 있는지 깨닫지 못했다. 런던에서 나는 것과 같은 정체된 냄새가 아닌, 뭔가 상쾌한 냄새가 창문을 통해 들어왔다. 그러자 내가 일어나서 집에 갈 필요가 없다는 사실, 다음 날 밤에도 나는 계속 여기 있을 것이고 그도 그럴 거라는 사실이 떠올랐다. 나는 매우 행복했다. 내 인생의 그 어느 때보다도 더 행복했다. 너무도 행복해서 울었다. 바보처럼.

그날도 역시 더웠다. 점심식사를 마치고 우리는 쎄버네이크 숲으로 갔다. 너도밤나무 잎사귀가 햇빛을 받아 유리처럼 빛났다. 숲 속의 빈터마다 풀밭에 수많은 작은 꽃이 빨강, 노랑, 파랑, 하양으로 피어 있었다. 어찌나 다채로운지 색이란 색은 다 있는 것처럼 보였다.

월터가 말했다. "당신이 살던 섬에도 이런 꽃들이 있었어? 이 빛나는 작은 것들이 아주 예쁘다고 생각하지 않아?"

나는 대답했다. "꼭 이렇게 생기지는 않았어요." 그러나 그곳에 있던 꽃들에 대해 말하기 시작하자 나는 꿈꾸는 듯한 느낌, 두곳을 제대로 끼워맞추지 못한다는 느낌이 들었다. 또 내가 꽃 이름들을 꾸며내고 있는 것 같았다. 스테파노티스, 히비스커스, 옐로벨, 재스민, 프랜지파니, 코랄리타.

내가 말했다. "화려한 나무들은 꽃이 필 때 멋져요."

종달새 한마리가 시계에서 튀어나오듯이 갑자기 날아올랐다. 마치 누가 시계태엽을 감고 있다가 때때로 한번씩 멈추는 것 같았다.

월터가 혼잣말처럼 말했다. "상상력이 없다고? 그건 완전히 헛소리야. 난 상상력이 풍부해. 당신을 알게 된 이후로 줄곧 당신을 쌔버네이크에 데려와 당신이 이 나무들 아래 있는 걸 보고 싶었어."

"난 여기가 좋아요." 내가 말했다. "영국이 이렇게 아름다울 수 있다는 걸 몰랐어요."

하지만 여기에서는 이미 무슨 일인가가 일어났다. 야생의 자연은 사라지고 없는 듯했다.

걸어가다가 우리는 너도밤나무들이 빽빽하게 자라 위쪽으로는 가지들이 서로 맞닿아 있는 곳에 이르렀다. 숲 바깥은 덥고 화창한 날이라는 것을 느낄 수 있었다.

우리는 쓰러진 나무에 가서 걸터앉았다. 아직 나무의 뿌리 일부가 땅속에 있었다. 바람이 많이 불지 않아서 나무 흔들리는 소리는 나지 않았다. 오랫동안 우리는 아무 말도 하지 않았다. 나는 내가 얼마나 행복한가를 생각하고 있다가, 이윽고 아무런 생각도 — 내가 얼마나 행복한가 하는 생각조차도 하지 않았다.

그가 말했다. "이 각도에서 보니 당신 예쁘네."

"어느 각도에서나 다 예쁜 게 아니고요?" 내가 말했다.

"당치 않은 소리. 우쭐대는 아이 같기는. 하지만 이 각도에서는 완벽하게 만족스러워. 당신과 사랑을 나누고 싶어, 정말 너무나도. 여기에는 사슴이 겨울에 피신하는 굴들이 아주 많아. 아무도 우릴 못 볼 거야."

내가 말했다. "오 싫어요, 여기선 안돼요. 혹시라도 누가 본다고 생각해봐요." 나는 내가 키득키득 웃는 소리를 들었다.

그가 말했다. "아무도 안 볼 거야. 그리고 본들 어때? '이 두 사람은 더할 나위 없이 행복하군' 생각하고 우리를 질투하면서 그냥 내버려두겠지."

내가 말했다. "뭐, 그럴 수도 있겠지만 안 그럴 수도 있죠." 나는 '호텔로 돌아가면……' 하는 생각을 하고 있었다.

"수줍긴, 애나." 그가 말했다.

"아무튼 호텔로 돌아가요." 내가 말했다. (문을 닫고 창문에 커튼을 치고 나면 천년처럼 긴 시간이 흐르는 것 같았지만, 실은 순식간에 끝났다. 로리 왈 "어떤 여자들은 늙어가면서야 그걸 좋아하기 시작하지. 그 경우는 말하자면 좀 운이 나쁜 거야. 나는 그냥 젊을 때 나 자신을 닳도록 써버릴 거야".)

"맙소사, 맞아," 그가 말했다. "그 말을 들으니 생각나네. 지금쯤 틀림없이 빈센트가 거기 와 있을 거야. 우리를 기다리고 있을 텐데."

나는 빈센트에 관해 잊고 있었다.

"가자." 월터가 말했다.

우리는 일어났다. 나는 자다가 막 깼을 때처럼 추위를 느꼈다.

"당신도 빈센트가 데리고 온 아가씨가 맘에 들 거야." 그가 말했다. "이름이 저메인 설리번이야. 당신 맘에 들 거라 확신해. 아주 괜찮은 여자야."

"그래요?" 곧이어 이런 말이 튀어나왔다. "빈센트는 안 괜찮은데."

"빈센트가 싫다는 뜻은 아니지?" 그가 말했다. "그가 싫다는 여자는 듣던 중 당신이 유일한데."

"물론 난 그 사람이 좋아요. 아주 잘생긴 게 분명하고요." 내가 말했다. "이 아가씨도 배우예요?"

"아니." 월터가 말했다. "빈센트가 빠리에서 만났대. 자기 입으로 절반은 프랑스인이라고 했다는데. 누가 알겠어. 뭐든 가능하겠지. 그래도 정말 꽤 재밌는 여자야."

우리는 차를 잡아 호텔로 돌아왔다. 거의 6시가 되었다. 나는 계속 생각하고 있었다. '자기가 행복하다는 걸 아는 건 불길해. 행복하다고 말하는 건 불길해. 부정 타지 않기를. 행운을 빌어. 퉤.'

빈센트가 말했다. "그래, 꼬마는 어때? 우리 애나 어린이는 어떠냐고."

그는 아주 잘생겼다. 속눈썹이 여자아이처럼 말려올라간 푸른 눈에 검은 머리와 구릿빛 얼굴 그리고 넓은 어깨와 날씬한 엉덩이를 지녔다 — 이는 사실상 그의 재주 보따리 속에 들어 있는 전부이다. 그는 나이가 더 어리다는 것만 빼고 월터와 좀 비슷했다. 더 잘생긴 것도 같았다. 적어도 얼굴은 더 잘생겼다. 그는 스물다섯살 정도로 보이지만 실제로는 서른한살이라고 월터가 내게 말했다.

"우리는 두 사람에게 무슨 일이 있는지 궁금해하고 있었어요." 그 여자가 말했다. "여기서 두시간 가까이 있었거든요. 우리를 바람맞혔다고 생각했죠. 난 돌아가는 기차가 있는지 알아볼 생각이었고요."

그녀는 예뻤지만, 아까부터 둘이서 싸우고 있었던 것 같은 표정이었다.

"그녀는 지금 몹시 기분이 나쁜데," 빈센트가 말했다. "왜 화가 났는지 모르겠어."

나는 옷을 갈아입기 위해 위층으로 갔다. 모드무어에서 산 꽃무늬 드레스를 입었다. 벽에 비친 나뭇잎 그림자들이 마치 태양이 수면 위에 만들어내는 무늬처럼 빠르게 흔들리고 있었다.

"테이블 위쪽에 있는 이것 좀 보세요." 저메인이 말했다. "이 수사슴인지 뭔지요. 이거 꼭 당신 누이 같아, 빈센트. 뿔하며 모든 게 다. 내가 실수로 당신 아파트 바로 앞에서 우연히 그녀와 마주쳤던 때 기억나? 그때 웃기지 않았어?"

빈센트는 대답이 없었다.

"당신은 스스로 완벽하다고 생각하지, 그렇지 않아?" 저메인이 말했다. "그런데 완벽하지 않아. 샴페인을 마실 때마다 트림을 하잖아. 요전 날 밤 당신 때문에 창피했다고. 당신이 이랬어."

저메인은 그가 트림하는 흉내를 냈다. 식당 저편에 있던 웨이터가 그 소리를 들었다. 그는 입을 동그랗게 오므리며 충격 받은 표정으로 우리 쪽을 건너다보았다.

"저 얼굴 봤어?" 저메인이 말했다. "그런데 당신이 가끔 저런 표정을 지어, 빈센트. 여자에 대한 경멸과 혐오가 담긴 ─ 이 나라에서 아주 흔한 표정이지. 인조 금붕어 같은, 아주 까다로운 표정."

"난 영국 여자는 되지 않을 거예요." 그녀가 말했다. "내게 아무리 많은 돈이나 다른 어떤 것을 주든 말이죠."

"기회란 좋은 거야." 빈센트가 엷게 미소를 지으며 말했다.

그 말을 듣고 그녀는 잠시 입을 닫았지만, 라운지에서 다 같이 술을 좀더 마시고 있을 때 영국에 관한 말을 다시 꺼냈다. "아주 좋은 곳이죠. 폐소공포증에 시달리지만 않는다면."

그녀가 계속 말했다. "한번은 아주 똑똑한 어떤 남자가 나한테 그러는 거예요……"

"프랑스 남자겠지, 물론." 빈센트가 끼어들었다. "자, 들어보자고 아주 똑똑한 그 프랑스 남자가 뭐라고 했는지."

"입 닥쳐." 저메인이 말했다. "그 사람이 한 말은 딱 맞았어요. 그는 영국엔 예쁜 소녀는 있지만 예쁜 여자는 극히 드물다고 했어요. '사실상 거의 없죠'라면서 이러는 거예요. '도무지 없는 것 같아요. 왜죠? 여자들에게 무슨 일이 있나요? 예쁜 소녀 몇명 그리고 끝, 공백, 사막. 그들에게 무슨 일이 있는 거죠?'"

"그리고 그 말도 맞고요." 그녀가 말했다. "여기 여자들은 끔찍해요. 저 기진맥진하고 위축된 모습 — 아니면 그렇게 만들어진 대로 모질고 메말랐거나! 메샹뜨,[37] 바로 그거예요. 그들이 왜 그런지는 모두가 알죠. 대부분의 영국 남자가 여자한테 눈곱만큼도 신경을 안 쓰기 때문에 여자들이 그 모양인 거예요. 남자들이 여자들을 진정으로 좋아하지 않기 때문에 여자들을 행복하게 해주지 못하는 거죠. 난 그게 이곳 풍토랄까 뭐 그런 거라 생각해요. 그런데 천만다행으로, 나한테는 그게 어떤 식으로든 별문제가 안되죠."

빈센트가 말했다. "못한다고, 저메인? 영국 남자가 여자를 행복하게 해주지 못한다고?" 그의 얼굴은 부드러웠고 미소 짓고 있었다.

---

37 프랑스어로 '심술궂은' '고약한'이라는 뜻.

그녀는 일어나서 거울에 자기 모습을 비춰 보았다. "잠깐 위층에 다녀올게요." 그녀가 말했다.

"머리 말러 가는 거야?" 빈센트가 말했다. "당신이라면 거기서 머리 마는 종이를 문제없이 찾을 거라 믿어."

그녀는 대답하지 않고 나갔다.

월터가 말했다. "저 숙녀분께서 뭔가 짜증나는 일이 있었나본데. 무슨 일이지?"

"아, 내가 자기한테 미리 말을 했어야 한다는 거야." 빈센트가 말했다. "워낙 이런저런 일에 발끈하는 성격이기도 하고. 여기 내려오는 길에 그녀가 먼저 말싸움을 걸었어. 그전까진 괜찮았는데. 이 일은 한바탕 눈물바다로 끝날 거야. 늘 그렇듯이."

나는 두 남자가 서로 눈빛을 교환하는 모습이 싫었다. 나는 일어섰다.

"당신도 머리 말러 가게요?" 빈센트가 말했다.

"아뇨, 화장실에 가려고요."

"잘됐군요." 그가 말했다.

아침 이후로 오랜 시간이 흐른 것 같다고 생각하고 있었다. 어젯밤에 나는 너무도 행복해서 울었다. 바보처럼. 어젯밤에 나는 너무 행복했다.

침실 창밖을 내다보았다. 지면에서 엷은 안개가 올라오고 있었다. 아주 고요했다.

영국에 오기 전에 나는 아주 고요한 밤을 상상해보려고 애쓰곤 했다. 달그락달그락 소리가 나는 가운데서 상상해보려고 애썼다.

긴 베란다에서는 귀신이 나올 것 같았고 — 거기에는 해먹 하나와 의자 세개 그리고 망원경이 놓인 테이블이 있었다 — 달그락달그락 소리가 줄곧 들려왔다. 달과 어둠과 나무들 소리, 그리고 멀지 않은 곳에 있는 아무도 가본 적 없는 숲 — 처녀림[38]. 거대하게 내려오는 밤과 더불어 우리는 베란다에 앉아 있곤 했다. 온갖 꽃에서 향기는 얼마나 났던지. ("밤이면 이곳은 나를 소름 끼치게 만들어." 헤스터는 말하곤 했다.)

내가 침실에 있는 기다란 거울 앞에 서 있을 때 월터가 들어왔다.

그가 말했다. "우리 오늘밤에 런던으로 돌아가도 괜찮겠어?"

내가 말했다. "난 우리가 오늘밤 여기 묵고 내일 아침 옥스퍼드로 갈 계획이라고 알고 있었는데요."

"계획은 그랬지." 월터가 말했다. "그런데 저 둘이 대판 싸웠고 이제 저메인이 여기 머물고 싶지 않다고 하는군. 이곳이 자기 화를 돋운대."

"또 그녀는 옥스퍼드에 관해 아주 무례하게 굴었지." 그는 이렇게 말하고 웃기 시작했다. "우리가 오늘밤 저들을 데리고 올라가는 게 좋겠어. 당신만 괜찮다면, 어때?"

"괜찮아요." 내가 말했다.

"정말 괜찮아?"

---

38 virgin forest. '원시림'으로 옮겨야 마땅하나 이 작품에서는 애나가 성관계를 갖기 이전의 상태, 즉 처녀성을 영국으로 건너오기 전에 살던 서인도제도와 연관 짓고 있어 원문을 그대로 살렸다.

"정말요." 내가 말했다. 나는 가방에 짐을 싸기 시작했다.

"이런, 그냥 놔둬." 월터가 말했다. "메이드가 할 거야. 아래층에 가서 저메인에게 말을 걸어봐. 당신 그 여자 맘에 들지, 안 그래?"

나는 말했다. "그래요, 그런대로 맘에 들어요. 노상 빈센트한테 덤벼드는 것만 그만둔다면요."

"그녀는 빈센트 때문에 잔뜩 짜증이 났어." 월터가 말했다.

"네, 그래 보여요. 왜죠? 무슨 일이에요?"

그는 호주머니에 양손을 넣고 서서 몸을 앞뒤로 흔들고 있었다. 그는 말했다. "몰라, 기분이 나쁜가봐. 빈센트가 다음 주에 잠시 어딜 가는데 그것 때문에 기분이 나빠졌나봐. 사실, 그녀는 빈센트가 줄 수 있는 액수보다 더 많은 돈을 주고 가길 바라는 거야."

"오, 그가 어딜 가나요?" 내가 물었다. 나는 여전히 거울을 보는 중이었다.

그가 대답했다. "응, 내가 다음 주에 뉴욕에 갈 때 그를 데리고 가거든."

나는 아무 말도 하지 않았다. 얼굴을 거울에 좀더 가까이 들이댔다. 어린애가 얼굴을 거울 앞에 바짝 갖다대고 거울 속 자신에게 인상을 쓸 때처럼.

"나는 오래 있지 않을 거야." 그가 말했다. "기껏해야 두어달 나가 있다 돌아올 거야."

"아, 그렇군요." 내가 말했다.

메이드가 노크를 하고 들어왔다.

우리는 아래층으로 가서 한잔 더 했다. '술맛이 꽤 괜찮네.' 나는 생각했다.

빈센트는 책에 관해 이야기하기 시작했다. "얼마 전에 내가 좋은 책을 한권 읽었어 ─ 끝내주게 훌륭한 책이었지. 그걸 읽고서는 '이 책을 쓴 남자한테 기사 작위를 줘야 해'라고 생각했어. 『묵주』[39]라는 작품이야."

"그거 여자가 썼어, 이 바보야." 월터가 말했다.

"어?" 빈센트가 말했다. "이런 맙소사! 음, 여자가 썼다 해도 기사 작위를 줘야 해. 난 그 말밖에 못하겠어. 내가 훌륭한 책이라고 부르는 게 바로 그런 거야."

"저 사람은 유리 진열장 안에 둬야 하지 않을까요?" 저메인이 말했다. "남자라는 종의 완벽한 견본으로."

월터가 말했다. "자, 나는 가서 차편이 있나 알아볼게."

저메인은 내게 시선을 고정하고 있었다. "놀랄 만큼 어려 보이네, 이 꼬마 친구는." 그녀가 말했다. "열여섯살쯤 돼 보여."

"맞아." 빈센트가 말했다. "우리 모두가 알고 친애하는 월터 영감이 유아 유괴 비슷한 걸 해온 게 아닌지 걱정스럽군."

"몇살이에요?" 저메인이 물었고, 나는 "열아홉살이요"라고 대답했다.

"그녀는 조만간 훌륭한 아가씨가 될 거야." 빈센트가 특유의 친

---

39 *The Rosary*. 영국 작가 플로렌스 바클리(Florence L. Barclay, 1862~1921)가 1909년에 발표한 소설로 당대의 베스트셀러였다. 지극히 평범한 외모에 아름다운 내면을 지닌 서른살 여자 제인과 지극히 잘생긴 외모에 예쁜 여자를 좋아하는 남자 가스가 수많은 역경을 극복하고 신의 품에서 진정한 사랑을 찾아가는 내용이다.

절한 척하는 표정을 지어 보이며 말했다. "가을 되면 우리 한번 시작해볼 거죠, 애나? 데일리에서 하는 새 공연 말이에요. 지금 하는 노래 레슨을 다 마치고 나면 당신도 그 아무개 양처럼 노래를 잘할 수 있을 거예요."

"배우군요, 그렇죠?" 저메인이 물었다.

"응, 배우이거나 배우였거나. 처음 월터를 만난 것도 공연하고 있던 때 맞죠?" 빈센트가 말했다.

"네." 내가 말했다.

그들은 내가 뭔가 다른 말을 더 하길 기대하는 것처럼 나를 바라보았다.

"싸우스시에서였어요." 내가 덧붙였다.

"오, 그게 싸우스시에서였군요?" 빈센트가 말했다.

그들은 웃기 시작했다. 그들이 여전히 웃고 있는데 월터가 들어왔다.

"그녀가 너에 대해 폭로하는 중이었어." 빈센트가 말했다. "모든 게 어떻게 시작됐는지 말하고 있었지. 이 지저분한 자식, 월터. 싸우스시 부둣가에서 도대체 무슨 짓을 하고 있었던 거야?"

월터는 눈을 깜박였다. 그러고는 말했다. "빈센트가 당신에게 질문을 퍼붓도록 내버려두면 안돼. 그는 마누라처럼 꼬치꼬치 캐묻는다고. 안 그렇게 보인다고 생각할 텐데, 실제로는 그래."

그 역시 웃기 시작했다.

"닥치고 웃지 말아요." 내가 말했다.

벽난로 선반 가장자리에 팔을 걸친 월터의 손이 대롱대롱 흔들리는 것을 보면서 나는 '닥치고 웃지 마' 하고 생각했다.

나는 말했다. "아, 나 좀 그만 비웃어요. 지겨워요."

"뭐가 그렇게 웃겨요?" 내가 말했다.

그들은 계속 웃었다.

나는 피우던 담배 끝을 월터의 손등에 대고 눌렀다. 담배를 꾹 누른 뒤 그대로 붙들고 있었다. 그는 손을 획 빼내면서 "빌어먹을!" 하고 내뱉었다. 어쨌든 그들은 이제 웃음을 그쳤다.

"잘한다, 꼬마 친구." 저메인이 말했다. "잘한다."

"진정해." 월터가 말했다. "이렇게까지 흥분할 게 뭐야?" 그는 나를 쳐다보지 않았다.

"이런, 젠장." 빈센트가 말했다. "자, 그만 떠날까, 우리?"

우리는 차에 탔다. 앞자리에 저메인이 월터 옆에 앉고 빈센트와 나는 뒷자리에 앉았다.

빈센트는 다시 책 이야기를 시작했다.

내가 말했다. "지금 말씀하시는 책들 중에서 읽어본 게 없어요. 나는 책을 거의 읽지 않아요."

"그럼 하루 종일 뭐 하고 지내요?" 그가 물었다.

"모르겠어요." 내가 대답했다.

나는 말했다. "뉴욕에 가신다죠?"

그는 목을 가다듬고 말했다. "그래요, 둘이 다음 주에 가요."

나는 아무 말도 하지 않았고, 그는 내 손을 꽉 쥐며 말했다. "걱정 말아요, 당신 다 잘될 거예요."

나는 손을 뺐다. 그러면서 생각했다. '아니, 난 당신이 싫어.'

우리는 저메인의 아파트 앞에 섰다.

나는 "안녕히 가세요, 저메인. 안녕히 가세요, 빈센트, 대단히 감사합니다"라고 말했다. 내가 왜 그런 말을 했지? 하고 생각했다. 이 남자랑 같이 있으면 난 항상 바보가 된다. 그는 여지없이 내가 뭔가 바보 같은 말을 했다고 느끼게 만들 것이다.

그러자 아니나 다를까 그는 눈썹을 치켰다. "대단히 감사하다고요? 우리 친애하는 꼬마 아가씨가 왜 내게 대단히 감사하죠?"

"자," 월터가 말했다. "이제 우리 어디로 갈까? 어디 가서 저녁 먹자."

내가 말했다. "아니, 다시 당신 집으로 가요."

그가 말했다. "아주 좋아, 좋았어."

우리는 1층에 있는 작은 방으로 가 위스키소다와 샌드위치를 먹었다. 그 방의 가구 배치는 딱딱했다─나는 그곳을 별로 좋아하지 않았다. 선반 위에는 거만하게 비웃음을 띤 망할 볼떼르 흉상이 놓여 있었다. 물론 온갖 종류의 비웃음이 있다. 고귀한 비웃음과 저급한 비웃음.

나는 말했다. "서메인은 엄청나게 에쁘네요."

"나이가 들었지." 그가 말했다.

"결코 그렇지 않아요. 단언하는데 빈센트보다 조금도 더 나이 들어 보이지 않아요."

"뭐, 여자로서는 나이 든 거지. 게다가 해가 갈수록 몸이 불어날 거야. 그런 유형이야."

"어쨌든 영국 사람들에 관한 그녀의 말은 재밌었어요." 내가 말했다. "난 그녀가 하는 말이 맘에 들었어요, 꽤나."

"난 저메인에게 실망했어." 그가 말했다. "그렇게 징그럽도록 말 많고 지겨운 여자라고는 생각 안했는데. 그녀는 그냥 자기가 요구하는 대로 빈센트가 돈을 다 못 주니까 난리치는 거였어. 사실 빈센트는 자기가 줄 수 있는 액수보다 훨씬 많이 — 다른 어떤 사람이 그 여자에게 줄 만한 액수보다 더 많이 줬는데 말이야. 그녀는 자기가 그를 아주 꽉 잡고 있다고 생각했어. 그가 떠나는 건 아주 잘된 일이야."

"오, 줄 수 있는 액수보다 훨씬 많이 줬다고요?" 내가 대꾸했다.

그가 말했다. "그건 그렇고, 당신은 왜 빈센트에게 싸우스시 얘기를 한 거야? 그런 식으로 자기를 내보이면 안되지."

"내보이지 않았어요." 내가 말했다.

"하지만 내 사랑, 분명히 당신이 그랬지. 아니라면 그가 어떻게 알았겠어?"

"그냥, 난 그게 중요하다고 생각 안했어요. 그가 내게 물었고요."

그가 말했다. "맙소사, 누가 하는 모든 질문에 항상 대답을 해야만 한다고 생각해? 그건 무리한 일이야."

"난 이 방이 별로 맘에 안 들어요." 내가 말했다. "아니, 싫어요. 위층으로 가요."

그가 내 흉내를 냈다. "위층으로 가요, 위층으로 가요, 당신은 가끔 날 정말 놀라게 하는군, 모건 양."

전날 밤과 같은 척 해보고 싶었지만, 아무 소용이 없었다. 두려워한다는 것은 얼음처럼 차갑고, 마치 숨을 쉴 수 없을 때와 같다. '무엇에 대한 두려움?' 하고 나는 생각했다.

가려고 일어서기 직전에 나는 말했다. "당신 손 때문에 내가 얼마나 비참한 마음인지 당신은 몰라요."

"아, 그거!" 그가 말했다. "상관없어."

침대 옆 테이블에 놓인 시계는 줄곧 째깍째깍 소리를 내며 가고 있었다.

내가 말했다. "있잖아, 나를 잊지 말아요. 절대로 잊지 말아요."

그는 말했다. "안 잊어, 영원히 안 잊을 거야. 정말이야." 그는 내가 히스테리라도 부릴까봐 두려운 듯이 말했다. 나는 일어나서 옷을 입었다.

테이블 위에 내 가방이 있었다. 그는 그것을 집어들어 돈을 좀 넣었다. 나는 그를 바라보았다.

그는 말했다. "내가 런던을 떠나기 전에 다시 만날 수 있을지 모르겠네. 최고로 정신없이 바빠질 거라. 어쨌든 내가 내일 편지할게. 돈 문제에 관해서 말이야. 난 당신이 기분 전환 삼아 어디라도 다녀왔으면 싶은데. 간다면 어디로 가고 싶어?"

"모르겠어요." 내가 말했다. "어딘가 가죠 뭐."

그가 돌아서서 말했다. "이봐, 무슨 문제 있어? 몸이 안 좋아?"

'기이한 일이야'라고 나는 생각하고 있었다. 속이 메스껍고 이마가 축축했다.

나는 말했다. "괜찮아요. 그럼 이만. 번거롭게 함께 나갈 필요 없어요."

"당연히 당신과 함께 나가야지." 그가 말했다.

우리는 아래층으로 내려왔다. 문을 열자 택시 한대가 지나가고 있어서 그가 불러세웠다.

그러고 나서 그가 말했다. "잠시 이리 돌아와봐. 당신 정말 괜찮은 거야?"

나는 말했다. "네, 정말 괜찮아요."

웃음을 흘리는 그 망할 흉상이 있었다.

"그럼 잘 가"라고 그가 말했다. 그러곤 기침을 했다. "당신 몸조심하고."

"잘 지내." 그가 말하고 다시 기침을 했다.

"오, 네. 오, 그럼요." 내가 말했다.

나는 졸리지 않았다. 택시에서 창밖을 바라보았다. 남자들이 거리에 물을 뿌리고 있었고 막 목욕시킨 동물에서 나는 것 같은 상쾌한 냄새가 났다.

집에 와서는 옷도 벗지 않고 누웠다. 이윽고 날이 밝았고, 이대로 도스 부인이 내 아침식사를 가지고 들어오면 내가 미쳐버렸다고 여길 거라는 생각이 들었다. 그래서 일어나 옷을 벗었다.

"젊은 아가씨가 이렇게 살면 안돼요." 도스 부인이 말했다.

월터가 떠난 뒤로 내가 일주일 동안 바깥에 나가지 않자 하는 말이었다. 나가고 싶지 않았다. 항상 피곤한 느낌이었기 때문에, 하고 싶은 일이라곤 아주 늦게까지 침대에 누워 있다가 침대에서 뭘 좀 먹고 그러다가 오후에는 오래오래 욕조 안에 앉아 있는 것뿐이었다. 나는 머리를 물속에 담그고 수돗물이 떨어지는 소리를 듣곤 했다. 그게 폭포라고 상상했다. 모건 쉼터에서 우리가 목욕을 하던 연못으로 떨어지는 폭포 같은.

그리고 나는 항상 그 연못이 나오는 꿈을 꾸고 있었다. 폭포가 떨어지는 바로 근처는 물이 깨끗했지만 얕은 곳들은 진흙탕이었다. 연못 주위에는 밤이면 피어나는 그 커다란 흰색 꽃들이 자랐다. 팝꽃, 우리는 그렇게 부른다. 백합 모양에 진한 단내가 아주 강하게 났다. 멀리 떨어져서도 그 냄새를 맡을 수 있었다. 헤스터는 그 향을 견디지 못했고, 그 냄새를 맡으면 어지러워했다. 강가의 바위 밑에는 게가 있었다. 나는 목욕을 하다가 게들 때문에 첨벙대곤 했다. 게는 긴 더듬이 끝에 작은 눈이 달려 있었고, 사람들이 던진 돌에 맞으면 껍데기가 으스러지면서 부드럽고 하얀 물질이 보글보글 흘러나왔다. 나는 항상 이 연못이 나오는 꿈을 꾸며 꿈속에서 그 녹갈색 물을 보고 있었다.

"안돼요, 젊은 아가씨가 이렇게 살면 안돼요." 도스 부인이 말했다.

사람들은 '젊은'이라는 말을 하며 마치 젊다는 게 무슨 범죄라도 되는 양 굴지만, 정작 늙어가는 것은 항상 그리도 무서워한다. 나는 생각했다. '내가 늙어서 이 모든 망할 일이 다 끝났으면 좋겠어. 그럼 도무지 아무것도 아닌 일로 이렇게 침울한 기분에 빠져 있진 않을 텐데.'

나는 뭐라고 대답해야 할지 몰랐다. 그녀는 언제나 그런 식이었다 —— 차분하고 부드럽게 말하지만, 어쩐지 곁눈질로 나를 주시하고 있는 것 같았다. 내가 기분 전환 삼아 어딘가 다녀오고 싶다고 하자 그녀는 마인헤드에 방을 세놓는 사촌이 하나 산다는 말을 했다. 그래서 나는 그리로 갔다.

그러나 3주가 지나서 원래 생각했던 것보다 더 빨리 영국에 돌아올지 모른다는 월터의 편지를 받고 나는 런던으로 돌아왔다. 10월 초 어느날, 프림로즈힐 이곳저곳을 산책하고 돌아오니(축축한 나무들과 질척한 풀밭 그리고 슬프게 천천히 흘러가는 구름뿐이었다 —— 그 풍경을 보면 그 어디에도 어떤 다른 것이라곤 없으며, 어떤 다른 것이 있다는 말은 다 지어낸 이야기일 뿐이라고 느껴지니 신기한 일이다) 도스 부인이 말했다. "편지 왔어요. 아가씨 방에 올려다놨는데. 난 아가씨가 방에 있는 줄 알았어요."

나는 위층으로 올라갔다. 편지는 테이블 위에 놓여 있었고, 방을 곧장 가로지르며 나는 생각했다. '도대체 누구한테서 온 거야?' 그 글씨체 때문이었다.

8

……도시에 있는 그 집에는 집 전체 길이만큼 긴 2층 베란다가 있었고, 나는 복도를 따라 그리로 걸어가는 중이었다 —— 2층에는 복도 양편으로 각각 두개씩 네개의 침실이 있었다 —— 페인트칠하지 않은 벽널의 나무옹이들이 사람 얼굴처럼 보였다 —— 보 삼촌은

베란다에서 입을 조금 벌린 채 소파에 누워 있었다 — 나는 외삼촌이 잠들었다고 생각하고 발뒤꿈치를 들고 걷기 시작했다 — 블라인드는 다 내려지고 하나만 올려져 있었는데 그리로 쌘드박스나무의 넓적한 잎사귀들이 보였다 — 내가 잡지들이 놓인 테이블 쪽으로 다가갈 때 외삼촌이 몸을 움직이며 한숨을 내쉬자 송곳니 같은 길고 누르스름한 어금니가 턱 쪽을 향해 삐져나왔다 — 사람은 무서울 때 비명이 안 나오기 때문에 비명을 지르지 않고 또 움직일 수가 없기 때문에 움직이지 않는다 — 한참 뒤에 외삼촌은 한숨을 내쉬고 눈을 뜨더니 딸깍 소리를 내며 치아를 제자리에 끼우고는 얘야 대체 무슨 일이니 하고 물었다 — 나는 잡지가 필요해서요 하고 대답했다 — 외삼촌은 돌아누워 다시 잠들었다 — 나는 살금살금 나왔다 — 그 이전에 한번도 틀니를 본 적이 없어서 그게 틀니인 줄 몰랐다 — 나는 문을 닫고 살며시 복도로 빠져나왔다……

나는 생각했다. '대체 내가 왜 이러지? 그건 아주 오래전 옛날 옛적의 일인데. 12년 전이나 그쯤 되는 옛날. 이 편지가 그 틀니랑 무슨 관련이 있다고?'

다시 편지를 읽었다.

나의 친애하는 애나,

내가 당신을 화나게 할까 두렵고 난 사람을 화나게 하는 게 싫기 때문에 이 편지를 쓰는 게 아주 어려운 일이에요. 우리가 돌아온 지 거의 일주일이 됐지만 월터가 몸이 아주 안 좋아서 내가 대신 당신에게 편지로 상황을 설명하게 해달라고 월터를 설득했어요. 당신은 착한 여자니까 이 상황을 잘 이해하리라고 전적으로 확신해요. 월터는 여전히 당신을 매우 좋아하지만 당신을 더이상 그런 식으로 사랑하지 않아요. 결국 그렇게 영원히 계속될 수는 없다는 걸 당신도 내내 분명히 알고 있었을 거예요. 또 그가 당신보다 거의 스무살이나 많다는 사실 역시 기억해야만 해요. 나는 당신이 착한 여자라는 걸 확신하고 또 당신이 이 문제를 침착하게 숙고해본 뒤 비극적이거나 불행하거나 뭐 그럴 게 전혀 없다는 사실을 깨달으리라고 확신해요. 당신은 젊고, 모두들 말하듯이 젊음이란 위대한 것, 모든 것 가운데 가장 위대한 선물이니까. 가장 위대한 선물이라고 모두들 말하죠. 그리고 실제로 그래요. 당신 앞에는 모든 것이, 수많은 행복이 놓여 있어요. 그걸 생각해봐요. 사랑은 ─ 특히 그런 종류의 사랑은 ─ 전부가 아니고, 더 많은 사람이, 특히 아가씨들은 그걸 곧바로 잊어버리고 그것 없이 더 잘 지내죠. 내 생각은 그래요. 친애하는 아가씨, 인생은 그것 말고도 온갖 것으로 가득 차 있어요. 친구들이며 마냥 좋은 시간들이며 사람들과 더불어 유쾌하게 보내는 일 등등에다가 놀잇거리도 있고 책도 있잖아요. 우리가 책에 관해 이야기했던 때 기억나요? 당신이 책을 안 읽는다고 말했을 땐 안됐다고 생각했어요. 왜냐하면 그때 내가 이야기했던 책과 같은 좋은 책 한권은 당신의 관점에 상당한 변화를 가져다줄 수 있기 때문이에요. 내 말을 믿어요. 어떤 게 진짜이고 어떤 게 그저 환상일 뿐인지 구별할 수 있게 해주니까. 나의 친애하는 꼬마 아가씨, 나는 시골에서 이 편지를 쓰고 있는데, 당신이 정원에 들어가 꽃과 그 온갖 것의 향기를 맡을 때 이렇게 다소 불쾌한 종류의 사랑 따위는 정말 아무런 문제도 되지 않는다고 단언할 수 있어요. 그러나 당신은 내가 당신에게 설교하고 있다고 생각할 테고, 그러니 나는 입을 다물겠어요. 살다보면 이런 혼란스러운 일들이 일어나기 마련이에요. 사실 내게도 일어난 적이 있고, 내 경우는 운이 더 나빴죠. 나도 이유를 알수 없어요. 사람이 왜 좀더 분별 있게 행동하지 못하는지 모르겠단 말이죠. 하지만 한가지는 배웠어요. 상황을 질질 끄는 건 전혀 도움이 안된다는 것이에요. 당신 돈이 떨어져갈 거라면서 월터가 내게 당신이 당장 쓸 비용으로 이 20파운드 수표를 동봉하라고 부탁하더군요. 그는 언제까지나 당신의 친구일 테고, 또한 당신이 부양을 받을 수 있고 (어쨌든 당분간은) 돈 걱정 할 필요가 없도록 챙겨주길 원하고 있어요. 그에게 편지를 써서 당신이 이해한다는 사실을 알려줘요. 어쨌든 당신이 그를 진정으로 좋아한다면 그렇게 할 거예요. 왜냐하면 그는 지금 당신 일로 맘이 편하지 않고 또다른 걱정거리들도 쌓여 있거든요. 내 말을 믿어요. 아니면 내게 편지를 보내요 ─ 그편이 훨씬 나을 거예요. 당신이 당장 지금부터 월터를 만나지 않을 거라면 그렇게 하는 편이 두 사람 모두를 위해 차라리 낫다고 생각하지 않아요? 그리고 참, 그 새로운 공연에 일자리가 있어요. 가능한 한 빨리 내 친구에게 당신을 데려가고 싶군요. 거기서 대단한 성과가 나오리라고 내 약속할 수 있을 것 같아요. 당신이 열심히 한다면 성공하지 못할 이유가 없다고 믿어요. 나는 쭉 그렇게 말해왔고 지금도 확신해요.

그럼 이만,
빈센트 제프리스

추신. 혹시 월터가 당신에게 보낸 편지 중에 간직하고 있는 게 있나요? 그렇다면 그걸 돌려보내줘야겠어요.

나는 생각했다. '도대체 내가 왜 이러는 거지? 미친 게 분명해. 이 편지는 틀니랑은 아무 상관도 없는데.'

그러나 나는 계속해서 틀니를 생각했고, 그러고 나서는 피아노 건반과 그때를 생각했다. 마르띠니끄[40] 출신의 한 맹인이 피아노 조율을 하러 왔다가 피아노를 연주하고 비가 세차게 내리는 바람에 우리는 블라인드를 내리고 어둠속에 앉아서 그의 연주를 듣고 아버지가 "당신은 진정한 음악가요"라고 말했던 그때를. 붉은 콧수염을 길렀다, 아버지는. 그리고 헤스터는 늘 입버릇처럼 말했다. "불쌍한 제럴드, 불쌍한 제럴드." 그러나 만약 아버지가 햇빛에 반짝반짝 빛나는 갈색 구두를 신고 양팔을 흔들며 마켓 스트리트를 걸어가는 모습을 봤더라면 아무도 그를 안쓰럽게 생각하지 않았을 것이다. 아버지가 "큰 슬픔은 웨일스 말로 히라이스라고 해"라고 말하던 그때. 히라이스. 그리고 내가 아무것도 아닌 일로 울면서 아버지가 역정을 낼 거라고 생각했지만, 아버지는 나를 안아올리고 아무런 말도 하지 않았던 그때. 내가 달고 다니던 산호 브로치가 부서졌더랬다. 아버지는 나를 안아올리고는 말했다. "난 네가 나처럼 될 거라고 믿는다. 요 불쌍한 말썽꾸러기야." 그리고 크로씨가 총독을 두고 "그 망할 프랑스 원숭이를 지지하겠다는 말은 아

---

40 서인도제도 동부에 있는 프랑스령 화산섬.

니죠?"라고 묻자 아버지가 "영국인을 몇몇 만나본 적 있는데, 그들도 역시 원숭이였소"라고 대답했던 그때.

시계를 보니 5시 15분이었다. 내가 거기 그렇게 두시간이나 앉아 있었던 것이다. 나는 생각했다. '자 자, 일어나.' 잠시 후 우체국에 가서 월터에게 전보를 쳤다. '가능하다면 오늘밤에 만나고 싶어요 제발 애나.'

그러고 나서 집으로 돌아왔다. 손이 너무 차서 계속해서 양손을 비볐다.

나는 생각했다. '그는 답장하지 않을 거야. 상관없어. 내가 다시 움직일 필요가 없었으면 좋겠으니까.' 하지만 7시 30분에 도스 부인이 그에게서 온 전보를 가지고 왔다. '오늘밤 9시 30분에 매럴러번 로드 쎈트럴 호텔에서 만나 월터.'

9

나는 아주 공들여 옷을 입었다. 옷 입는 동안 아무런 생각도 하지 않았다. 검은색 벨벳 드레스를 입고 평소보다 입술을 더 진하게 바른 화장을 약간 하고 거울을 보며 생각했다. '그는 그러지 못할 거야, 그는 그러지 못할 거야.' 뭔가가 걸린 듯 목이 메었다. 계속 삼켜봤지만, 또 올라왔다.

비가 세차게 내리고 있었다. 도스 부인은 현관에 있었다.

"비 맞겠어요." 그녀가 말했다. "택시 잡아 오도록 내가 윌리를 지하철역까지 보낼게요."

"고맙습니다." 내가 말했다.

현관에는 의자가 하나 있었고, 나는 거기 앉아 기다렸다.

윌리가 집을 나서고 시간이 꽤 지났을 때 도스 부인은 혀를 차며 중얼거리기 시작했다. "불쌍한 녀석—비가 이렇게 퍼붓는데. 어떤 사람들은 남에게 큰 폐를 끼친다니까."

나는 그대로 앉아 있었다. 꼭 열병에 걸렸을 때처럼 몸이 오그라드는 느낌이었다. 나는 생각했다. '열병에 걸리면 발은 불덩이같이 달아오르고 손은 축축해져.'

이윽고 택시가 왔다. 길 양편의 집들은 작고 칙칙하건 크고 칙칙하건 모두 완전히 똑같이 생겼다. 나는 이런 일이 일어나리라는 사실을 살아오는 동안 줄곧 알고 있었으며 오랫동안 두려워해왔다는 것을 깨달았다. 오랫동안 두려워해왔다. 물론 모든 사람에게는 두려움이 있는 법이다. 그런데 이제 그 두려움이 자라나 있었다. 거대하게 자라나 있었다. 그리하여 그것은 나를 가득 채우고 온 세상을 가득 채웠다.

나는 생각하고 있었다. '윌리에게 1실링을 줬어야 했는데. 내가 그에게 1실링을 주지 않아서 도스 부인이 불쾌해했다는 걸 알아. 그 생각을 전혀 못했어. 내일 언제 그를 붙들어 1실링을 줘야겠어.'

이내 택시가 매럴러번 로드에 접어들었다. 나는 언젠가 매럴러번 로드에 있는 한 아파트에 와본 적이 있다는 것과 거기에 층계가 세개 있고 그다음에 작은 방이 하나 있으며 그 방에서 퀴퀴한 냄새가 났다는 것이 기억났다. 그 방에서는 퀴퀴한 냄새가 났고 열리지 않는 창문 밖으로 진녹색 나무들이 보였다.

택시가 멈추고 나는 내려서 운전사에게 돈을 준 뒤 호텔로 들어 갔다.

그는 나를 기다리고 있었다.

나는 웃으며 인사했다. "안녕."

그는 처음에 아주 침통해 보였지만 내가 그렇게 웃자 마음이 놓인 듯했다.

우리는 구석에 가서 앉았다.

내가 말했다. "나는 커피 마실게요."

나는 내가 더없이 차분하게 말하는 걸 상상했다. '문제는 당신이 이해를 못한다는 거예요. 당신은 내가 실제로 원하는 것 이상을 원한다고 생각해요. 나는 단지 가끔씩 당신을 보고 싶을 뿐인데, 만약 다시는 당신을 볼 수 없다면 난 죽을 거예요. 사실 이미 죽어가고 있지만, 난 죽기에는 너무 젊어요.'

……초에서 촛농이 뚝뚝 떨어지고 스테파노티스 향기가 풍기는 가운데 나는 흰옷에 흰 장갑을 끼고 머리에 화관을 쓴 채 장례식에 가야 했는데 손에 든 화환 때문에 장갑이 축축했다 ─ 사람들은 죽기엔 너무 젊은데 하는 말을 했다……

그곳에 있는 사람들은 천을 뒤집어쓴 유령 같았다.

나는 말했다. "내가 빈센트한테 받은 그 편지는 ─"

"그가 편지 쓰는 거 나도 알았어." 고개를 약간 비틀면서 그가 말했다.

"당신이 써달라고 부탁했나요?"

"웅, 내가 부탁했어."

그 말을 할 때 그는 내 눈을 피했지만 이내 억지로 나를 똑바로 쳐다보며 설명하기 시작했다. 나는 그가 나를 매우 낯설게 느끼고 나를 미워한다는 걸 알았다. 그가 나를 미워한다는 걸 알면서 거기 앉아 그렇게 이야기를 나누는 것은 이상한 일이었다.

내가 말했다. "알았어요. 들어봐요, 당신 날 위해 뭔가 해줄 건가요?"

"물론이지." 그가 말했다. "뭐든지, 당신이 부탁하는 거 뭐든지."

나는 말했다. "그럼, 택시 한대 불러주세요, 부탁이에요. 그리고 당신 지내는 곳으로 같이 가요. 당신에게 말하고 싶은데 여기선 못 하겠으니까요." 나는 생각했다. '난 당신 무릎에 매달려 당신을 이해시킬 거고 그러면 당신은 그러지 못할 거야. 당신은 그러지 못할 거야.'

그는 말했다. "내가 그렇게 하지 않으리라는 걸 당신도 충분히 잘 알면서 왜 내게 그런 요구를 하지?"

나는 대답하지 않았다. 생각 중이었다. '당신은 나에 대해 아무것도 몰라. 난 더이상 신경 안 써.' 실제로 나는 더이상 신경 쓰지 않았다.

그건 마치 다 놓아버리고 다시 물에 빠져서 자신이 활짝 웃고 있는 모습을 물속에서 올려다보는 것과 같았다. 얼굴은 가면 같고, 물 속에서 뭔가 말을 하려고 애쓰는 것처럼 거품이 보글보글 솟아오르는 모습을 본다. 물에 빠져서 물속에서 뭔가 말을 하려고 애쓰는 게 어떤 건지 어떻게 알지? "그 사람들 많이 만나봤는데, 그들도 역시 원숭이였소." 아버지가 말했다…….

월터가 말하고 있었다. "난 당신이 끔찍이도 걱정돼. 빈센트가 가서 당신을 만나 이것저것 챙겨주도록 당신이 허락했으면 좋겠어. 이 일에 대해 빈센트랑 이야기를 나눴고 이런저런 준비를 다 해놨거든."

나는 말했다. "빈센트는 보고 싶지 않아요."

"아니, 왜?" 그가 물었다.

"이 일에 대해 빈센트랑 이야기를 나눴어." 그가 말을 이었다. "내가 당신에게 어떤 감정인지 그는 알아."

내가 말했다. "빈센트가 싫어요."

그가 말했다. "잠깐, 당신, 빈센트가 이 일과 무슨 관계가 있다고 생각하는 거야? 그런 거 아니지?"

"관계있어요." 내가 대꾸했다. "관계가 있다고요. 그가 나를 처음 본 순간부터 내내 당신을 내게서 떼어놓으려고 노력해왔다는 걸 내가 모른다고 생각하는 거예요? 내가 모른다고 생각해요?"

그는 말했다. "빈센트건 누구건 간에 내가 다른 사람이 내게 간섭하도록 내버려두는 사람이라고 생각한다면, 나한텐 그것참 더럽게 초라한 찬사네."

"사실," 그가 계속 말했다. "빈센트는 당신 이야기를 한 적이 거의 없어. 어쩌다 한번 당신이 너무 어리고 뭘 어찌해나갈지 잘 모르는 게 좀 딱한 것 같다는 말을 한 적이 있을 뿐이야."

나는 말했다. "그가 그런 식의 말을 한다는 거 알아요. 그런 말을 하는 게 내 귀에 들릴 정도예요. 내가 모른다고 생각해요?"

그는 말했다. "이건 더이상 못 참겠어."

"좋아요," 내가 말했다. "가요."

내가 일어났고 우리는 밖으로 나왔다.

호텔 밖에서 나는 택시를 탔다. 피곤해서 똑바로 앉아 있을 수가 없다는 점만 빼고 기분이 괜찮았다. 그가 "오 맙소사, 내가 무슨 짓을 한 거지"라고 말했을 때 나는 웃고 싶었다.

"무슨 말 하는지 모르겠네요." 내가 말했다. "당신은 아무 짓도 안했어요."

그가 말했다. "빈센트에 관해서는 당신이 완전히 잘못 짚은 거야. 그는 당신을 엄청나게 좋아하고 돕고 싶어해."

택시의 차창 너머로 나는 말했다. "당신의 사랑하는 빈센트는 지옥에나 가라죠. 그 빌어먹을 도움은 넣어두라고 전해요. 필요 없어요."

그는 충격을 받은 듯 보였다. "코르크 냄새요, 선생님?" 하고 말하던 그 웨이터처럼.

그가 말했다. "이 모든 근심 때문에 내가 병이 난다 해도 놀랄 일이 아닐 거야."

도스 부인이 아침식사를 가지고 들어왔을 때 나는 옷을 그대로 입은 채 침대에 누워 있었다. 신발조차 벗지 않은 상태였다. 그녀는 아무 말도 하지 않았고 놀라는 것 같지도 않았으며, 그녀가 나를 쳐다볼 때 나는 그녀가 '글쎄 이렇다니까. 이런 일이 생길 걸 내 진작 알았지' 하는 생각을 하고 있음을 알았다. 그녀가 돌아설 때 옷는 모습을 본 것 같은 생각이 들었다.

　내가 말했다. "저 오늘 떠나요. 죄송해요. 나쁜 소식을 들었거든
요. 청구서 좀 가져다주시겠어요?"

　"그러죠, 모건 양." 그녀가 말했다. 그녀의 긴 얼굴은 평온했다.
"그러죠, 모건 양."

　"윌리에게 이 5실링을 전해주실래요?" 내가 말했다. "저를 위해
항상 택시를 잡아줬잖아요."

　"그럴게요, 모건 양." 그녀가 말했다. "틀림없이 전해줄게요."

　"한두시간 내로 제 짐을 가지러 다시 올게요." 내가 말했다.

　도스 부인에게 비용을 다 치르고 나자 15파운드가 남았다. 나는
월터에게 편지를 쓰고 그녀에게 부쳐달라고 부탁했다.

　친애하는 월터,

　나는 떠나니까 이곳으로 편지하지 마세요. 새 주소를 알려줄게요.

당신의

애나.

　거리로 나왔다. 한 남자가 지나갔다. 그 남자가 나를 이상하게
바라본다는 생각이 들었고 나는 달리고 싶었지만, 참았다.

　나는 앞을 향해 똑바로 걸어 나아갔다. '아무도 모르는 곳이라면
어디라도 괜찮을 거야' 하는 생각을 했다.

제2부

1

접시 하나에는 갈색으로 구워진 얇게 저민 고기 두점과 감자 두 알 그리고 양배추가 조금 있었다. 다른 접시에는 식빵 한장과 레몬 치즈 타르트 하나가 있었다.

"당신이 부탁한 베르무뜨 한병과 싸이펀[1] 가져왔어요." 집주인 이 말했다. 이번 집주인은 눈이 불룩 튀어나왔고 새우처럼 길쭉한 분홍빛 얼굴에 갈색 얼룩들이 있었다.

"그런데 편지를 정말 많이 쓰나봐요?" "네." 내가 대답했다. 나

---
[1] 열을 가해 커피를 추출하는 도구.

는 쓰고 있던 편지지 위에 손을 올렸다. "아주 열심히 일하는군요." 나는 대답하지 않았고, 그녀는 나를 바라보며 잠깐 그대로 서 있었다. "오늘은 몸이 좀 나아졌어요?" 그녀가 물었다. "감기에 걸렸나 봐요, 아마?" "네." 내가 대답했다.

그녀가 나갔다. 그녀는 이스트본의 우리 집주인과 꼭 같았다. 그게 이스트본이었나? 얇게 저민 고기 모양도 같고, 양배추를 쌓아놓은 모습도 같고, 바깥 거리의 집들도 다 같았다 — 하나같이 똑같은 모습으로, 하나같이 흉물스럽게 다닥다닥 붙어 있고 — 동서남북으로 뻗은 거리들도 완전히 똑같았다.

배가 고프지 않았지만 나는 베르무뜨를 한잔 따라 소다를 넣지 않고 마셨다. 그리고 계속 편지를 썼다. 침대 위에는 온통 종이가 널려 있었다.

잠시 후 나는 쓴 걸 다 지우고 아주 빠른 속도로 다시 써가기 시작했다. 이런 식이다. "이럴 수는 없어요 당신은 그저 자기가 무슨 짓을 하고 있는지 전혀 모르는 것뿐이에요 내가 개라고 해도 나한테 이럴 순 없을 거예요 사랑해요 사랑해요 사랑해요 하지만 당신은 그냥 망할 개자식이고 모두 마찬가지예요 모두 마찬가지예요 모두 마찬가지예요 — 친애하는 나의 월터 난 이런 일에 관한 책들을 읽은 적이 있어서 당신이 무슨 생각 하는지 아주 잘 알아요 하지만 당신은 완전히 틀렸어요 당신 손을 내 가슴에 올려놓을 때마다 내가 움찔해서 당신이 농담하곤 했던 거 기억 안 나나요 당신은 그런 척할 수 없잖아요 다른 거 다 그런 척할 수 있어도 단 하나 그런 척할 수 없는 게 그거예요 한가지만 부탁할게요 당신을 한번만 더 만나고 싶어요 들어봐요 길게도 필요 없어요 한시간이면 족해요 한시간이 안되면 삼십분만이라도……" 이렇게 계속 이어지고, 침대 위는 온통 종이로 뒤덮여갔다.

물병이 깨졌다. 나는 생각했다. '그녀는 분명히 내가 그랬다면서 물어내라고 할 거야.'

내 방은 집 뒤편에 있어서 거리의 소음이 들리지 않았지만, 가끔 고양이들이 싸우거나 교미하는 소리가 들렸고 아침에는 바깥 복도에서 사람들 목소리가 들려왔다. "그 여자 말로는 아프대…… 무슨 일인데?…… 그 여자 말로는 감기에 걸렸대…… 그 여자 말로는……"

나는 항상 커튼을 치고 지냈다. 창문이 무슨 덫 같았다. 그걸 열거나 닫고 싶으면 도와줄 누군가를 불러야 했다. 벽난로 선반은 도자기 장식품으로 가득했다 — 다양한 종의 개 몇마리, 돼지와 백조 한마리씩, 키모노에 채색된 띠를 두른 게이샤와 머리에 깃털을 꽂고 벌거벗은 채 엎드린 자그마한 여자.

잠시 후 나는 노래를 부르기 시작했다.

불어라 동그란 연기, 동그란 연기

허공에 부서지는 동그란 연기,

떠간다, 떠간다

—어쩌고— 저 멀리 절망에서 벗어나.

그건 글래스고에 있는 어떤 뮤직홀에서 내가 본 한 공연 순서였다. 극단 단원증을 보여주고 낮 공연에 입장했었다. 그 노래를 부른 가수는 심하게 곱슬곱슬한 연한 금발 아래로 길쭉하고 멍청한 얼굴을 한 통통한 여자였다. 그녀는 저음을 능숙하게 소화했다.

떠간다, 떠간다
대지 너머 저 멀리 절망에서 벗어나.

'대지'가 아닐 거야. '대양'일 거야 아마. '대양 너머 저 멀리 절망에서 벗어나.' 그런데 그건 바다일 거야, 나는 생각했다. 카리브해. "이 섬의 원주민인 카리브족은 호전적인 종족으로 백인의 지배에 맞선 그들의 저항은 비록 산발적이었지만 맹렬했다. 19세기 초반까지도 그들은 영국 통치하에 있는 이웃 섬들 중 하나를 습격하여 주둔군을 제압하고 총독과 그 부인 그리고 세 아이를 납치했다. 그들은 이제 사실상 멸종되었다. 남은 몇백명은 흑인종과 교혼하지 않는다. 섬 북쪽 끝에 위치한 그들의 보호구역은 '카리브 지구'로 알려져 있다." 그들에게는 왕이 있었다. 혹은 한때 있었다. 모포가 그의 이름이었다. 카리브족의 왕, 모포를 위하여! 하지만 그들은 이제 사실상 멸종되었다. '대양 너머 저 멀리 절망에서 벗어나……'

나는 레몬치즈 타르트를 먹고 그 노래를 처음부터 다시 부르기 시작했다. 누가 문을 두드렸다. 나는 "들어와요" 하고 소리쳤다.

위층 방에 사는 여자였다. 그녀는 키가 작고 뚱뚱했다. 흰색 실크 블라우스와 얼룩이 진 어두운 색 치마를 입고 검정 스타킹에 에

나멜가죽 구두를 신었는데, 블라우스 밖으로 지저분한 슬립이 드러나 보였다. 그녀는 얼굴과 상체는 길고 다리는 짧았다. 여자는 그렇게 생겨야 한다고 말들 하듯이. (그런데 만약 여자가 정말로 그렇게 생기면 그건 그녀에게 지옥이다. 여자니까. 하지만 만약 그렇게 안 생기면 그것도 그녀에게 지옥이다. 여자가 아닐지도 모르니까.) 눈 아래쪽에 고리 모양 주름이 깊게 파였고 머리카락은 부스스해 보였다. 마흔살쯤 되어 보였지만 몸놀림은 상당히 빠릿빠릿했다. 그녀는 대부분의 다른 사람들과 비슷하게 보였는데, 이것은 하나의 큰 장점이다. 딱 다른 개미들과 비슷하게 생긴 개미, 머리통이 너무 길다거나 몸통이 뒤틀렸다거나 하는 특징이 없는 개미이다. 다리가 그렇게 짧다는 것과 머리카락이 너무 부스스하다는 것을 빼면, 그녀는 흔히 보이지만 누구도 주목하지 않는 그 모든 여자와 비슷했다.

"안녕, 내가 불쑥 찾아와서 싫은 건 아니지? 플라워 부인 말이 이 방 숙녀분이 아프다기에. 몸이 안 좋은가?" 호기심 어린 눈길로 그녀가 말했다. "아니요, 괜찮아요. 나아졌어요. 감기에 걸렸거든요." 내가 말했다. "이 쟁반 내가 밖에 내놓을게. 저 사람들 한밤중까지 여기다 놔둘 거야. 칠칠치 못하게. 저 사람들이 원래 그래. 나는 자격증 있는 간호사라 이런 게 신경에 거슬려 — 이렇게 칠칠치 못한 것들이 죄다."

그녀는 쟁반을 내다놓고 돌아왔다.

나는 말했다. "정말 고맙습니다. 저는 진짜 괜찮아요. 이제 곧 일어날 거예요."

그러고는 "아니, 가지 마세요. 제발 그냥 계세요"라고 말했다. 어쨌거나 그녀는 한명의 인간이기 때문이었다.

나는 일어나서 옷을 입었고, 그녀는 난롯가로 다가와 치마를 걷어올리고 앉았다. 짧고 통통하며 균형 잡힌 다리가 불빛에 드러났다. 그녀가 나를 바라보았다. 그녀의 눈은 나머지 다른 부분보다 더 총명해 보였다. 눈을 반쯤 감은 그녀를 보면 자신이 나름의 잔꾀를 가졌다는 사실을 그녀 스스로도 알고 있다는 걸 짐작할 수 있었다. 그 잔꾀는 넉넉해서 항상 그녀를 구원해줄 터였다. 더듬이가 필요하면 더듬이가, 발톱이 필요하면 발톱이, 잔꾀가 필요하면 잔꾀가 자라는 법이다…….

나는 침대 위에 널린 종이를 죄다 모아서 불에 태웠다.

"가끔씩 도무지 편지가 안 써질 때가 있잖아요." 내가 말했다.

"나는 편지가 싫어." 그 여자가 말했다. "쓰는 것도 받는 것도 싫어. 사람이 눈에 안 보이면 난 신경 끄거든. 세상에나, 저기 멋진 모피 코트가 있네?…… 오늘 날씨는 끔찍해. 몸도 계속 안 좋은데 산책을 가려 한다면 오늘은 정말 날이 아니야. 나랑 캠든타운하이 스트리트로 영화 보러 가자. 이삼분만 걸으면 되는데. 거기서 상영하는 영화의 군중 장면에 나오는 여자들 중 하나를 내가 알거든. 그녀가 어떻게 나오는지 보고 싶어." 그녀는 줄곧 내 모피 코트를 뚫어지게 보고 있었다.

"내 이름은 매슈스야," 그녀가 말했다. "에설 매슈스."

우리가 극장 안에 들어서자 바로 불이 꺼지고 스크린이 눈부시

게 빛났다. 「세 손가락의 케이트」 제5화, 치체스터 부인의 목걸이'.

피아노가 느글거리게 달콤한 연주를 시작했다. 결코 다시는, 결코, 절대로, 결코. 인간으로서는 그 깊이를 헤아릴 수 없는 동굴들을 지나 햇빛 없는 바닷속으로 내려가는……

영화관에서는 가난한 사람들 냄새가 났고, 스크린에서는 야회복을 입은 숙녀 신사 들이 억지웃음을 지으며 걸어다녔다.

"저기 봐!" 에설이 나를 쿡 찌르면서 말했다. "저 여자 보여 — 머리띠 한 여자? 내가 아는 애가 바로 쟤야, 내 친구야. 보여? 세상에, 끔찍하지 않아? 세상에, 무슨 비명을 저렇게!" "아, 입 닥쳐." 누가 말했다. "너나 입 닥쳐." 에설이 받아쳤다.

나는 눈을 크게 떴다. 스크린에서는 어떤 예쁜 아가씨가 한 무리의 손님들에게 권총을 겨누고 있었다. 그들은 양손을 머리 위로 높이 쳐든 채 공포에 질린 표정으로 뒤로 물러섰다. 예쁜 아가씨의 입술이 달싹였다. 뚱뚱한 안주인은 알이 거대한 진주목걸이를 풀어주고는 기절해서 하인의 품으로 쓰러졌다. 예쁜 아가씨는 자신의 손에 손가락 두개가 없다는 것을 관객들이 볼 수 있도록 권총을 쥐고는 문을 향해 뒷걸음질했다. 그녀의 입술이 다시 달싹였다. "계속 손 들고 있어……"라고 말하고 있다는 걸 알 수 있었다. 경찰이 나타나자 관객 모두 박수를 쳤다. 세 손가락의 케이트가 붙잡히자 모두들 더욱 크게 박수를 쳤다.

"지독한 멍청이들." 내가 말했다. "지독한 멍청이들 아니에요? 저 사람들 싫지 않아요? 항상 엉뚱한 데서 박수치고 엉뚱한 데서 웃잖아요."

스크린에는 「세 손가락의 케이트」 제6화, 혹독한 5년. 다음 월요일에'라는 자막이 떴다. 그뒤에는 「댄서 황후」라는 테오도라 황후에 관한 긴 이딸리아 영화가 상영되었다. 그게 끝나자 내가 말했다. "나가요. 전 더 있고 싶지 않은데, 당신은요?"

6시였다. 캠든타운하이 스트리트에 접어들 때는 꽤 어두웠다. '어차피 여기는 낮이나 밤이나 큰 차이가 없어'라고 나는 생각했다. 비가 그쳐 있었다. 보도는 마치 검은 기름으로 뒤덮인 것처럼 보였다.

에설이 말했다. "그 여자 — 세 손가락의 케이트로 나온 그 여자 봤지? 그 머리 봤어? 내 말은, 뒤통수에 붙은 곱슬머리 봤느냐고."

나는 딴생각을 하고 있었다. '난 열아홉살이고 계속해서 살아가고 살아가고 살아가야 해.'

"그런데," 그녀가 계속 말했다. "그 세 손가락의 케이트를 연기한 여자는 외국인이야. 군중 장면에 나온 내 친구가 말해줬어. 그역할을 할 만한 영국 여자를 못 찾은 거겠지?" "그 여자가 외국인이에요?" 내가 물었다. "그래, 그 역할을 할 만한 영국 여자를 못 찾은 거겠지? 단지 그 여자가 외국 여자들이 그렇듯이 유순하고 천박한 스타일이었기 때문에 뽑힌 거야. 그녀는 자기 검은 머리에 붉은 곱슬머리를 붙여놓고도 조금도 개의치 않았어. 원래 그 여자 머리카락은 짧은 흑발인 거 알아? 근데 그냥 가서 붉은 곱슬머리를 붙여버린 거야. 영국 여자였다면 그러지 않았을 텐데. 내 친구 말이, 모두가 그녀 뒤에서 비웃고 있었대." "전 몰랐어요. 전 그녀가 아주 예쁘다고 생각했어요." 내가 말했다. "말하자면 붉은색이 영화에

검게 나온 거야, 알겠지? 그래도 모두들 줄곧 등 뒤에서 그녀를 비웃고 있었던 거지. 참, 영국 여자였다면 그러지 않았을 텐데. 영국 여자라면 자존심이 강해서 그렇게 남들이 등 뒤에서 자기를 비웃도록 내버려두지 않았을 거야."

그녀는 현관 열쇠를 꺼내며 말했다. "잠깐 내 방으로 올라가자."

벽지가 갈색이 아니라 녹색이라는 것만 빼고 그녀의 방은 내 방과 똑같았다. 그녀는 난로에 석탄을 좀 넣고 앉아서 치마를 걷어올렸다. 그녀의 발 역시 작고 통통했다.

그녀가 말했다. "이봐, 어린 아가씨, 무슨 일 있어? 무슨 골치 아픈 일 있는 거야? 애를 가졌다거나 뭐 그런 거? 그렇다면 나한테 말하는 편이 나을 거야. 내가 도와줄 수 있을지도 모르거든. 모르는 일이잖아. 그런데 정말 그런 거야?"

"아니요," 내가 말했다. "아이 가진 거 아니에요. 무슨 그런 생각을!"

"그럼 대체 무슨 문제야?" 에설이 물었다. "무슨 일로 그렇게 비참하게 보이고 싶어하냐고."

"비참하지 않아요." 내가 대꾸했다. "전 아무 문제 없고, 그냥 한잔하고 싶을 뿐이에요."

에설이 말했다. "원하는 게 단지 그거라면……"

그녀는 찬장으로 가서 진 한병과 잔 두개를 가져와 두잔을 따랐다. 진의 향기를 맡으면 항상 속이 메스꺼워지고 또 마치 머릿속에서 눈알들이 커져 바퀴처럼 빙글빙글 도는 느낌이 들었기 때문에 나는 잔을 건드리지 않았다. 누가 "오 주여, 저를 눈뜨게 하소서"라고 했지? 나라면 차라리 "오 주여, 저를 눈먼 채로 두소서"라고 하겠다.

"난 남자가 싫어." 에설이 말했다. "남자들이란 악마야. 그렇지 않아? 물론 난 남자들한테 정말 눈곱만큼도 신경 안 쓰지. 그럴 필요가 뭐 있겠어? 난 내 힘으로 벌어서 먹고살 수 있어. 난 마사지사야—스웨덴식 마사지사. 하지만 조심해. 내가 마사지사라고 할 때 일부 그 추잡한 외국인들 같은 걸 말하는 건 아니니까. 외국인들 싫지 않아?"

"글쎄요." 내가 말했다. "제가 싫어한다는 생각은 안 들어요. 하지만 아시다시피 전 모르는 게 많아요."

"뭐라고? 싫지 않다고?" 에설이 놀랍고 의심스럽다는 표정으로 말했다.

그녀는 술을 좀더 마셨다. "뭐, 물론, 나도 그런 여자들 몇몇 알아. 내가 아는 한 애는 어떤 이딸리아 남자한테 미쳐가지고 그 남자에 대해 주절주절 늘어놓곤 했어. 서로 사랑을 나눌 때 그애는 그 남자로 인해 자기가 중요한 존재가 된 느낌을 받는다고 하더라고. 제발 좀! 너도 그애가 하는 말을 들었어야 하는데—진짜 더럽게 이상했거든. 아가씨 남자도 외국인인가?"

"아뇨." 내가 말했다. "오 아뇨, 아니에요."

에설이 말했다. "그럼 계속 그런 표정 짓고 있지 마—흔히 말하는, 신이 날 미워해서 내 눈이 제대로 안 박혔어 하는 것 같은 표정."

"모디랑 비슷하네요." 내가 말했다. "순회공연 동료예요. 그녀가 가끔 '난 마치 신이 날 미워해서 내 눈이 제대로 안 박힌 것 같은 느낌이 들어'라고 했거든요."

"아, 알았다." 에설이 말했다. "배우구나, 그렇지?"

"오래전에요." 내가 말했다.

그녀가 말했다. "그런데 참, 정말 멋진 코트를 갖고 있네."

그녀는 내 코트를 만져보았다. 짧고 굵은 손가락이 달린 작은 손으로 그것을 만졌다. 그리고 그는…… "이제 아마 당신은 그렇게 심하게 떨지 않을 거야"라고 그가 말했더랬다.

"내 장담하는데 저 코트를 애튼버러에 가져가면 25파운드는 줄 거야. 음, 어쩌면 25파운드까지는 안 쳐줄지 모르지만, 확실히 20파운드는 줄 거야. 그건 무슨 뜻이냐면 저 코트 값이……"

그러더니 키득키득 웃기 시작했다. "사람들이 이렇게 말도 안되게 바보라니까." 그녀가 말했다. "이런 코트를 가졌으면서 왜 캠든 타운의 방에 묵는지 이유를 알 수가 없네."

나는 진을 마셨고 그걸 마시자 거의 즉시 모든 것이 약간 우스꽝스럽게 보이기 시작했다.

"그럼, 그러는 당신은 대체 왜 여기 있는 거예요?" 내가 물었다. "이곳이 그렇게까지 끔찍하다고 생각한다면요?"

"오, 난 꼭 여기에 묵지 않아도 돼." 그녀가 거만하게 말했다. "나는 아파트가 있어. 버드 스트리트에 아파트가 하나 있지. 있잖아 ― 옥스퍼드 스트리트에서 약간 떨어진 곳, 쎌프리지 뒤쪽에.² 나는 그냥 거길 수리하는 동안 여기 있는 것뿐이야."

....
2 옥스퍼드 스트리트는 런던 중심부의 쇼핑가이고, 쎌프리지는 1909년에 문을 연 고급 백화점이다.

"흠, 저도 꼭 여기 묵지 않아도 돼요." 내가 말했다. "제가 원할 때 언제든 제가 원하는 만큼 돈을 벌 수 있으니까요." 그리고 나는 기지개를 켰고, 벽에 비친 내 부푼 그림자 역시 기지개를 켜는 모습을 지켜보았다.

그녀가 말했다. "그래, 그렇겠지 ― 아가씨처럼 예쁜 여자가. 게다가 스무살도 채 안됐겠는데. 내 아파트에 남는 방이 하나 있어. 같이 가서 잠시 나와 함께 지내는 게 어때? 아파트를 함께 쓸 사람을 찾는 중이거든. 실은 내 친구 한명하고 그렇게 하기로 거의 결정한 상태야. 그녀는 25파운드를 투자해서 손톱 손질 일을 할 거고 우린 조그만 사업을 시작할 거야."

"오, 그래요?" 내가 말했다.

"저기, 그냥 우리끼리 하는 말인데, 난 꼭 그 친구랑 하지 않아도 상관없거든. 걔는 좀 오지랖 넓은 성격이라서. 한번 생각해보는 게 어때? 멋진 방이 하나 남아 있어."

"하지만 전 25파운드가 없어요." 내가 말했다.

그녀가 말했다. "그 코트로 언제든지 20파운드는 받을 수 있을걸."

"팔고 싶지 않은데요." 내가 대꾸했다. "그리고 전 손톱 손질 할 줄도 몰라요."

"오 뭐, 그건 상관없어. 아가씨를 설득하려고 애쓰고 싶진 않아. 그냥 같이 가서 방을 한번 봐. 난 내일 떠날 거야. 가기 전에 잠깐 들러서 그 집 주소를 줄게."

내가 말했다. "전 좀 졸려요. 방으로 가야겠어요. 안녕히 주무세요."

"잘 자." 에설이 말했다. 그녀는 양쪽 발목을 문지르기 시작했다. "괜찮다면 내일 아가씨 보러 잠깐 들를게."

내 방으로 내려오니 쟁반에 약간의 빵과 치즈 그리고 우유 한컵이 놓여 있었다. 나는 아주 피곤했다. 침대를 보며 생각했다. '하나뿐이야 — 오직 자는 것. 죽은 듯이 잠을 자는 거야.'

자거나 아니면 가만히 누워 있는 것 말고 삶에서 더 하고 싶은 일이 없는 것처럼 느껴지는 순간엔 기분이 이상하다. 마치 물이 흐르는 것처럼 시간이 자기 옆을 미끄러져 지나가는 소리가 들리는 그런 순간이다.

2

플라워 부인이 말했다. "괜찮다면 아가씨, 내려와서 아래층에 좀 앉아 있어요. 그 방을 제대로 정돈하고 싶어서 그래요."

"그럴게요." 내가 말했다. "전 오후에 외출할 거예요."

나는 일어나 옷을 입고는 토트넘코트 로드까지 지하철을 타고 가서 옥스퍼드 스트리트를 따라 걸어갔다. 리슐리외 호텔을 지나쳐갈 때 다람쥐털 코트를 입은 한 여자가 안에서 나왔다. 두 남자와 함께였다.

"안녕." 그녀가 인사했다. 그녀를 보고 나도 인사했다. "안녕, 로리?"

"이렇게 딱 마주치네, 애나?" 그녀가 까마귀처럼 쉰 목소리로 말했다.

그녀는 내게 두 남자를 소개했다. 미국인들이었다. 덩치가 큰 쪽이 칼─칼 레드먼─이고 다른 쪽의 이름은 애들러였다. 로리는 그를 조라고 불렀다. 그는 더 젊었고 딱 봐도 유대인 같았다. 어디서 만나더라도 그가 유대인임을 알았을 것이다. 하지만 칼에 대해서는 확신할 수 없었다.

"어디서 갑자기 튀어나온 거야?" 로리가 말했다. "내 아파트에 가서 한잔하자. 난 바로 근처 버너스 스트리트에 살아."

"안돼요." 내가 말했다. "오늘은 안돼요, 로리." 나는 아무와도 말하고 싶지 않았다. 내가 꼼짝없이 유령이 된 것 같은 느낌이 들었다.

"오, 어서." 그녀가 말했다. 그녀는 내 팔을 붙들었다.

칼이 말했다. "저런, 아가씨를 납치하려고 하지 마, 로리. 원하지 않으면 내버려두라고." 그는 자기 자신에 대해 깊은 확신을 가진 것처럼 차분하게 말하는 사람이었다.

그가 말하자마자 내 마음이 바뀌었다. "좋아요. 딱히 어디 가던 길은 아니었어요. 그냥 그간 몸이 아팠고 여전히 기분이 좀 울적해서."

"앤 작년에 나랑 같이 공연했던 애야." 로리가 말했다. 그러곤 웃음을 터뜨렸다. "세상에, 그것도 공연은 공연이었잖니? 있잖아, 난 그리로 돌아가지 않았어. 나는 그런 것과는 전혀 맞지 않아. 그리 오래가진 않았지만 시내에서 일을 하나 얻기도 했어."

그녀의 아파트는 버너스 스트리트 중간쯤에 위치했고 3층에 있었다. 우리는 위층으로 올라가 거실로 들어섰다. 한가운데에 붉은 천으로 덮인 테이블이 놓여 있고 소파가 하나 있었으며 벽지는 꽃무늬였다. 그 공간 전체에서 그녀가 쓰는 향수 냄새가 났다.

그녀는 모두에게 위스키소다를 내왔다. 칼과 조는 말하기 편했다. 어떤 남자들처럼 툭하면 등 뒤에서 비웃으려고 한다는 느낌은 주지 않았다.

잠시 후에 칼이 말했다. "그럼, 오늘밤 8시 45분에. 친구도 같이 데려올 건가?"

"너도 갈래, 애나?" 로리가 물었다.

"그러고 싶으면 당신도 와요." 칼이 말했다…….

"두 사람 다 칼튼에 묵고 있어." 로리가 내게 말했다. "프랭크퍼트에서 둘을 만났어. 난 빠리도 다녀왔어. 있지, 난 여기저기 여행 좀 하던 참이었거든, 진짜로."

그녀는 머리를 헤나로 염색했다. 쇼트커트에 숱 많은 앞머리를 눈썹 위에서 잘랐다. 그녀에게 어울렸다. 하지만 눈두덩을 너무 퍼렇게 칠했다. 내 생각에 그건 너무 '서곡과 첫 출연자들'[3] 같았다. 그녀는 자기가 그간 얼마나 운이 좋았는지, 또 자기가 돈 많은 남자를 얼마나 많이 알고 얼마나 좋은 시간을 보내고 있는지 이야기했다.

"그거 알아?" 그녀가 말했다. "난 절대 내 돈 내고 밥 안 먹어 ─ 그건 극히 드문 일이야. 예를 들어서 이 두 남자만 해도 ─ 난 그들

─────────

3 연극에서 막이 오르기 직전에 악단과 첫 장면에 출연하는 배우들을 준비시키기 위해 소리치는 말. 그런 역할을 하는 극단의 콜보이나 콜걸의 분위기를 연상시킨다는 뜻이다.

한테 아주 무심하게 이렇게 말했지. '언제 런던에 들를 일 있으면 연락해요. 내가 구경 좀 시켜줄게요.' 그랬더니 세상에나, 한 3주 전에 그들이 나타난 거야. 그들에게 시내 구경을 시켜주던 참이었어, 정말이야……. 난 남자들과 잘 지내. 그들과 함께 나는 내가 좋아하는 걸 할 수 있고. 가끔씩 나 자신도 놀라. 남자들이 내가 그걸 정말로 좋아한다고, 장난이 아니라고 느끼기 때문이지 싶어. 그런데 너 무슨 문제 있어? 별로 안 좋아 보이는데. 그 술 마저 다 마시지 그래?"

나는 잔을 비웠고, 그러고 나서 내가 울고 있다는 걸 깨달았다.

"무슨 일이야?" 로리가 말했다. "자 자, 죽을 것처럼 그러지 말고."

잠시 후에 내가 말을 꺼냈다. "미치도록 좋아한 남자가 있었어요. 그가 내게 싫증이 나서 날 버렸어요. 내가 지금 죽은 거면 좋겠어요."

"애를 가졌다거나 뭐 그런 거야?" 그녀가 물었다.

"오, 아니에요."

"그 사람이 너한테 돈은 좀 줬니?"

"물론 줬어요." 내가 말했다. "그리고 내가 편지하면 언제라도 더 줄 거예요. 안 그래도 그 문제로 곧 편지하려고 해요." 나는 바보처럼 보이고 싶지 않아서, 또 돈이 완전히 바닥난 것처럼 보이고 싶지 않아서 그렇게 말했다.

"그런데," 로리가 말했다. "내가 너라면 너무 오래 기다리진 않을 거야—너무 오래는 안돼. 하지만 그 정도면 그렇게 나쁜 것 같지 않네. 훨씬 더 나빴을 수도 있는데."

내가 말했다. "그런 일이 일어날 거라고 내가 생각조차 못할 때 그랬어요. 있잖아요 — 생각도 못한 바로 그런 때. 그가 떠난 뒤에 나는 무척 걱정했어요. 하지만 곧 그가 내게 편지를 했죠. 자기가 나를 얼마나 좋아하는지 그런 것들에 관해, 또 얼마나 날 보고 싶어하는지에 관해서. 그래서 나는 다 괜찮다고 생각했거든요. 그런데 그렇지가 않았어요."

"항상 그렇지." 그녀가 테이블을 내려다보며 말했다. "그네들은 항상 그런 식으로 해. 그게 다 어떻게 된 일인지 난들 알겠냐만. 이런저런 것들에 대해 생각하기 시작해봤자 답은 그냥 시답잖다는 거야. 시답잖다, 그게 답이라니까……. 그렇지만 걱정은 쓸데없어. 지금쯤이면 아마 다른 여자랑 침대에서 재미 볼 남자 걱정은 왜 하니? 청승이다. 그냥 그렇게 생각해."

그녀는 위스키를 한잔 더 했고, 계속해서 영리하게 굴어야 한다고 그리고 돈을 따로 모아둬야 한다고 이야기했다. 그녀의 목소리와 방에서 나는 냄새가 서로 녹아들었다. 나는 '사는 방식도 가지가지구나' 하는 생각을 했다.

"난 내가 가진 것 절반은 은행에 맡겨." 그녀가 말했다. "없이 지내야 한다 해도 반드시 가진 것 절반은 은행에 맡긴다고. 은행만한 친구가 없거든……. 신경 쓰지 마, 넌 착한 어린 암소야. 괜찮을 거야. 나랑 같이 내 아파트나 한번 둘러봐."

그녀의 침실은 작고 아주 깔끔했다. 사진이나 그림도 전혀 걸려 있지 않았다. 큼지막한 침대가 하나 있고, 화장대 위에 기다랗게 땋은 가발이 놓여 있었다.

"내가 간수해놓은 거야." 그녀가 말했다. "나이트가운을 입을 때 가끔씩 써. 물론 파자마 입을 때는 그냥 내 짧은 머리로 있고. 너 머리를 자르지 그래? 잘라야 해. 너한테 잘 어울릴 거야. 빠리 여자들은 많이들 머리를 짧게 자른단다. 조만간 여기서도 그럴 거라고 장담해. 그리고 인조 속눈썹을, 세상에나, 몇미터는 뻗치게 붙인다니까—너도 봐야 하는데. 정말이지 그 여자들은 세상이 어떻게 돌아가는지 아는 사람들이야. 너 오늘밤에 같이 갈 거니? 그럴래? 분명히 너랑 칼이랑 잘 어울릴 거야. 넌 놀랄 만큼 어려 보이고 그는 어려 보이는 아가씨들을 좋아하니까. 하지만 그는 좀 이상한 인간이야. 정말이지 노름밖에는 관심이 없거든. 그가 클라지스 스트리트에서 괜찮은 곳을 하나 발견했어. 요전 날 나를 거기 데려갔는데—난 거의 20파운드를 땄단다. 그는 부에노스아이레스에서 사업을 해. 조는 그의 비서고."

나는 말했다. "이 드레스를 입고 갈 수는 없어요. 겨드랑이가 터진데다가 잔뜩 구겨졌어. 혹시 눈치챘어요? 그래서 내가 계속 코트를 입고 있었던 거예요. 지난번에 옷을 벗다가 이렇게 찢어졌어요." 내가 입고 있던 것은 검은색 벨벳 드레스였다.

"내 드레스 하나 빌려줄게." 그녀가 말했다.

그녀는 침대에 앉아서 하품을 했다. "자, 나한테 뽀뽀해. 난 잠깐 누워야겠어. 다른 방에 가스난로가 있으니 가서 쉬고 싶으면 쉬어."

"난 목욕하고 싶은데," 내가 말했다. "혹시 해도 돼요?"

"할멈," 그녀가 소리 질렀다. "미스 모건을 위해 목욕물 좀 받아놔요."

아무 대답이 없었다.

"지금, 뭐 하는 거지?"

우리는 부엌으로 갔다. 한 노파가 테이블 옆에 앉아서 양팔 사이에 머리를 묻은 채 잠들어 있었다.

"항상 이렇다니까." 로리가 말했다. "항상 나에 대해 까맣게 잊고 있어. 내가 내일이라도 이 꼴 보기 싫은 늙은이를 해고해버릴 텐데, 다른 일을 절대 못 구할 거라는 것만 몰랐어도." 그녀는 노파의 어깨를 살살 건드렸다. "이봐요, 할멈, 일어나요. 목욕물 받고 차 좀 내와요. 그리고 평생 한번이라도 좀 서둘러봐요, 제발."

욕실 창문은 열려 있었고, 바깥에서 부드럽고 축축한 공기가 들어와 내 얼굴에 닿았다. 의자 위에 하얀 목욕가운이 있었다. 목욕을 마친 뒤에 그것을 입고 나와 자리에 눕자 노파가 차를 내왔다. 마음이 텅 비고 평화로운 느낌이었다 ─ 마치 치통을 앓다가 잠시 그칠 때처럼. 곧 다시 시작되리라는 것을 잘 알지만 잠시나마 그칠 때처럼.

3

우리는 오드니노스에서 칼과 조를 만났다. 멜빌 기디언⁴이 피아노를 연주하고 있었다. 그는 노래를 꽤 잘 불렀다.

---

4 Melville Gideon(1884~1933). 다수의 브로드웨이 뮤지컬 히트곡을 쓴 미국 작곡가.

주문을 하기 전에 칼은 웨이터에게 우리가 뭘 먹을지에 관해 오랫동안 이야기했다. 우리는 샤또 디껨을 마시기로 했다.

식사가 끝나고 리큐어를 마실 때쯤 로리는 약간 취한 듯 보였다.

그녀가 말했다. "그런데 칼, 내 어린 친구 어때? 내가 당신에게 멋진 아가씨를 찾아줬다고 생각 안해?"

"정말 미인이서." 칼이 공손한 목소리로 대답했다.

"난 영국 아가씨들 옷 입는 게 맘에 안 들어." 조가 말했다. "미국 아가씨들은 다르게 입는데. 난 그들 스타일이 더 좋아."

"이봐, 이봐," 로리가 말했다. "그만 됐어. 게다가, 혹시 궁금해할까봐 말하자면 그녀는 지금 내 드레스를 입고 있어."

"아, 그렇다면 이야기가 다르지." 칼이 말했다.

"저 드레스 맘에 안 들어, 칼? 뭐가 문젠데?"

"이런, 모르겠어." 칼이 말했다. "어쨌든 그건 그렇게 중요한 게 아니야."

그는 내 손 위에 자기 손을 얹고 웃었다. 아주 멋진 치아였다. 그의 코는 언젠가 부러진 적이 있는 듯 보였다.

"조심해, 이 망할 바보 같으니, 흘리지 말고." 그녀에게 리큐어를 한잔 더 따르고 있는 웨이터에게 로리가 큰소리를 냈다.

조는 말을 멈췄고 난감한 듯 보였다.

"그리고 계산서 좀." 칼이 말했다.

"그래, 라디시옹,[5] 라디시옹." 로리가 외쳤다. "난 유럽의 모든 언

---

5 프랑스어로 '계산서'라는 뜻.

어를 다 조금씩 알아 ─ 폴란드어까지. 폴란드어 조금 해볼까?"

"옆 테이블의 저 여자가 당신을 아주 이상하게 보고 있어." 조가 말했다.

"흥, 저 여자!" 로리가 말했다. "저 여자가 나를 보고 있네. 봐, 예쁜 여자를, 보라고! 그런데 저 여자도 예쁘네, 그렇지? 세상에나, 저 여자가 늙은 암탉처럼 인상을 쓰고 있어. 그녀에게 당장 폴란드어로 한마디 해줘야겠다."

"안돼, 그러지 마, 로리." 칼이 말렸다.

"뭐, 왜 안돼?" 로리가 말했다. "암탉 같은 ─ 그것도 암탉 뒤꽁무니 같은 ─ 얼굴을 한 여자가 무슨 권리로 나를 저렇게 쳐다보는 거야?"

조가 웃음을 터뜨렸다. "오, 여자들이란. 당신들은 참 서로를 사랑하기도 하지, 그렇잖아?"

"음, 그것참 독창적인 발언이네." 칼이 말했다. "우리 모두 아주 독창적인 상태야."

"당신은 도통 아무 말도 안해요?" 그가 내게 물었다. "당신은 저 옆 테이블 여자에 대해 어떻게 생각해요? 그녀가 우리를 안 좋아하는 건 분명해 보이는데."

내가 "저 여자가 무섭다는 생각이 들어요"라고 말하자 모두들 웃었다.

그러나 나는 그것이 무섭다는 생각을 하고 있었다 ─ 그들이 바라보는 방식이. 결국 그들은 네가 산 채로 불타는 모습을 고개도 안 돌리고 바라보리라는 걸 너는 안다. 결국 그들은 눈 한번 깜빡

하지도 않고 네가 불타는 모습을 지켜보리라는 걸 너는 스스로 알고 있다. 증오처럼 분명한 어떤 것도 인정하지 않는 그들의 멀건 눈. 자기들이 엿볼 수 있는 곳에서 네가 산 채로 고통스럽게 불태워지기를 바라는 그들의 밑바닥 소망, 오직 그것뿐이다. 그리고 천천히, 천천히 너는 그 증오가 다시 시작되는 것을 느낀다…….

"무섭다고?" 로리가 말했다. "난 저 여자 안 무서운데. 난 그렇게 쉽게 무서워하는 사람이 아니야. 내 몸에는 훌륭하고 강인한 농부의 피가 흐른다고."

"영국 여자가 농부의 피를 가졌다고 자랑하는 건 처음 들어보네." 조가 말했다. "보통 자기들이 정복왕 윌리엄인가 뭔가 하는 사람의 후손이라고 말하려 애쓰는데 말이야."

"로리라는 사람은 딱 한명뿐이야." 칼이 말했다.

"맞아," 로리가 말했다. "그러니까 내가 죽으면 또다른 로리는 없어."

나는 일어날 때 내가 비틀거리지 않고 걸을 수 있을지 없을지를 궁금해하는 중이었다. 나는 속으로 중얼거렸다. '반드시 멀쩡하게 보여야 해.'

우리는 레스토랑에서 나왔다.

나는 "잠깐만요"라고 말했다.

"저 커튼 너머에 있어." 로리가 말했다.

나는 화장실에 오랫동안 머물러 있었다. 의자가 있어서 거기에 앉았다. 로버트 리 노래[6]가 머릿속에서 맴돌았다.

잠시 후에 직원이 물었다. "어디 안 좋으세요, 손님?"

"오, 아니요." 내가 대답했다. "아무렇지도 않아요. 고마워요." 나는 테이블 위에 있는 접시에 1실링을 놓고 나왔다.

"우린 네가 물에 빠졌나보다 했다." 로리가 말했다.

택시 안에서 내가 물었다. "나올 때 내가 취해 보였어요?"

"당연히 안 그랬죠." 조가 말했다. 그는 로리와 나 사이에 앉아서 한쪽씩 우리 두 사람의 손을 잡고 있었다.

"그런데 칼은 어디 있죠?" 내가 물었다.

로리가 말했다. "나도 그 말 따라 해야지, 어디 있죠?"

"칼이 나한테 자기 대신 당신들에게 작별 인사를 부탁하고 실례한다고 전해달랬어." 조가 말했다. "아주 급한 전화 메시지를 받았거든. 호텔로 다시 돌아가야만 했지."

"호텔로 다시 돌아갔을 리가." 로리가 말했다. "난 그 사람이 어디 갔는지 알아. 클라지스 스트리트로 간 거야. 그렇게 훌쩍 가버린 건 아주 나쁜 짓이라 생각해. 정말이지 좀 무례해."

"오 이런, 칼이 어떤지 알면서." 조가 말했다. "게다가 당신한텐 내가 있잖아. 투덜댈 게 뭐 있어?"

---

6 미국 남북전쟁 당시 남부군 총사령관이었던 로버트 E. 리의 이름을 딴 증기선에 관한 노래인 「로버트리호(號)를 기다리며」(Waiting for the Robert E. Lee). 1912년 루이스 뮤어와 울프 길버트가 작곡한 미국의 인기 가요이다.

4

"여기 맞아?" 조가 말했다. 우리는 택시에서 내렸다. 로리가 내 팔짱을 꼈고 우리는 호텔로 들어갔다. 거기서는 무슨 요리 냄새가 났고 문 앞에 놓인 먼지투성이 매트에 **리츠플라자**라는 검은색 글자가 박혀 있었다.

한 뚱뚱한 남자 직원이 다가왔다. 조는 그에게 독일어로 말했다. 조가 뭐라고 말하니 그 남자가 뭐라고 말했다.

조가 말했다. "우리한테 방 하나는 안 주려고 해서, 두개 잡았어."

"이쪽으로 오시죠." 남자가 말했다.

우리는 그를 따라 위층으로 올라가 커다란 침실로 들어갔다. 방 벽지는 진갈색이고 벽난로가 있었다. 그는 호주머니에서 성냥을 꺼내 불을 붙였다.

벽난로 선반은 아주 높고 검은색 칠이 되어 있었다. 그 위에는 커다란 진청색 화병 두개와 3시 10분에 멈춰 있는 시계 하나가 놓여 있었다.

"이런, 여긴 분위기가 좀 어둡네." 조가 말했다.

"음울하네." 로리가 말했다. "당신 말은 그러니까 — 음울하다는 뜻이지. 괜찮아. 불을 활활 피우면 달라 보일 거야."

"그녀는 어려운 낱말도 어찌나 많이 아는지, 그렇지?" 조가 말했다.

"어려운 낱말이 내 주특기야." 로리가 말했다.

남자는 미소를 띠고 여전히 한자리에 서 있었다.

"뭐 마실래, 로리?" 조가 물었다.

"난 그냥 위스키소다로." 로리가 말했다. "오늘밤엔 위스키소다로 계속 갈래. 어느 하나를 너무 많이 넣지 않고."

"우리 블랙앤드화이트로 한병 하지." 조가 말했다. "그리고 소다도 좀."

남자가 나갔다.

"썰렁하네." 조가 말했다. "이 도시에선 치장하는 데 돈들 안 쓰지?" 그는 이어서 런던에 있는 이발소 이야기를 했다. 그곳은 편하지가 않고 어떻게 해야 손님이 편하게 느끼는지 모른다고 말했다.

남자가 문을 두드리고 위스키를 들여왔다.

"오, 계속해봐." 로리가 말했다. "런던도 그리 나쁘지 않아. 익숙해지면 뭐랄까 일종의 어두운 매력이 있는 곳이야. 내가 아는 어떤 남자 말대로."

"어둡다는 그 사람 말이 맞아." 조가 말했다.

로리는 「달빛 내리는 만」[7]을 부르기 시작했다.

당신은 내 심장을 훔쳤어요,
그러니 가지 말아요.

내가 말했다. "나도 위스키소다 마실래요. 왜 날 빼놓는 거죠?"

반잔 정도를 마시자 너무 어지러웠다. 내가 말했다. "난 가서 누

<hr>

7 Moonlight Bay. '이발소 사중창'(barbershop quartet)이라는 재즈 형식으로 큰 인기를 끈 노래.

워야겠어요. 진짜 정신없이 어지럽네."

나는 누웠다. 눈을 뜨고 있는 한 그리 나쁜 상태는 아니었다.

로리가 말했다. "그럼 그 드레스 벗어야 해. 다 구겨질 거야."

"그럼 안되죠." 내가 말했다.

그것은 자잘한 은색 장식들이 여기저기 달린 분홍색 드레스였다.

그녀가 다가와서 내가 옷 벗는 것을 거들었다. 그녀의 키가 아주 커 보이고 얼굴은 거대해 보였다. 얼굴에 있는 주름 하나하나와 그 주름을 메우느라 애쓰는 파우더도 다 보였고, 립스틱을 바른 부분이 끝나고 진짜 입술이 시작되는 경계선도 보였다. 광대 얼굴처럼 보여서 나는 그녀를 놀리고 싶었다. 그녀는 예뻤지만, 납작한 손톱을 새빨갛게 칠한 손은 뭉툭했다.

조는 담배에 불을 붙이고 다리를 꼬더니 우리를 바라보았다. 그는 극장 일등석에 앉아서 막이 올라가기를 기다리고 있는 중요한 인물처럼 보였다. 공연이 다 끝나면 손뼉을 치며 "훌륭해"라고 말하거나 혹은 야유를 보내며 "졸작이야"라고 말할 준비가 되어 있었다 ─ 공연이 어떠했는지에 따라서.

"나 엄청나게 메스꺼워요." 내가 말했다. "잠시 꼼짝 말고 있어야겠어."

"오, 가서 토하지 마." 로리가 말했다. "정신을 놔버려."

"저, 잠깐만." 내가 말했다.

나는 몹시 추웠다. 깃털이불을 어깨까지 끌어올리고 눈을 감았다. 침대가 풀썩 꺼졌다. 나는 다시 눈을 떴다.

그들은 난로 가까이 앉아 웃고 있었다. 벽에 비친 그들의 검은 그림자 역시 웃고 있었다.

"쟤 몇 살이야?" 조가 물었다.

"그냥 어린애야." 로리가 말했다. 기침을 하고 나서 "열일곱살은 아냐"라고 덧붙였다.

"그래 ─ 그건 어림도 없지." 조가 말했다.

"그런데 어쨌든 열아홉살보다는 단 하루도 안 많아." 로리가 말했다. "어디 주름살이 보여? 저애가 맘에 안 들어?"

"괜찮아." 조가 말했다. "하지만 나는 다른 애가 더 좋아 ─ 그 가무잡잡한 애."

"누구? 르네?" 로리가 말했다. "걔한테 무슨 일이 있는 건지 나도 모르겠네. 그날 저녁 이후로 통 못 봤어."

조가 침대 쪽으로 왔다. 그는 내 손을 잡고 어루만졌다.

내가 말했다. "무슨 말 하려는지 알아요. 손이 차고 축축하다고 말하려는 거죠? 음, 그건 내가 서인도제도에서 태어났기 때문이에요. 난 항상 그래요."

"오, 그래?" 조가 말하고는 침대에 앉았다. "알아, 알아. 트리니다드, 쿠바, 자메이카 ─ 참, 난 거기서 몇년 지내기도 했는걸." 그는 로리에게 윙크했다.

"아니요, 작은 섬이에요." 내가 말했다.

"하지만 나 작은 섬들도 알아." 조가 말했다. "작은 거 큰 거 할 것 없이 다."

"오, 그래요?" 나는 일어나 앉으며 말했다.

"그럼, 물론이지." 조가 말했다. 그는 다시 로리에게 윙크했다.

"참, 나 당신 아버지도 아는데 ─ 아주 친한 친구였지. 올드 태피 모건. 아주 멋진 양반이셨어. 술도 엄청 마셨잖아."

"거짓말쟁이." 내가 말했다. "당신이 내 아버지를 알았을 리가 없죠. 내 진짜 이름은 모건이 아니고 당신한테 말해주지도 않을 거니까요. 그리고 난 맨체스터에서 태어났고 나에 관해서 당신한테 한마디도 사실대로 말하지 않을 거예요. 내가 나에 관해 당신한테 하는 말은 전부 다 거짓말이에요, 이제."

그가 말했다. "그럼, 성함이 태피가 아니었던가? 패트릭이었나 아마?"

"아, 꺼져." 내가 말했다. "침대에서 떨어지고. 짜증나."

"야," 로리가 말했다. "왜 그래? 취한 거야 뭐야?"

"난 그냥 농담 좀 한 거야." 조가 말했다. "맘 상하게 하려는 뜻은 없었다고, 꼬마 아가씨."

나는 침대에서 일어났다. 여전히 너무 어지러웠다.

"하 참, 대체 왜 그러는 건데?" 로리가 말했다.

"궁금하면 말해줄게. 당신 둘 다 날 짜증나게 해." 내가 내뱉었다. "자기들이 웃을 때 어떤 모습인지 스스로 볼 수 있다면 아마 그렇게 신나게 웃어대지 못할걸."

"너 더럽게 좋은 친구구나, 진짜?" 로리가 말했다. "이런 식으로 행동할 거면서 왜 나더러 데리고 나가달라고 부탁한 거야?"

나는 말했다. "흠, 내 드레스 어디 있어? 난 집에 갈래. 당신들의 이 빌어먹을 파티가 신물이 나."

"잘됐네." 로리가 말했다. "단, 내 옷을 그대로 입고 나갈 작정이라면 잘못 생각하는 거야."

드레스는 침대 끝에 걸쳐 있었다. 내가 그것을 잡았지만 로리도 붙들었다. 둘 다 옷을 잡아당겼다. 조가 웃기 시작했다.

"만약 내 드레스를 찢으면, 네 머리통을 부숴버릴 거야." 로리가 말했다.

내가 말했다. "해봐. 하기만 해. 그럼 넌 살아 있는 것만도 다행이라고 생각하게 될 거야."

"오, 그녀를 내버려둬 로리. 취했잖아." 조가 말했다. "꼬마 아가씨, 누워서 자라고. 내일 아침이면 기분이 나아질 테니까. 아무도 괴롭히지 않을 거야."

"여기엔 안 누울 거야." 내가 말했다.

"알았어." 조가 턱을 한번 씰룩하면서 말했다. "맞은편에 방이 하나 있어 — 바로 맞은편. 그리 가."

로리는 아무 말도 하지 않았다. 드레스를 자기 팔에 걸치고 있었다.

조가 일어나서 문을 열고 말했다. "저기 — 바로 맞은편 방, 봐."

"바닥에 토해놓지 말고." 로리가 말했다. "화장실은 복도 끝에 있어."

"아, 나도 한마디 할게." 내가 말했다.

"그럼 나도 너한테 여러마디 할게." 그녀가 기계적인 목소리로 말했다. 마치 집에서 아이들이 교리문답에 대답할 때 같았다. "누가 너를 만드셨니?" "하느님이 저를 만드셨어요." "하느님은 왜 너를 만드셨을까?" 등등.

다른 방은 훨씬 작았다. 난로도 없었다. 자물통에는 열쇠도 없었다. 나는 누웠다.

침대 위에는 시트 한장과 얇은 침대보 한장뿐이었다. 길거리에 있는 것처럼 추웠다.

나는 생각했다. '하, 무슨 이런 밤이 있어! 세상에, 이 무슨 말도 안되는 밤이!'

천장에 점이 하나 있었다. 그것을 바라보자 점이 둘이 되었다. 두 점이 따로 떨어져 아주 빠르게 움직였다. 서로 15센티 정도 떨어지자 점들이 정지하더니 점차 커졌다. 두개의 검은 눈동자가 나를 노려보고 있었다. 나도 그것들을 노려보았다. 이윽고 어쩔 수 없이 내가 눈을 깜박이자 그 과정 전체가 처음부터 반복되었다.

침대 옆에 조가 있었고, 그는 "나한테 너무 화내지 마. 그냥 좀 놀린 것뿐이야"라고 말했다.

나는 "화 안 났어요"라고 말했지만, 그가 내게 키스하기 시작하자 "안돼, 하지 마요"라고 말했다.

"왜 안돼?" 그가 물었다.

"언제 다른 날 밤에요." 내가 말했다. "싸 쎄라 뿌르 윙 오트르 쑤아르."[8] (어떤 책에서 본 여자가 그렇게 말했다. 어떤 책에 나온 어떤 여자가. 싸 쎄라 뿌르 윙 오트르 쑤아르.)

잠시 아무 말도 없던 그가 입을 열었다. "당신 왜 로리랑 어울려 다니는 거야? 그 여자 창녀인 거 몰라?"

---

8 프랑스어로 '그건 다른 날 밤에'라는 뜻.

"흠, 창녀면 왜 안돼요?" 내가 말했다. "그 일도 다른 일들이랑 똑같이 좋은 거예요. 내 생각엔 그래요."

"무슨 생각을 하는지 모르겠네." 그가 말했다. "당신은 별종이야, 여기서 쓰는 말로 하자면."

"오 세상에," 내가 말했다. "날 그냥 내버려둬요. 그냥 내버려두라고요."

가슴속에서 뭔가가 목구멍으로 치받더니 눈까지 차올랐다.

조가 말했다. "그러지 마, 울지 마. 알잖아, 꼬마 아가씨, 난 당신이 좋아. 좋아한다고 생각 안했는데, 정말 좋아. 가서 당신 덮어줄 것 좀 가져올게. 이 방 끔찍하게 춥네."

"로리 화났어요?" 내가 물었다.

"괜찮아질 거야." 그가 대답했다.

눈을 떠보니 그가 내게 깃털이불과 내 코트를 덮어주고 있었다. 나는 다시 잠들었다.

누가 문을 두드렸다. 나가보니 밖에 뜨거운 물 한 양동이가 놓여 있었다. 나는 그것을 대야에 부어 세수하기 시작했다. 씻는 동안 로리가 팔에 그 드레스를 걸치고 들어왔다.

그녀가 말했다. "자, 여기서 나가자."

드레스를 입었다. 내가 엄청나게 예뻐 보인다는 생각을 했다.

"조는 어디 있어요?" 내가 물었다.

"갔어." 로리가 말했다. "삼십분 전에 떠났어. 무슨 생각을 한 거야—그가 우리랑 나란히 팔짱이라도 끼고 나갈 거라고 생각했어? 너한테 작별 인사 전해달래. 자, 가자."

나는 '하, 무슨 이런 밤이 있어! 세상에, 무슨 이런 밤이!' 하는 생각을 하고 있었다.

우리는 거리로 나왔다. 모든 건물이 다 호텔처럼 보였다. 벨뷰, 웰컴, 콘월, 쌘드링엄, 버클리, 웨이벌리…… 길 따라 온통. 그리고 어김없이, 위쪽에 뾰족한 촉이 박힌 철책들. 맑은 날이었다. 안개가 회색이 아니라 푸른색이었다.

근처에 서 있던 경찰관 한명이 우리를 빤히 쳐다보았다. 몸집은 컸지만 얼굴은 작고 장밋빛이었다. 작은 얼굴 위에 걸친 헬멧이 거대해 보였다.

내가 말했다. "내 드레스를 가지러 같이 돌아가야겠는데. 미안해요."

"뭘, 내가 그렇게 못하겠다고 말한 것도 아니잖아?" 로리가 말했다.

그녀가 택시를 잡았다. 택시가 출발하자 그녀가 소리쳤다. "개새끼!"

"나 말이에요?" 내가 말했다.

그녀가 말했다. "바보 같은 소리 하지 마. 그 빌어먹을 경찰 자식 말이야."

"아, 나한테 하는 말인 줄 알았네."

"네가 뭘 하는지 난 관심 없어." 로리가 말했다. "난 그저 네가 좀 멍청하다고 생각할 뿐이야. 그리고 난 네가 절대 성공하지 못할 거라 생각해. 넌 사람 마음을 어떻게 끌어당길지 모르니까. 어찌 됐든 간에 누군가랑 데이트를 하겠다고 말해놓고는 술에 취해서 아무것도 아닌 일로 난리법석을 피우는 그런 식으로 행동해선 안되지. 게다가 넌 항상 반쯤 조는 것처럼 보이고, 사람들은 그런 거 안 좋아해. 아무려나, 난 상관없는 일이다만."

우리는 버너스 스트리트에 도착해 위층으로 올라갔다. 노파가 문 앞에 나와 우리를 맞았다.

"아침식사 준비할까요, 아가씨?"

"그래요," 로리가 말했다. "그리고 목욕물도 틀어놓고요, 서두르세요."

나는 복도에 서 있었다. 그녀는 침실에 들어가 내 옷을 가지고 나왔다.

"자, 네 옷." 그녀가 말했다. "그리고 제발 그런 표정 좀 짓지 마. 자, 가서 뭐 좀 먹자."

그녀가 갑자기 내게 키스를 했다.

"아, 야," 그녀가 말했다. "나 진짜 착한 늙은 암소거든. 내가 너 좋아하는 거 알지. 너한테 솔직히 하는 말인데, 어젯밤엔 나도 좀 제정신이 아니었어. 내 앞에서라면 넌 앞으로 평생 숫처녀인 척해도 돼. 난 상관 안해. 그게 나랑 무슨 상관이겠어?"

"길게 얘기하지 말자." 그녀가 이어서 말했다. "머리가 쪼개질 지경이야. 나 좀 살려줘."

몇주 만에 맞은 화창한 날이었다. 노파가 거실에 있는 테이블에 하얀 보를 깔자 햇빛이 그 위에서 빛났다. 그리고 그녀는 부엌으로 가서 베이컨을 굽기 시작했다. 베이컨 냄새가 풍기고 욕조에 물이 차는 소리가 들렸다. 그뿐이었다. 머리가 텅 빈 느낌이었다.

5

내가 아파트를 떠날 때는 4시였다. 옥스퍼드 스트리트를 따라 걸으며 캠든타운에 있는 내 방을 떠올리곤 다시 거기로 돌아가고 싶지 않다는 생각을 했다. 가게 진열창에 검은색 벨벳 드레스가 있었다. 치마 옆이 트여 있어서 그 사이로 밝은색 스타킹이 보였다. 아가씨가 입으면 인형이나 한송이 꽃처럼 사랑스럽게 보일 것 같았다. 목둘레에 모피를 댄 또다른 드레스는 로리가 입었던 옷을 생각나게 했다. 모피 위쪽으로 드러난 그녀의 목은 연한 금빛에 아주 가늘면서도 튼튼해 보였다.

지나가는 여자들 대부분이 입은 옷은 하나같이 진열창에 걸린 옷을 우스꽝스럽게 풍자한 것 같았지만, 여자들이 멈춰서서 진열창을 바라볼 때 그들의 시선은 미래에 꽂혀 있음을 알 수 있었다. '내가 저걸 살 수 있다면, 그럼 물론 난 아주 달라지겠지.' 늘 희망하라, 그러면 무엇이든 할 수 있다. 그게 세상이 돌아가는 방식이며, 그게 사람들이 이 세상을 계속 굴러가게 하는 방식이다. 개개인마다 품은 그토록 많은 희망. 더럽게 교묘히 허용된. 하지만 만약 네가 더이상 희망하지 않으면, 네 허리가 부러져버리면 어떻게 될까? 그다음엔 어찌 되는가?

'여기서 이 드레스들을 바라보며 영원히 서 있을 수는 없어'라고 나는 생각했다. 돌아서니 택시 한대가 천천히 지나가고 있었다. 운전사가 나를 보았고, 나는 그를 불러세워 "버드 스트리트 227번지요"라고 말했다.

초인종이 두개 있었다. 아래쪽에 있는 것을 눌렀다. 아무도 나오지 않았다. 하지만 문을 밀자 그대로 열렸다.

복도에는 짧은 계단이 있고 왼편으로 문이 하나 있었다. 나는 밖으로 나가서 다시 벨을 눌렀다. 왼편에 있는 문이 열리더니 코안경을 쓴 나이 지긋한 남자가 나와 말했다. "무슨 일이오?"

그가 나온 방은 사무실이었다. 거기에는 서류철을 보관하는 캐비닛 하나, 타자기와 수많은 편지가 놓인 테이블, 의자 두개가 있었다.

내가 말했다. "미스 에설 매슈스를 보러 왔어요. 그녀가 여기 산다고 생각했고요."

"위층이오." 그 남자가 말했다. "벨을 잘못 눌렀소."

"죄송합니다."

"오늘 이게 네번째요. 내게 친절을 베풀어서, 매슈스 양에게 난 이런 식으로 방해받는 건 사양한다고 말해주겠소?" 그는 문 앞에 서서 다소 큰 소리로 말했다. "난 다른 할 일이 있는 사람이오. 하루 종일 그녀를 찾는 벨 소리에나 응대하고 있을 수는 없단 말이오."

계단이 꺾이는 곳에 에설이 서 있는 것이 보였다. 그녀는 나를 내려다보고 있었다.

"오, 네가 왔구나?" 그녀가 말했다.

나는 "안녕하세요"라고 인사하고 계단을 올라갔다.

그녀는 흰색 작업복을 입은 채 팔을 걷어붙이고 있었다. 머리는 단정했다. 내 기억 속의 그녀보다 훨씬 멋져 보였다.

그녀가 말했다. "덴비가 뭐라고 주절거리고 있었어?"

"제가 벨을 잘못 눌렀다고 말하는 중이었어요."

"문패를 하나 붙여야겠네." 그녀가 말했다. "정말 재수 없는 인간이야. 자, 들어와. 지금 막 차 마실 참이었어."

거실에서는 버드 스트리트가 내다보였다. 가스난로가 있고 그 앞에 물그릇이 놓여 있었다. 안락의자 두개는 광택이 돌고 자잘한 장미 꽃봉오리 무늬가 있는 친츠 천을 씌운 것이었다. 한쪽 구석에 아주 높은 장의자가 있고 그 위에 담요가 걸쳐 있었다. 그리고 피아노 한대. 벽지는 흰색 바탕에 줄무늬였다.

"찻잔 하나 더 가져올게." 그녀가 말했다.

우리는 차를 마셨다.

"아래층 저 남자는 누구예요?" 내가 물었다.

"집주인이야." 그녀가 말했다. "거기에 그의 사무실이 있어. 말하자면, 그가 거기를 자기 사무실이라고 불러. 자기는 우표 거래상이라 말하고. 그냥 거기 앉아 있는 거야. 대부분은 밖에 나가 있거든. 늙은 악마야, 그는……. 난 여기 2층과 3층을 써. 방을 활기차게 보이게 하는 데는 광택 나는 친츠 천만 한 게 없지 않니? 보다시피 이 방은 작지만 옆에 있는 식당은 크고 내 침실도 꽤 커."

식당 벽에는 「런던의 외침」 그림들이 걸려 있고 찬장 위에는 과일 한접시가 놓여 있었다.

에설이 말했다. "내가 그냥 그런 척한다고 생각하지 않았어? 나

---

9 Cries of London. 18~19세기에 빠리와 런던 같은 대도시에서는 길에서 큰 소리로 호객하는 행상들을 소재로 다양한 대중 문학, 미술, 음악 작품이 만들어지고 널리 소비되었다.

한테 이렇게 멋진 아파트가 있다는 걸 안 믿었지? 가서 내가 말했던 방 한번 보자."

우리는 한층을 더 올라갔다.

"이게 바로 깔끔하다는 거야," 에설이 말했다. "내 입으로 하는 말이긴 하지만. 그리고 내가 가스난로도 하나 놔줄 수 있어."

가구들은 흰색 칠이 되어 있었다. 커다란 방이었지만 블라인드가 반쯤 내려져서 다소 어두웠다. 창밖으로 손풍금이 보였다. 「달빛 내리는 만」이 연주되고 있었다.

"앉아," 그녀가 침대를 툭툭 치며 말했다. "피곤해 보여."

"네, 조금 그래요." 내가 말했다.

그녀가 말했다. "전에 말했던 것처럼 누군가가 이 아파트를 같이 쓰면서 내 사업을 도와주면 좋겠어. 전에 말한 친구랑은 완전히 끝장났어. 그애는 나랑 안 맞았지만, 우리 둘이라면 문제없이 잘 해나갈 수 있을 거라고 믿어. 마음을 정하는 게 어때? 이곳이 캠든타운에 있는 그 방보다 낫지 않아?"

내가 말했다. "네, 방은 좋아요. 아주 멋진 방이에요. 하지만 당신은 사업에 25파운드를 투자할 사람을 원한다고 했잖아요. 전 25파운드가 없어요."

"아, 25파운드." 그녀가 말했다. "이건 어때? 한달에 8파운드로 하자. 그걸 방세와 밥값으로 칠게. 그리고 내가 네게 손톱 손질하는 법을 가르치면, 그걸 해서 네가 받는 돈을 반씩 나누는 거야. 물론 너도 집안일 돕고 손님 받고 기타 등등은 해야 하고. 어때? 이렇게 멋진 방인데 8파운드가 너무 비싸다고 생각하는 건 아니지? 네가 어디 가서 어떤 집을 찾더라도 이 아파트는 그에 못지않게 밝고 깨끗할 거야."

"아니요, 아주 싸다고 생각해요." 내가 말했다.

"어서, 맘을 정해. 가끔은 충동적으로 뭔가를 결정하는 게 행운을 가져올 때도 있는 거야. 그게 네 운을 바꿔놓지. 그런 거 느껴본 적 없어? 8파운드는 마련할 수 있겠어?"

"네, 할 수 있어요."

"그럼 됐다. 결정됐어." 에설이 말했다. "그 돈을 내게 미리 달라는 부탁 하나만 하자. 이 집을 수리하는 데 비용이 많이 들었거든. 너도 사정 알겠지? 이 방 하나 수리하는 데만도 6파운드는 족히 들었어. 자, 그래서 지금은 아주 멋진 방이 되었잖아. 그리고 옆에 있는 욕실이랑 다른 곳들도 다 고쳤고. 내가 여기 처음 들었을 때 상태를 네가 봤어야 하는데."

"좋아요," 내가 말했다. "하지만 그러고 나면 제게 남는 게 별로 없어요."

"그건 걱정 마." 에설이 말했다. "이런 일에서 어려운 건 처음 2~3주야. 다음 달엔 미리 내라고 하지 않을게. 일단 내 사업이 굴러가기 시작하면 돈 문제는 해결되리라는 걸 너도 알게 될 거야. 넌 꽤 많이 벌 수 있을걸."

우리는 아래층으로 갔다. 나는 가방에서 5파운드 지폐 두장을 꺼냈다가 그녀에게 지폐 한장과 1파운드짜리 금화 세개를 주고 다른 지폐 한장은 도로 넣었다.

그녀가 말했다. "물론, 내가 8파운드만 받겠다고 했을 땐 가능한 한 싸게 부른 거였어. 내가 잘 해나갈 수 있을지는 아무도 모르는 일이야. 일이 어떻게 되어가는지 한번 보자. 하지만 이걸로 어떻게든 2주는 버티겠지."

"캠든타운에 가서 제 물건들도 챙기고 정리 좀 하고 와야겠어요." 내가 말했다.

나는 버드 스트리트로 돌아와 에설에게 잠자리에 들고 싶다고 말했다. 허리가 아팠다.

"내가 먹을 것 좀 가져다줄게." 그녀가 말했다.

내가 돈 생각을 하다가 내게 3파운드밖에 남지 않았다는 생각을 하며 누워 있는데, 그녀가 빵과 치즈 그리고 기네스 한병을 들고 들어왔다. 내가 그것을 먹는 동안 그녀는 내 옆에 앉아서 자신이 얼마나 존경할 만한 사람인지 늘어놓기 시작했다.

"이건 나에 대한 전적으로 솔직하고 공정한 평가인데, 나는 런던 최고의 마사지사야. 나보다 더 잘하는 사람한테 배울 순 없을걸. 이건 정말 너한테 큰 기회야. 물론 네 고객 몇몇을 내게 소개해준다면 우리 둘 다를 위해 더 좋을 테고."

"글쎄요," 내가 말했다. "아는 사람이 없어요. 당장은 한 사람도 생각 안 나요 — 단 한명도."

"너 오늘밤에 좀 피곤하구나." 그녀가 말했다. "내 보기에 그래. 푹 쉬는 게 좋겠어. 내가 8시에 알람을 맞춰놓을게. 아침식사 네가 차리는 거 괜찮겠지? 부엌이 같은 층에 있으니까 편할 거야. 괜찮아?"

"괜찮아요, 그럴게요." 내가 말했다.

그녀가 나갔다. 나는 그대로 누워서 생각했다.

……그녀는 웃으며 쟁반을 내려놓을 테고 나는 프랜신에게 정말이지 끔찍한 꿈을 꾸었다고 말할 거야 ─ 그냥 꿈일 뿐이라고 그녀는 말하겠지 ─ 그리고 쟁반 위에 놓인 푸른색 컵과 컵받침과 은으로 된 찻주전자를 보고 내 아름다운 삶이 다시 시작되었음을 분명히 깨닫는 거야 ─ 아주 천천히 다섯 손가락으로 피아노를 치는 연습 같다고 할까 높은 담장으로 둘러싸인 정원 같다고 할까 ─ 그러고는 때때로 내가 다만 꿈을 꾸었을 뿐 그건 결코 실제로 일어난 일이 아니라는 생각을 하는 거야……

제3부

1

식당에는 「런던의 외침」 그림들이 걸려 있었다. 그것들이 걸려 있던 모양새를 기억한다. 가스난로 앞에 물그릇이 있고 테이블 한가운데에 항상 오렌지를 놓아둔 접시가 있었던 것, 친츠 천으로—거실에 있는 친츠 천과는 다른 무늬로—쿠션을 댄 안락의자 두개가 놓여 있었던 것, 그리고 에설이 자기가 얼마나 존경할 만한 사람인지 늘어놓던 것도 기억한다. "마사지 광고를 하는 몇몇 곳에 대해 내가 아는 걸 다 너한테 말해보자면, 예를 들어 마담 페르낭드의 경우—그러니까 그녀나 그녀가 자기 집에 데리고 있는 아가씨들에 관해서 내가 들은 것들 말이야. 그런데 난 그녀가 어떻게 난처한 상황에 빠지지 않고 그걸 잘 운영해나가는지 모르겠어. 그 대신 뭔가 댓가를 치르는 게 있을 거야."

그해 11월은 따뜻했기 때문에 창문을 열어두곤 했지만, 블라인드는 위에서 반쯤 내려놓았다. 벨이 울리면 나는 아래층으로 가서 남자를 데리고 올라와 에설에게 말했다. "저 방에 손님 있어요." 그러면 얼마 뒤에 에설이 돌아와서 다시 말을 시작하는 것이었다. "지난주에 무슨 일이 있었는지 내가 말했나? 자, 그걸 들으면 무슨 말인지 너도 바로 알게 될 거야. 내가 광고를 낸 다음 날 형사들이 날 찾아와서 내 증명서랑 자격증 들을 보고 싶다는 거야. 난 증명서 몇개를 보여줬어, 자격증 몇개도. 열이 받더라고. 나를 더러운 외국인이라도 되는 듯 취급하더라니까."

그녀는 주로 흰색 작업복을 입었다. 얼굴이 불그레하고 들창코에 콧구멍이 넓었다.

그녀가 말했다 ─ 첫날이었던 게 분명하다 ─ "손톱 손질에서 핵심은 좋은 도구 세트를 갖추는 일이야. 내가 그걸 빌려줄게. 테이블 위에 흰색 천이랑 따끈한 비눗물 한그릇과 함께 도구를 전부 멋지게 늘어놓은 다음, 안락의자를 앞으로 내밀고 미소 지으면서 말하는 거야. '자, 앉으세요.' 그러고 나서는 '괜찮으시죠?' 하고 물으면서 남자의 손을 끌어다가 따끈한 물이 든 그릇에 담그는 거지. 무지하게 쉬워. 바보같이 굴지 말고. 누구나 다 할 수 있는 거야. 하고 싶으면 나를 상대로 연습해도 돼. 그러고는 5실링을 요구하는 거지. 어쩌면 10실링도 받을 수 있고. 나름대로 판단해."

"물론 손님들한테 좀 상냥하게 굴어야 해." 그녀가 덧붙였다.

"10실링 받으면 안될 이유가 있어?" 그녀가 말했다. "아무 문제 없어. 누구나 다 밥벌이 수단이 있기 마련이고, 설사 사람이 자기가 지금 가지고 있지 않은 걸 언젠가 가지게 될 거라는 마음으로 일한 다 해도 그게 너나 나한테 혹은 다른 사람한테 무슨 해가 돼? 사람들이 뭐라든 지껄이게 내버려둬. 이건 날 믿어도 좋은데, 그런 일에 관한 한 사람들은 모두 뭔가 소란이 나는 걸 끔찍하게 두려워해서 아주 작은 일만 있어도 번개처럼 튀어버린단다……"

그게 내가 가장 잘 기억하는 부분이다 — 에설은 쨋쨋거리고 시계는 째깍거리던 것. 또 마담 페르낭드나 약국을 했던 자기 아버지에 관해 말할 때 그리고 자기가 정말 귀부인이라고 말할 때의 그녀 목소리. 귀부인 — 어떤 단어들은 길고 가느다란 목이 있어서 조르고 싶어진다. "손톱 손질, 얘야" 하고 말할 때 달라지는 그녀의 목소리도.

결코 어떤 소란도 일어나지 않았다. 그럴 일이 조금도 없었다. 그러나 나는 외출을 그만두었다. 외출하고 싶어하기를 그만두었다. 아주 쉽게 그렇게 되는 법이다. 마치 내내 그렇게 살아왔던 것처럼 — 두세개의 방에 살며 이 방에서 저 방으로 옮겨간다. 매 시간 빛은 다른 색으로 바뀌고 그림자도 다르게 져서 다른 무늬를 만들어낸다. 평화롭다고 느끼지만, 뭔가 생각하려고 애쓰면 마치 높고 컴컴한 벽을 마주하는 것 같다. 정말로 원하는 것은 오직 밤, 그리고 어둠속에 누워 이불을 머리끝까지 뒤집어쓰는 것이며, 지금 자신이 어디 있는지 깨닫기도 전에 밤이 된다 — 그게 한가지 좋은 점이다. 이불을 뒤집어쓰고 생각한다. '그가 내게 싫증이 났어' 그리고 '결코, 절대로, 결코'. 이윽고 자러 간다. 그럴 때는 순식간에 잠들고 꿈도 꾸지 않는다. 죽은 것처럼.

"오, 피곤하단 말은 집어치워." 그녀는 말하곤 했다. "넌 태어날 때부터 피곤했어. 나도 피곤해. 우리 모두 다 피곤하다고."

버드 스트리트에서 거의 3주를 보내고 나서 나는 로리를 다시 만났다. 그녀가 점심을 먹으러 왔다.

"참, 내가 남자라면 원할 여자가 바로 저런 타입이야." 에셜이 말 했다. "저 걷는 자세 좀 봐. 저 옷 입은 거 봐. 세상에, 내가 영리하다 고 말하는 게 바로 저런 거야."

"저 여자 이상한 노친네네." 나중에 내 방에 올라와서 로리가 내 게 말했다. "하지만 아주 사근사근해 보인다 — 진짜로 아주 사근 사근해 보여. 그 여자가 정말 너한테 손톱 손질을 가르치고 있어? 네가 손톱 손질 해주는 사람 많아?"

"이제 네댓명 돼요." 내가 말했다.

"뭐, 손톱 손질 해주는 거?"

"응, 손톱 손질." 내가 말했다. "그중 한명은 나한테 위층으로 가 자고 했는데, 내가 안된다고 하니까 쏜살같이 가버렸어요. 그가 내 내 좀 겁을 먹고 있는 게 눈에 보였어요."

로리가 웃고는 말했다. "틀림없이 저 노친네 못마땅해했을걸. 틀 림없이 자기 생각과는 딴판이었던 거지."

밖에서 차가 경적을 울리자 그녀는 창밖을 내다보고 신호를 보 냈다. 그러곤 "곧 내려갈게"라고 소리쳤다.

"밖에 남자들이 와 있어, 내 두 견본. 우리랑 같이 바람 쐬러 나가는 게 어떠니?" 그녀가 말했다. "기분 전환 시켜줄게. 저 노친네가 뭐라고 하진 않겠지?"

"응, 안 그럴 거예요. 왜 그러겠어요?"

"그럼 가자." 로리가 말했다.

나는 계속 생각하고 있었다. '난 괜찮아. 여전히 차를 타고 쌩쌩 달리고 먹고 마시고 뜨거운 물에 목욕하는 게 좋아. 난 정말 괜찮아.'

"내 신발 끈이 풀렸네." 로리가 말했다. 그걸 다시 매주는 남자의 양손이 떨리고 있었다. ("난 언제나 사람들이 나한테 미치게 만들 수 있어.")

기다란 나무 그림자들. 해골 같고, 어떤 것은 거미 같고, 또 어떤 것은 문어 같다. '난 정말 괜찮아. 정말 괜찮아. 물론, 다 괜찮을 거야. 그냥 정신 차리고 계획을 세우기만 하면 돼.' ("그런 거 들어본 적 있니……")

그 무렵은 모든 지나간 아름다운 날의 유령들이 보이는 그런 때였다. 술을 약간 마시고, 유리잔 뒤로 그간 존재한 적이 있는 모든 아름다운 날의 유령들을 본다. ("그래, 그건 나쁘지 않은데, 그런 거 들어본 적……")

"이렇게 늦을 거라고 말했더라면 내가 열쇠를 줘서 보냈을 텐데." 에설이 말했다. "내가 너 문 열어주려고 한밤중까지 지키고 앉아 있길 바라진 않았다."

"우린 로매노스로 저녁 먹으러 갔었어요." 내가 말했다. "그래서 늦었어요."

"그럼, 즐거웠길 바라." 그녀가 말했다. 그러나 그녀가 나를 바라보는 눈길을 보면서 나는 그녀가 이미 나를 미워하기 시작했다는 것을 알았다. 머잖아 한번 법석을 떨 터였다.

다음 날은 오전 내내 아무도 오지 않았다.

"지긋지긋해," 에설이 말했다. "이놈의 일 모조리 지긋지긋하다고. 5시가 되어가는데 아무도 안 와."

그녀는 스스로 위스키소다를 한잔 더 따랐다. 이윽고 또 한잔을 했고 그다음엔 "행운을 위해 넷째 잔을"이라고 말하며 잔을 채워 들고 거실로 갔다.

그녀가 혼잣말을 하는 게 들려왔다. 그녀는 가끔 그랬다. "짐승들과 멍청이들, 멍청이들과 짐승들"이라고 입버릇처럼 중얼거렸다. "짐승들 아니면 멍청이들이고 멍청이들 아니면 짐승들이야." 그리고 이어진다. "오, 미쳐, 미쳐, 미쳐, 미쳐, 미쳐."

5시쯤 되자 누가 벨을 눌렀고, 내가 나가서 남자를 데리고 올라왔다. 이내 그녀가 벽을 두드리며 뜨거운 물을 가져오라고 했다. 나는 주전자를 들고 가서 거실 문 앞에 놓았다.

그 남자가 거기 한 이십분쯤 머물렀을 즈음에 나무가 우지끈하고 부러지는 소리가 났고, 남자는 목청껏 욕을 하기 시작했다. 에설이 다시 벽을 두드렸다.

"들어갈까요?" 내가 문 앞에서 말했다.

"그래, 들어와." 그녀가 말했다.

나는 들어갔다. 마사지용 침대 한쪽 끝이 무너져내렸고 대야는 엎어져 있었다. 마룻바닥에는 물이 흥건했다. 남자는 담요를 두르고 있었다. 그는 한쪽 발을 감싼 채 다른 쪽 다리로 팔짝팔짝 뛰면서 욕을 해대고 있었다. 그는 아주 마르고 작아 보였다. 흰머리가 났고, 얼굴은 보이지 않았다.

"사고가 있었어." 에설이 말했다. "침대 다리 하나가 주저앉았어. 걸레 가지고 와, 안 그럼 물이 새서 덴비 머리 위로 떨어질 거야…… 정말 너무너무 죄송해요. 발 다치셨어요?"

"끓는 물에 발을 넣고도 멀쩡할 것 같아, 이 빌어먹을 멍청이야?" 남자가 말했다.

내가 대걸레로 물을 닦아내는 동안 남자는 피아노 의자에 앉아서 한 손가락으로 피아노를 치고 있었다. 그러나 마치 동물이 상처를 입었을 때 그러는 것처럼 한쪽 발을 위아래로 연신 들썩거렸다. 다친 것에 대해 생각하지 않게 된 지 오래지만 발은 계속해서 들썩거리는 것이다.

나는 방을 나오자마자 웃음을 터뜨렸고, 멈출 수가 없었다. 오랫동안 웃어보지 못한 사람 같았다.

남자가 아래층으로 내려가는 소리가 들렸고 에설이 들어왔다.

"변화라면 변화구나──너 웃는 거 말이야." 그녀가 말했다.

"아, 미친 듯이 웃겼어요. 그 사람이 치던 거 찬송가였어요, 들었어요?"

"침대 한쪽이 주저앉았는데," 그녀가 말했다. "그러면 가만히 있어야지 그 바보 멍청이가 펄쩍 뛰면서 한쪽 발을 뜨거운 물이 담긴 대야에 넣는 거야. 빌어먹을 자기 발이 지금 어디로 들어가는지 보이지도 않았나? 그건 네 잘못이야. 뭣 때문에 살이 벗겨질 만큼 뜨거운 물을 가져왔어?"

"기운 내세요." 내가 말했다. "진짜 무지 웃겼어요." 그녀가 내게 덤벼들 태세임을 알았지만, 나는 웃음을 멈출 수가 없었다.

"누구한테나 기운 내라고 말하다니 넌 속도 좋구나." 그녀가 말했다. "너 지금 누굴 비웃는 거니? 이봐, 내가 한마디 할게. 너 그만 둬. 도무지 쓸모가 없어. 여기서 나가줬으면 해."

"난 영리한 아가씨를 원했어." 그녀가 말을 이었다. "손님들한 테 좀 잘해줄 아가씨 말이야. 겉으로 보고 난 네가 수고를 마다 않고 손님들한테 잘해주고 친구도 몇몇 만들고 뭐 그래서 이곳이 잘 나가도록 노력할 그런 애라고 생각했어. 그런데 알고 보니 넌 그 맛이 간 표정으로 누구라도 환장하게 할 애구나. 그러니 네 친구들 하고 다 같이 떠나고 내게 함께 가자는 소리는 하지도 마라. 자, 깨 끗이 비우고 나가. 난 널 원하지 않아. 아무 도움이 안돼. 네가 무슨 말을 하려는지 알아. 한달 치 돈을 이미 냈다고 말하려는 거지. 하 지만 네가 침실에서 난로 없이는 못 견디겠다고 해서 내가 가스난 로 넣어주고 또 그 온갖 말도 안되는 것들 해주느라 돈이 얼마나 들었는지 아니? 또 피곤하다느니, 어둡다느니, 춥다느니, 이러쿵저 러쿵 계속 투덜댔잖아. 좋아하지도 않으면서 왜 여기 있으려고 하 는데? 누가 너보고 여기 있어달래? 깨끗이 떠나는 게 어때?"

"난 수영을 잘 못하고, 그게 한가지 이유예요." 내가 말했다.

"맙소사," 그녀가 말했다. "너 좀 이상한 과구나, 그렇지? 그나저 나, 어쨌든 난 너한테 돌려줄 돈 한푼도 없으니 기대해도 소용없다."

"알겠어요." 내가 말했다. "그 돈 그냥 가지세요. 돈 나올 데 아주 많아요. 잔돈은 가지세요."

"뭐 잔돈을 어쩌라고?" 그녀가 말했다. "너 지금 누굴 모욕하는 거야?"

그녀가 문을 등지고 서 있어서 나는 빠져나갈 수가 없었다.

"네 문제가 뭐냐면," 그녀가 말했다. "반쯤 맛이 갔다는 거야. 온전치가 않아. 넌 반쯤 맛이 간 년이야. 온전치가 않아. 그게 네 문제야. 널 보면 누구든 딱 알게 돼."

내가 말했다. "알았어요. 그러니까 비켜요, 나가게." 그러나 그녀는 마루에 폭삭 주저앉더니 머리와 등을 문에 기댄 채 엉엉 울기 시작했다. 사람이 그렇게 우는 것을 본 적이 없었다. 그렇게 울면서 계속 말을 했다.

"넌 네 친구들하고 나가 즐기면서 나한테는 같이 가겠냐고 묻지도 않았어. 내가 그렇게 별로였니?"

"항상 그랬어. 한번 묻지도 않았다고." 그녀는 말했다. "세상에, 내 팔자야. 어떻게든 쫓아가보려고 애쓰는데, 사람들은 하나같이 날 밀어뜨리려 하고 하나같이 거짓말만 하고 겉치레만 해. 넌 알지. 그러고는 자기들이 하는 일이랑 똑같은 걸 하는데 그 일을 한다고 사람을 헐뜯는 거야."

"너 내가 몇살인지 아니?" 그녀가 말했다. "앞으로 몇년간 얼마라도 돈을 모으지 못한다면 내가 어떻게 되겠니? 네가 한번 말해볼래? 조금만 기다리면 너도 알 거야. 네게도 일어날 일이야. 어느날 너도 알게 될 거라고. 기다려봐, 조금만 기다려봐."

나는 그녀의 어깨가 들썩이는 것을 보았다. 파리 한마리가 내 주위에서 윙윙거렸다. 난 아무 다른 생각이 없었다. 그저 지금은 12월인데, 파리가 나오기엔 너무 늦었는데, 아니 너무 빠른가, 아무튼, 그런데 저게 어디서 나왔을까 하는 생각만 하고 있었다.

"난 항상 혼자야." 그녀가 말했다. "항상 혼자라는 건 끔찍해, 끔찍해, 끔찍해."

"걱정 말고, 힘내요." 내가 말했다.

그녀는 손수건을 찾기 시작했지만 없는 것 같았다. 내 손수건을 주었다.

"있잖아, 얘, 내가 한 말 전부 진심이 아니었어. 어디 가려고? 제발 가지 마라. 난 더이상 못 버텨. 제발 가지 마. 가지 말라고 내가 사정할게. 혼자인 거 이제 난 더이상 못 견뎌. 너 떠나면 맹세컨대, 난 저 가스를 틀 거야."

"돌아올게요." 내가 말했다. "그냥 산책하러 가는 거예요."

"한시간 안에 안 돌아오면 난 가스를 틀 거고, 그럼 네가 날 죽인 게 될 거다." 그녀가 말했다.

나는 그의 집에 가고 있다는 상상을 하면서, 그 거리의 모습과 벨을 누르는 걸 상상하면서 걸어갔다. "늦었네." 아마 그는 이렇게 말할 것이다. "더 일찍 올 줄 알았지."

이윽고 나는 생각했다. '만약 버너스 스트리트에 있는 그 호텔로 가면 어떨까. 마침 수중에 얼추 호텔비 낼 만큼 돈도 있는데. 물론 짐도 하나 없이 호텔에 들어서면 그들은 방이 없다고 말하겠지. 반이나 비어 있는 호텔이지만 그래도 방이 없다고 말할 거야.' 난 프런트를 보는 여자가 그렇게 말하는 걸 충분히 상상할 수 있었고,

그러자 다시 웃음을 터뜨릴 수밖에 없었다. 사람을 바라보는 그들의 그 빌어먹을 표정, 그 빌어먹을 목소리, 사방으로 에워싸며 조여드는 높고 매끄러워 도저히 기어오를 수 없는 벽 같다. 그 벽 앞에선 할 수 있는 일이 전혀 없다. 로리 말대로 답은 그저 시답잖다는 것이다. 사람을 바라보는 그 빌어먹을 표정과 그들의 빌어먹을 목소리, 로리 말대로 답은 그저 시답잖다는 것이다.

나는 월터가 준 비취 팔찌를 차고 있었고, 그것을 손 위로 미끄러뜨렸다. 팔찌가 손에 닿을 때 따뜻하게 위로받는 느낌이 들어 그것을 꼭 쥐어도 보고 물끄러미 바라보기도 했지만 그 단어가 기억나지 않았다.

'만약 사람들을 두려워하기 시작하면 사람들은 그걸 알아채고 그럼 넌 끝장이라고 모두들 말해. 더구나 그건 다 상상일 뿐이야' 라고 생각하면서, 사람들이 잔인하다는 것이 상상이든 아니든 간에, 나는 사뭇 엄숙하게 스스로 결론을 내렸다. 손 위로 미끄러뜨린 팔찌를 그대로 쥔 채. 내가 그걸로 누군가를 후려칠 수도 있다는 걸 알기 때문에 따뜻하게 위로받는 느낌이 들었다. 마침내 그 단어를 기억해냈다. 너클더스터.[1]

남자들이 으레 그러듯이 어떤 남자가 입 가장자리로 뱉어내듯 내게 말을 던졌지만, 내가 후려치기 전에 그는 계속해서 빠른 속도로 걸어갔다. 후려칠 생각으로 그를 뒤쫓았으나 그는 너무 빨리 걸었고, 길모퉁이에서 경찰관 한명이 빌어먹을 개코원숭이처럼 ──

---

[1] 손마디에 끼우는 금속제 무기.

그것도 검은 개코원숭이보다 언제나 더 나쁜 흰 개코원숭이처럼 나를 노려보았다. (그리고 나서 내게 무슨 일이 있었지? 그리고 나서 내게 어떤 일이 일어났나?)

나는 생각했다. '너 지금 길 한복판에서 울려는 건 아니지?' 나는 버스를 타고 버드 스트리트로 돌아왔다.

내가 문을 열자 에설이 소리쳤다. "오, 왔구나, 얘. 내가 얼마나 걱정했는데. 들어와 저녁 좀 먹어."

그녀는 머리를 단정히 빗고 흰 옷깃이 달린 검정 드레스를 입고 있었다. 꽤 괜찮아 보였다 — 사실 평소보다 더 좋아 보였다. 나중에 알게 된 사실이지만 그녀는 한바탕 법석을 피울 때마다 그뒤에는 항상 전보다 더 좋아 보였다. 더 산뜻해지고 더 젊어졌다.

"아뇨, 아무것도 먹고 싶지 않아요." 내가 말했다.

"너한테 그런 짓을 해서 미안하다." 그녀가 말했다. "그 이상 내가 무슨 말을 할 수 있겠니?"

"괜찮아요." 내가 말했다. 난 그저 위층에 올라가 이불을 뒤집어쓰고 자고 싶었다.

"누구라도 미안하다는 말밖에 더 할 말이 없을 거야." 그녀가 말했다.

흰색 가구들 그리고 침대 위에 걸린 앞발을 들고 앉아 있는 개의 그림 —「충직한 마음」. 나는 침대에 들어가 누워 그걸 보면서 비스킷 광고 그림을 떠올렸다. '캔에 진공포장되어 모국에서와 똑같이 열대지방에서도 신선한 엄마표 비스킷.' 마켓 스트리트 끝에 있는 광고판에 높이 붙어 있었다.

분홍색 드레스를 입고 건포도가 박힌 큼지막한 —으깬 파리 비스킷이라고 불리는— 누런색 비스킷을 먹고 있는 여자아이와 굴렁쇠를 굴리면서 어깨 너머로 그 여자아이를 돌아보는 세일러복 차림의 남자아이가 있었다. 잘 다듬어진 초록빛 나무 한그루가 있고 눈부신 담청빛 하늘은 너무나 가까워서 여자아이가 팔을 뻗으면 닿을 수도 있을 것 같았다. (신은 항상 우리 곁에 계신다. 너무나 포근하다.) 그리고 여자아이 뒤에는 높고 어두운 벽 하나.

그 그림 아래에 이렇게 쓰여 있었다.

> 과거는 소중하고
> 미래는 선명하고
> 그리고, 무엇보다 최고는, 현재.

그러나 문제는 그 벽이었다.

내 머릿속에 있는 영국의 인상이 으레 그러했다.

'그리고 그것도 저것과 같아.' 나는 생각했다.

2

다음 날 아침 알람시계가 울릴 때도 나는 일어나지 않았다. 뭐가 잘못됐나 보려고 에설이 들어왔다.

내가 말했다. "오늘은 좀더 누워 있을게요. 두통이 있어요."

"딱한 것." 나를 보고 눈을 깜박하며 그녀가 말했다. "보기에도 그렇고 정말 안 좋은 모양이네. 내가 아침식사 좀 가져올게."

그녀의 목소리는 두가지다 ― 부드러운 목소리와 또다른 목소리.

"고마워요." 내가 말했다. "그냥 차만 좀 ― 먹을 건 필요 없고요."

차를 똑바로 따르기 위해 나는 불을 켜야 했다.

"날이 춥고 안개가 지독하게 꼈어." 그녀가 말했다.

내가 다시 불을 끄자 방이 어두워졌다. 담요 아래 손을 넣고만 있으면 따뜻하긴 했다. 두통은 없었다. 나는 사실 괜찮았다 ― 그저 지독하게, 평소보다 더 심하게 피곤했다.

나는 계속해서 나 자신에게 말했다. '뭔가 생각을 해야만 해. 여기 머물 수는 없어. 계획을 세워야 해.' 하지만 그 대신 나는 내가 가본 모든 도시를 세기 시작했다. 순회공연 첫해 겨울에 간 곳 ― 위건, 블랙번, 베리, 올덤, 리즈, 핼리팩스, 허더즈필드, 싸우스포트…… 나는 열다섯개까지 세다가 옆길로 새서 그동안 내가 잠을 잤던 모든 침실에 관해, 순회공연 중에 머문 그 모든 방이 어쩜 그리 다 똑같았는지 생각했다. 방 안에는 항상 어두운 색의 높은 옷장과 칙칙한 붉은색 물건이 있다. 창문을 통해 바깥의 작은 거리가 곧바로 느껴진다. 침대 위에 아무렇게나 내려두고 간 아침식사 쟁반에는 접시 두개에 각각 동그랗게 말린 베이컨이 조금씩 놓여 있다. 집주인이 미소를 짓거나 "좋은 아침이에요"라고 인사하면 모디는 말하곤 했다. "저 여자 지나치게 상냥해. 무슨 꿍꿍이일까? 분명 청구서에 써넣겠지. 좋은 아침이라고 인사한 값, 0.5크라운."

이윽고 나는 콘스턴스 사유지로 가는 그 길을 기억해보려고 노력했다. 신기하게도 한쪽 팔을 이마에 올리고 어둠속에 누워 있노라면 기억이 잘 떠오른다. 머릿속의 두 눈이 뜨이는 것이다. 고향집 문밖에 서 있는 쌘드박스나무와 나무에 박힌 고리에 고삐를 매여 기다리던 말. 내가 말에 오르는 걸 도와줄 때 조지프의 얼굴에 흐르던 땀방울과 내 승마용 치마의 찢긴 부분. 말을 타고 가다보면 다리가 나오고 널빤지 위를 내딛는 말발굽 소리. 이윽고 싸바나. 그다음엔 뉴타운이 나오고, 뉴타운 바로 너머에는 커다란 망고나무가 있다. 내가 어렸을 때 바로 그 나무를 지나가다가 노새에서 떨어졌는데 땅바닥에 부딪치는 순간까지의 시간이 아주 길게 느껴졌다. 그 길은 해안을 따라 나 있었다. 코코야자나무는 바다 쪽으로 구부러져 있었다. (프랜신이 말하기를 매일같이 신선한 코코넛물로 세수를 하면 아무리 오래 살아도 언제나 젊고 주름도 안 생긴다고 한다.) 일종의 꿈속에서 말을 타고 가면, 이따금 안장에서 삐걱거리는 소리가 나고, 바다 내음과 말에서 풍기는 좋은 냄새를 맡는다. 그러고 나서 ― 잠깐. 그다음에 오른쪽으로 돌더라 왼쪽으로 돌더라? 물론 왼쪽으로. 왼쪽으로 돌면 바다는 이제 등 뒤에 있고 길은 지그재그 오르막이다. 언덕을 올라가는 느낌이 든다 ― 시원하기도 하고 동시에 뜨겁기도 하다. 모든 것이 초록이고 모든 곳에서 뭔가가 자라나고 있다. 한순간도 고요할 때는 없다 ― 항상 뭔가가 윙윙댄다. 그다음에는 거무스름한 절벽과 협곡, 이어지는 썩은 나뭇잎 냄새와 습지 냄새. 콘스턴스로 가는 길은 그러했다 ― 초록과 초록의 냄새, 그다음엔 바다 냄새와 어두운 대지 냄새, 썩어가는 나뭇잎과 습지 냄새. 산휘파람새라고 불리는 새가 있는데, 그

새는 한 음으로 울며 소리는 아주 높고 달콤하면서 귀청을 찢을 듯하다. 개울들을 건넌다. 말이 물속에서 발굽을 내딛었다 들어올렸다 할 때 나는 소리. 다시 보면 바다는 저 멀리 아래쪽에 있다. 콘스턴스 사유지까지는 세시간이 걸렸다. 가끔 그 시간은 일생만큼이나 길었다. 거의 열두살이 되어서야 나는 혼자 말을 타고 그 길을 갔다. 길에는 내가 무서워하는 것들이 있었다. 햇빛이 비치다가 어느 모퉁이를 돌면 갑자기 그늘로 바뀌었고, 그늘의 모양은 항상 똑같았다. 요즈[2]에 걸린 여자가 내게 말을 걸던 지점. 지금 생각해보면 구걸을 하고 있었던 것일 테지만 그녀의 코와 입이 다 뭉개져 있었기 때문에 나는 그때 그녀가 무슨 말을 하는지 이해할 수 없었다. 마치 나를 비웃고 있는 것 같았다. 무서웠다. 그녀가 날 따라오고 있나 싶어서 연신 뒤를 돌아보았지만, 말이 다음 개울에 이르러 깨끗한 물이 보이면 나는 그녀에 대해 이미 잊었다고 생각했다. 그런데 지금 — 저기 그녀가 있다.

정오에 에설이 내게 먹을 것을 가져왔을 때 나는 자는 척했다. 그러다가 정말로 잠들었다.

그다음번에 들어와서 그녀가 말했다. "애, 로리의 친구 두 사람이 아래층에 와 있어. 레드먼 씨와 애들러 씨야. 널 불러달래. 어서 내려가봐. 기분 좋아질 거야."

그녀는 불을 켰다. 5시 45분이었다. 「캠프타운 경마장」[3]이라는

---

2 열대지방의 흑인들에게서 주로 발병하는 전염성 피부병. 딸기 모양의 종기가 얼굴과 사지 등에 돋아난다.

3 Camptown Racecourse. 1850년 스티븐 포스터가 작곡한 「캠프타운 경주」(Camptown

노래가 머릿속에서 맴돌고 있었다 ── 그것에 관한 꿈을 꾸었던 것 같다. 옷을 입고 내려갔다. 칼과 조가 거실에 있었고, 에설은 입이 찢어지게 웃고 있었다. 그녀가 그렇게 기분이 좋은 걸 본 적이 없었다.

"안녕, 애나." 조가 인사했다. "그동안 어떻게 지냈어?"

"당신을 다시 볼 수 있기를 내내 고대해왔어요, 모건 양." 칼이 예의를 갖춘 목소리로 말했다.

에설은 히죽 웃더니 칼에게 말했다. "그녀가 왔네요. 당신은 손톱 손질을 원하셨고요. 그녀는 훌륭한 손톱 관리사랍니다."

나는 그를 식당으로 데려갔다. 테이블을 옮기고 안락의자를 난로 쪽 가까이에 놓았다. 나는 그의 손톱을 다듬기 시작했지만, 손이 떨려서 다듬는 줄이 연신 미끄러졌다.

세번째로 그러자 그가 웃음을 터뜨렸다.

내가 말했다. "죄송해요, 아직 연습이 충분치 않아서요."

"그런 것 같군." 그가 말했다.

"에설에게 부탁하세요." 내가 말했다. "그녀는 정말 아주 잘해요. 가서 불러올게요."

나는 일어섰다.

"이런, 손톱 손질은 걱정 말아요." 그가 말했다. "난 그냥 당신과 얘기하고 싶었을 뿐이야."

Races)를 잘못 쓴 것으로 보인다. 19세기 중후반 미국에서 유행한, 백인들이 얼굴을 검게 칠하고 흑인 노예의 삶을 희화했던 민스트럴쇼(minstrel show) 음악으로 쓰였다.

나는 다시 앉았다. 내 입이 그에게 미소 지었다.

그가 말했다. "지난번 밤에 먼저 가봐야 해서 정말 미안했어요. 그때 이후로 계속 당신을 보러 올 생각이었어. 특히 로리한테 당신에 대해 아주 많은 이야기를 들은 뒤로."

그의 눈은 갈색이고 눈 사이가 약간 좁았다. 그는 초조해하거나 주저하지 않았다. 당당했다. 나는 줄곧 그에게 묻고 싶었다. '코 부러진 적 있어요?'

그가 말했다. "로리가 내게 당신에 관한 모든 걸 말해줬어요."

"오, 그래요?" 내가 말했다.

"그녀는 당신을 좋아해요. 아주 많이 좋아해."

"그렇게 생각해요?" 내가 말했다.

"뭐랄까, 그녀가 말하는 걸 보면 그래요. 그런데 여기 있는 그 여자 ── 그녀도 당신을 많이 좋아하나요?"

"아니요, 그 사람은 날 전혀 안 좋아해요." 내가 말했다.

"그것참 안됐군." 그가 말했다. "참 안됐어. 그럼 그녀는 마사지를 하고 당신은 손톱 손질을 하나요? 이런, 이런, 이런."

내게 키스하면서 그가 말했다. "당신 에테르[4] 하는 거 아니죠?"

"아니에요," 내가 말했다. "내가 쓰는 로션 때문이에요. 거기에 에테르 성분이 있어요."

"아, 그렇군." 그가 말했다. "있죠, 나한테 너무 빠지면 안돼요. 그런데 당신 좀 뭔가 한 것처럼 보여. 당신 눈을 보니 그래."

---

4 마취제로 쓰이는 화합물. 19세기 말에서 20세기 초에 알코올 대용 또는 환각제로 유행했으나 심각한 부작용 때문에 독성 물질로 분류되었다.

"아니에요," 내가 말했다. "난 에테르 안해요. 할 생각도 해본 적 없어요. 언젠가 꼭 해봐야겠네요."

그가 양손으로 내 한쪽 손을 잡아 따뜻하게 해주었다.

"차갑군," 그가 말했다. "차가워." (차가워 — 진실처럼 차갑고, 인생처럼 차가워. 아니, 그 무엇도 인생처럼 차갑진 않아.)

그가 말했다. "당신이 사귀었다는 그 남자 말이에요, 로리가 얘기하던데 — 내가 보기엔 그 남자가 당신에게 그리 잘해준 것 같지 않아."

"잘해줬어요. 아주 잘해줬어요." 내가 말했다.

그는 고개를 저었다. 그리고 말의 내용에 딱 어울리는 목소리로 "그래, 그들이 그간 당신에게 뭘 해주었는데요?"라고 물었다. 나를 만질 때 그는 내가 응하리라고 확신하고 있음을 나는 알았다. 나는 생각했다. '좋아 그럼, 그러지 뭐.' 나는 한편으로 나 자신에게 놀랐고 다른 한편으로는 놀라지 않았다. 지금 생각해보니 그날 어떤 일이라도 일어날 수 있었고, 무슨 일이 일어났더라도 나는 정말 놀라지 않았을 것이다. '안개 낀 날엔 항상 그렇지.' 나는 생각했다.

그가 말했다. "이제 우리가 뭘 할 건지 말해줄게요. 당신은 가서 옷을 차려입고 우리는 나가서 어디에서 식사를 하는 거야. 조는 빼고 — 당신과 나만. 이제 나는 가서 그 미스 아무개에게 말할게요."

그날밤 내내 나는 모든 것을 「캠프타운 경마장」 곡조에 맞춰서 했다. '난 밤새도록 말을 타리라, 해 지도록 말을 타리라……'

우리는 케트너스에 갔고, 집에 돌아왔을 때 에설은 나가고 없었다. 테이블 위에는 샴페인 두병이 있었다. 그는 말했다. "이것 봐요,

로리가 하는 말처럼 모두 배려 덕분이야."

위층 침실에서 나는 노래를 부르기 시작했다.

오, 난 꼬리 잘린 경주마에 돈을 걸었네,

누구는 암갈색 말에 돈을 땄다네.

그러자 그가 말했다. "'누구는 암갈색 말에 돈을 걸었네'예요."

내가 대꾸했다. "나 좋을 대로 부를 거예요. 누구는 암갈색 말에 돈을 땄다네."

그가 말했다. "아무도 못 따요. 걱정 마. 아무도 못 따."

"당신 코 부러진 적 있어요?"

"응, 언젠가 그 이야길 해주죠."

방은 조용하고 어두웠고 지나가는 차들의 불빛이 천장을 길게 가로지르며 말했다. '오 제발, 오 제발, 오 제발……'

나는 그가 언제 갔는지 몰랐다. 지금처럼 이렇게 자고 있었기 때문이다 ─ 통나무처럼.

3

에설이 침대 위쪽 불을 켜고 나를 깨웠다.

"네가 아침 먹고 싶어할 것 같아서. 늦었어 ─ 11시가 다 됐어."

"고마워요." 내가 말했다. "하지만 불 좀 꺼주실래요? 안 켜도 충분히 잘 보여요."

"우리 사이 이제 아무 문제 없는 거지 애, 그렇지?"

나는 그녀가 나가주길 바라며 "네, 물론 그렇죠"라고 대답했다.

가장자리에 흰색 선이 있는 자주색 키모노를 입은 그녀는 종종걸음으로 방 안을 왔다 갔다 하며 종알거렸다.

"다시 말하지만 나는 좋은 사람이니까. 난 사람들이 즐기는 거 신경 안 쓰지만, 모두가 다 그런 건 아니야. 너도 다른 데 가보면 금방 알게 될 거야. 그러니 조심은 해야 하지 않겠니? 아래층 저 덴비 때문에 말이야. 그는 끔찍한 늙은이야. 내가 이곳에다 들인 돈이 얼만데 그 사람이 날 쫓아낼 빌미를 주고 싶지 않다는 걸 너도 이해할 거야."

"물론이죠."

"좋은 시간 보냈어? 틀림없이 그랬겠지. 레드먼은 좋은 남자야. 앞뒤 분간을 하는 거 보면 알 수 있어. 오, 난 그가 앞뒤 분간을 하는 사람이라고 확신해. 애, 있잖아, 난 네가 네 친구들과 더 자주 나가 놀고 싶어하지 하루 종일 집에 들어앉아 있고 싶지 않을 거라고 생각하고 있었어. 난 상관 안하지만, 우리 방세에 대해서는 이야기를 좀 해야 할 거 같은데."

"알았어요." 내가 말했다. 그러고 나서야 그녀는 나갔다.

그녀가 나가고 나서 나는 손수건을 꺼내려고 핸드백을 열었다. 안에는 칼이 넣어둔 5파운드가 있었다. 여전히 안개가 자욱했다.

그뒤로도 며칠간 안개가 자욱했고 칼은 한동안 다시 나타나지 않았다. 편지를 하거나 그런 일도 없었다.

"레드먼에게 무슨 일이 있나 궁금하네." 에설이 말했다. "사라져 버린 것 같아."

"런던을 떠났지 싶은데"라고 그녀는 말하곤 했다.

"네, 그런가봐요."

그러다가 그가 전화를 해서 내게 식사를 같이하자고 하자 그녀는 놀란 표정으로, 갑자기 존경심을 보이며 내게 눈짓을 했다. 내가 그녀를 진심으로 미워하기 시작한 게 그때였다. 나는 그녀가 웃는 모습이 미웠고, "좋은 시간 보냈어? 즐거웠어?"라고 묻는 그 말투가 미웠다.

하지만 나는 오전에 늦게까지 침대에 누워 있었고 또 치장하는데 오랜 시간을 썼기 때문에 그녀를 볼 일이 그리 많지 않았다. 파출부가 한시간 더 일찍 와서 나는 일어날 필요가 없었다. 내가 저녁식사 후에 칼을 아파트로 데리고 오면 그녀는 대개 나갔거나 자기 침실에 있었다. 모두 배려 덕분이다. ("너도 이해하지, 애, 그렇지? 상황이 상황인 만큼 내가 방세로 주당 2.5기니를 요구하는 게 지나친 건 아니지? 게다가 사실 말이지, 너는 이 아파트 전체를 맘대로 쓰잖아. 이 아파트는 누굴 데려오기 좋은 곳이야. 네가 사람들을 이런 데로 데리고 오면 그들은 너한테 뭔가 있다고 생각하게 되지. 사람들은 실제로 네가 지닌 가치대로 값을 쳐주지 않아 ─ 어떤 경우에도 그렇게 안 쳐주지. 네가 으레 이 정도 받을 거라고 자기들이 생각하는 만큼 쳐주는 거야. 바로 이 대목에서 멋진 아파트가 등장하는 거고.")

가끔은 그게 하나의 꿈이었다는 느낌에서 벗어날 수가 없다. 빛과 하늘, 그림자와 집과 사람 들—그 꿈의 모든 부분이 전부 나와 맞아떨어지기도 하고 전부 어긋나기도 한다. 하지만 다른 순간들도 있었다. 말하자면 어느 화창한 날이나 음악으로 인해, 혹은 거울을 보고 내가 예쁘다는 생각이 들 때, 내가 할 수 없는 일은 없고 될 수 없는 것은 없다고 스스로 다시금 믿기 시작하는 그런 순간들이었다. 신만이 아는 일이라 생각하며. 칼이 "런던을 떠날 때 당신을 데리고 갈게"라고 말하는 걸 상상한다. 정작 그의 눈에 담긴 것은—이건 그냥 내가 여기 있는 동안만이야 무슨 뜻인지 알아들었으면 좋겠어 하는 표정이지만, 그럼에도 불구하고 그런 상상을 한다.

"내가 런던에서 여자앨 하나 주웠는데 걔는…… 어젯밤에 어떤 여자애랑 잤는데 걔는……" 그게 나였다.

아마도 '여자애'가 아닐 것이다. 아마도 뭔가 다른 말일 것이다. 상관없다.

"런던에 더 오래 있을 거예요?"

"왜 묻지?"

"그냥. 그냥 궁금해서요."

"음, 한 2~3주 더 머물 거야, 확실치는 않지만. 조는 다음 주에 떠날 거고. 조는 빠리에서 아내를 만날 거야."

"오, 조가 유부남이에요?" 내가 말했다. "재밌네요! 조가 맘에 들어요." (어느날엔가 그가 말했다. "그런 거 속여봐야 좋을 게 뭐 있어? 우린 다 바구니에 든 게들인데. 바구니에 든 게 본 적 있어? 서로서로 밟고 올라가려고 기를 쓰지. 살아남고 싶잖아, 안 그래?")

"응, 결혼했어. 맞아. 애가 둘이고."

"당신도 결혼했어요?"

"응." 그가 말했다. 그는 화난 듯 보였다.

"당신 아내도 빠리로 오나요?"

"아니."

"혹시 애들도 있어요?"

"응," 잠시 후에 그가 말했다. "딸아이 하나."

"딸 얘기 좀 해봐요." 내가 말했다. 그가 대답하지 않자 나는 재촉했다. "어서요, 딸 얘기 좀 해봐요. 작아요, 커요, 피부는 하얀가요, 가무잡잡한가요?……"

그가 말했다. "당신 그 커피 다 마실 거야? 우리 어쩌면 오늘밤 쇼에 갈 수도 있을 것 같은데 지금 9시가 넘어서 그래."

"기분 전환 하러." 그가 덧붙였다.

"오, 기분 전환 좋아요. 대찬성. 항상 같은 일을 하면 더럽게 지루한 것 같아요."

"오, 그래?" 그가 말했다.

택시 창밖으로 본 거리들은 검은색 기름천처럼 보였다.

"있지, 당신은 맘껏 웃을 때 예뻐." 그가 말했다. "맘껏 웃을 때 당신이 제일 좋아."

"난 더럽게 상냥해요. 내가 정말 더럽게 상냥하다고 생각하지 않아요?"

"물론이지, 알아."

내가 말했다. "연습 좀 하고 나면 훨씬 더 상냥해질걸요."

"글쎄." 그가 말했다.

그는 이제 나를 그만 만나야겠다는 결심을 하고 있는 듯 보였다. 하지만 그는 그뒤에도 몇차례 다시 찾아왔다. 그때마다 "그래, 연습은 열심히 하고 있어?"라고 물었다.

"당연하죠."

"아무튼, 당신은 연습하기에 적절한 장소에 있다고 말할 수 있겠네."

마지막으로 그와 데이트한 날 그는 내게 15파운드를 주었다. 그뒤로 며칠 동안 계속 나는 런던을 떠날 계획을 세우고 있었다. 내가 갈 만한 모든 장소의 이름들이 머릿속에 맴돌았다. (이곳이 이 세상의 유일한 장소는 아니다. 다른 장소들이 있다. 그런 생각을 하면 그렇게까지 우울해지지는 않는다.) 그러다가 나는 쎌프리지에서 나오는 모디를 만나 함께 찻집으로 갔다. 그녀는 자기에게 흠뻑 빠진 브론즈베리에 사는 어떤 전기기술자와 만난 이야기를 길게 늘어놓느라 내게 질문을 많이 하지는 않았다. 그녀는 자신이 조금 더 번듯해진다면 그가 자기와 결혼할 마음을 먹도록 만들 수 있다고 확신했다.

그녀가 말했다. "돈 몇푼이 없어서 이런 기회를 잃는 건 끔찍한 일 아니니? 이건 기회니까. 가끔 확신이 들 때가 있잖아? 그런데 난 더럽게 후줄근한 몰골이야. 알지, 후줄근한 꼴로는 아무것도 할 수 없고 스스로를 믿지도 못한다는 거. 게다가 그는 옷을 눈여겨봐 ─ 그런 것들을 눈여겨본다고. 프레드야, 그의 이름이. 요전 날 그가 나한테 이러더라고. '내가 여자에게서 눈여겨보는 게 있다면 그건 다리와 신발이에요.' 뭐, 내 다리는 문제없어. 하지만 신발을 봐. 그는 항상 그런 말을 하고 그럼 난 끔찍한 기분이 들어. 그는 약간 고지식한 편이지만, 사람이 고지식하다고 해서 그런 문제에 특별한 취향이 없는 건 아니거든. 비브도 그런 식이었어. 다만 현금 몇푼이 없어서 이런 일을 망친다면 정말 비참한 일 아니니? 오 제발, 잘됐으면 싶은데. 그렇게 됐으면 좋겠어."

내가 그녀에게 얼마가 필요하냐고 묻자 그녀는 "8파운드 10실링만 있어도 수많은 것을 할 수 있을 텐데"라고 말했다. 나는 그녀에게 8파운드 10실링을 빌려주었다.

돈이라는 게 항상 그렇다. 어디로 가는지 결코 알 수 없다. 5파운드 지폐를 잔돈으로 바꾸면 그 5파운드는 사라진 셈이다.

4

계단을 오르는 동안은 분위기가 꽤 나빴지만, 침실로 들어와 술을 마시자 나아졌다.

"축음기가 있네." 그가 말했다. "좋았어! 바흐의 그 완벽하게 아름다운 음반 있어? 꼰체르또인가 뭐 그런 건데. 바이올린 두대로 연주하고 ── 크라이슬러와 짐벌리스트.[5] 이름은 정확히 기억 안 나."

그는 콧수염을 짧게 다듬었고 한쪽 손목에는 붕대를 감고 있었

---

5 프리츠 크라이슬러(Fritz Kreisler, 1875~1962)와 에프렘 짐벌리스트(Efrem Zimbalist, 1889~1985). 둘 다 미국의 바이올린 연주자이다.

다. 왜 붕대를 감았지? 나는 모른다. 물어보지 않았다. 내게 말을 할 때 그는 내가 그전에 생각했던 것만큼 그렇게 멋져 보이지 않았다. 예전에 나는 그의 목소리에 반했더랬다. 그의 눈은 약간 게슴츠레했다.

"아니요, 바흐 거는 하나도 없어요."

나는 「퓌프헨」[6]을 틀어놓고는 계속 음반을 넘기고 있었다.

"이건 무슨 곡이지? 「꼬네뛰 르 뻬이」?[7] 그대는 오렌지꽃 피는 그 나라를 아는가? 그걸 들어보자."

"안돼요, 그 곡을 들으면 기분이 나빠져요." 내가 말했다.

나는 「그저 가벼운 사랑, 가벼운 키스」란 곡을 올렸고 그다음에는 다시 「퓌프헨」을 틀었다. 우리는 춤을 추기 시작했는데, 춤추는 동안 침대 위쪽에 걸린 그림 속의 개가 거만하게 우리를 빤히 내려다보았다. (그 나라를 아는가? 물론 그 나라를 안다면 모든 게 완전히 달라진다. 오렌지꽃 피는 그 나라를?)

내가 말했다. "저 빌어먹을 개를 더는 못 참겠어."

난 춤을 멈추고 신발을 벗어 그림 속 개에게 던졌다. 유리가 박살났다.

"오랫동안 하고 싶었던 일이에요." 내가 말했다.

그가 말했다. "제대로 맞혔어. 하지만 우리가 꽤 소란을 피우는

----

6 Püppchen. 인형같이 생긴 예쁜 여자아이 혹은 애인을 뜻하는 독일어. 1912년에 발표된 독일 오페레타.

7 프랑스어로 '그대는 그 나라를 아는가?'라는 뜻. 괴테의 소설 『빌헬름 마이스터의 수업시대』(Wilhelm Meisters Lehrjahre)에 기반한 3막 오페라 「미뇽」(Mignon)의 대표적 아리아.

거 같지 않아?"

내가 말했다. "괜찮아요. 우리가 하고 싶은 대로 마구 큰 소리 내도 돼요. 상관없어요. 빌어먹을, 그녀가 올라와서 뭐라고 한소리 하는 걸 보고 싶네. 나도 한바탕 빌어먹을 소란을 피우고 싶은 참인데."

"오, 그래그래." 그가 곁눈질로 나를 보며 말했다.

우리는 계속 춤을 추었다. 그게 다시 시작됐다.

내가 말했다. "잠깐 놔줘요."

"안돼, 왜?" 그가 나를 보고 빙글빙글 웃으며 말했다.

"속이 지독하게 메스꺼워요."

그 바보는 내가 농담하는 줄 알고 나를 계속 붙들고 있었다.

나는 "정말 놔줘요"라고 말했지만, 그는 여전히 나를 붙들었다. 나를 놓게 하려고 나는 붕대 감은 그의 손목을 내리쳤다. 그가 나한테 욕을 하기 시작한 걸 보면 아팠던 게 분명하다.

"왜 그런 거야, 이 망할 것아? 이 암캐 같은 년이" 기타 등등. 나 역시 맞받아치기를 그만둘 수 없었다.

뱃멀미처럼, 더 심해지기만 하면서, 모든 게 위아래로 출렁댔다. 그러곤 구토. 그러곤 생각하기. '그럴 리 없어, 그럴 리 없어, 오, 그럴 리 없어. 정신 차려, 그럴 리 없어. 난 언제나 그러지 않았나……게다가 이건 한번도 없던 일이야. 지금 이러는 이유가?'

내가 침실로 돌아왔을 때 그는 가고 없었다. 에설이 표현했던 대로 번개처럼 튀어버렸다. 바닥에는 유리 조각들이 떨어져 있었다. 나는 그것을 신문지에 쓸어담고 음반을 차곡차곡 쌓았다. (생각하지 마, 생각하지 마. 생각하면 그 일이 일어나니까.)

나는 옷을 벗고 침대로 들어갔다. 여전히 모든 게 위아래로 출렁댔다.

"꼬네뛰 르 뻬이 우 플뢰리 로랑제?"[8]

……미스 잭슨은 가늘고 떨리는 목소리로 그 노래를 부르곤 했다 그녀는 "푸른 알자스 산들 기슭에서 나는 언제나 바라보며 기다리네"[9] 하고 노래하곤 했다 ─ 미스 잭슨 잭슨 대령의 사생 딸 ─ 그렇다 사생아로 태어난 가엾은 늙은이 하지만 그녀는 정말 매력적인 여인이고 그녀의 프랑스어는 너무도 아름다워서 그녀가 수업료로 받는 돈만큼 충분한 값어치가 있었다 물론 그녀의 어머니도 ─ 그녀의 어두컴컴한 거실에는 너덜너덜한 종려나무 잎 부채들과 제복 입은 남자들이 나온 누런 사진들이 있었고 창밖으로는 바나나나무 잎사귀들이 비단처럼 찢어진 모습이 보였다(바나나나무 잎사귀를 찢는 것은 두꺼운 녹색 비단을 찢는 것과 비슷하지만 비단보다 훨씬 쉽고 부드럽게 찢긴다) ─ 미스 잭슨은 아주 마르고 꼿꼿했으며 항상 검은 옷을 입었다 ─ 백지장처럼 새하얀 얼굴에 눈동자는 블랙커런트 열매처럼 까맣게 빛났다 ─ 그래요 어린이 여러분 이 정원에 와서 달빛 아래 소풍을 즐겨도 좋지만 캐머런 선장(캐머런 선장은 그녀의 고양이였다)에게 뭘 던지고 그래서는 안돼요 ─ 큰 소리로 말하려고 할 때 그녀의 목소리는 항상 그

---

8 프랑스어로 '그대는 오렌지꽃 피는 그 나라를 아는가?'라는 뜻.
9 영국 작곡가 마이클 메이브릭의 곡에 클래러벨이라는 필명의 작사가가 가사를 붙인 「푸른 알자스 산들」(The Blue Alsatian Mountains) 가사를 살짝 바꾸었다.

렇게 가늘고 작아졌다 ─ 자 자 애들아 싸움은 안돼 싸움은 안돼 캐머런 선장 등등이 깜짝 놀랄 거야 하고 소리칠 때 ─ 그녀의 정원 끝에 있는 아연철판 울타리가 달빛속에서 푸르스름하게 보였고 ─ 그것은 내가 그전까지 본 혹은 앞으로 볼 무엇보다도 더 차가워 보였다 ─ 그리고 그녀가 "푸른 산들 기슭에서" 하고 노래를 불렀을 때.

푸른 산들 ─ 그중 하나는 '모른 그랑부아'[10]라 불렸다 ─ 그리고 모른 앙글레 모른 꼴레앙글레 모른 트루아삐뚱[11] 모른 레스트[12] ─ 하나는 '모른 레스트'라 불렸다 ─ 그리고 꼭대기가 항상 구름에 덮여 있는 '모른 디아블로땡'[13] 꼭대기가 항상 베일에 가려 있는 약 1500미터 높이의 산인데 앤 추잇은 그곳이 귀신 들렸다고 말하곤 했다 그리고 오베아[14] ─ 그녀는 오베아 때문에 감옥에 간 적이 있었다(죽은 사람을 파내서 손가락을 잘라내고 그 때문에 감옥에 가는 오베아 여자들 ─ 오베아는 그 손들이다) ─ 하지만 그들은 빌어먹을 이상한 짓을 할 만한 사람들이 아니다 ─ 오 만약 이곳에 산

---

10 프랑스어로 '광대한 숲의 산'이라는 뜻. 아이티 남서부에 위치한 산이다.
11 프랑스어로 '영국 산, 빽빽한 영국 산, 세 봉우리 산'이라는 뜻. 모두 도미니카에 있는 산 이름이다.
12 정식 명칭은 아니고 '모건 쉽터'(rest)에서 따온 것으로 보인다.
13 프랑스어로 '꼬마 악마의 산'이라는 뜻. 도미니카에서 가장 높은 산이다.
14 아이티의 '부두' 같은 서인도제도 일부 지역의 토속신앙 혹은 그 의식. 대체로 현실의 부당한 일에 대항하고 소외된 사람들을 지지하며 기득권에 도전하는 방편으로 쓰였다. 진 리스의 다른 소설 『광막한 싸르가소해』의 하녀 크리스토핀처럼 오베아를 행하는 여자들은 남성에게 의존하지 않는 독립적 여성 주체로서 긍정적 측면을 지녔다.

다면 그 사람들을 그렇게까지 심각하게 받아들이지 않을 텐데 ──

오베아 좀비 쑤크리언트 ── 어둠을 무서워하고 창문으로 날아들어 사람 피를 빨아먹는 쑤크리언트를 무서워하며 어둠속에 누워 있다 ── 그것들은 날개를 부채 삼아 흔들어 사람을 잠재워놓고 피를 빤다 ── 낮 시간에도 그것들을 알아볼 수 있다 ── 그것들은 사람처럼 생겼지만 빨간 눈으로 노려보고 밤에는 쑤크리언트가 된다 ── 거울을 보다가 가끔 내 눈이 쑤크리언트 눈처럼 보인다는 생각을 한다……

침대가 위아래로 출렁대고 나는 '그럴 리 없어'라고 생각하며 누워 있다. '정신 차려. 그럴 리 없어. 난 언제나 그러지 않았나…… 그리고 사람들이 내가 할 수 있다고 말하는 그 모든 것. 난 그 일이 언제 생겼는지 알아. 침대 위의 등에 푸른 갓이 씌워져 있었어. 칼이 떠난 직후에 그게 생긴 거였어.' 지난 날짜와 요일을 계산하며 생각한다. '아니, 그때가 아닌 것 같은데. 다른 때였던 것 같아……'

물론, 어떤 일이 실제로 일어나는 순간 환상은 사라지며, 이는 불가피한 일이다. 불가피한 일이란 지금 하고 있거나 이미 해버린 일이다. 환상을 가질 수 있는 일이라고는 아직 하지 않은 일뿐이다. 모든 사람에게 다 마찬가지다.

불가피한 일, 명백한 일, 예상된 일……. 사람들은 너를 주시하고, 그들의 얼굴은 못마땅해하는 찌푸린 표정으로 영원히 굳어져버린 가면 같다. 젊은 여자는 쓸모가 없다는 걸 나는 늘 알았다. 젊은 여자는…… 왜 이렇게 하지 않았지? 왜 저렇게 하지 않았지? 제

기랄, 도대체 왜 물속에 구멍을 내지 않았느냐고?

내가 어떤 배를 타고 있는 꿈을 꾸었다. 갑판에 서면 작은 섬들이 보였다 — 인형 섬들 — 그리고 배는 유리처럼 투명한 인형의 바다를 항해하고 있었다.

누가 내 귓가에 대고 말했다. "저게 당신이 입이 닳도록 이야기하는 당신의 섬이군."

배는 점점 그 섬 가까이로 다가갔다. 그 섬은 내 고향이었지만 나무들만은 완전히 잘못되어 있었다. 영국 나무들이었고, 나뭇잎들이 물속에 끌리고 있었다. 나는 나뭇가지 하나를 붙들어 해변에 발을 디디려고 애썼지만, 배의 갑판이 부풀어올랐다. 누군가는 이미 배 밖으로 떨어졌다.

어떤 선원이 어린아이의 관을 들고 왔다. 그는 관 뚜껑을 열고 고개 숙여 인사를 한 뒤 "소년 주교이십니다"라고 말했다. 그러자 대머리의 작은 난쟁이가 그 관 속에서 일어나 앉았다. 그는 사제복을 입고 있었다. 가운뎃손가락에는 커다란 푸른 반지를 끼고 있었다.

'난 저 반지에 키스해야 해.' 꿈속에서 나는 생각했다. '그러면 그가 '인 노미네 파트리스, 필리……'[15]라는 말을 시작할 거야.'

일어선 소년 주교는 인형 같았다. 좁고 잔인한 얼굴 속 커다란 밝은색 눈은 마치 인형 눈처럼 기울이는 방향에 따라 이리저리 돌

---

15 라틴어로 '성부와 성자와 ……의 이름으로'라는 뜻.

아갔다. 선원이 그를 들어올리자 그는 오른편에서 왼편으로 돌아 가며 고개 숙여 인사를 했다.

하지만 나는 '배 밖으로 떨어진 건 뭐지?' 하는 생각을 하는 중 이었고 심장이 덜컥 내려앉는 끔찍한 느낌이 들었다.

나는 여전히 갑판으로 올라가서 해안에 상륙하려고 애를 쓰는 중이었다. 나는 혼란스러워하는 사람들 사이에서 기어오르고 날아 오르며 거대한 발걸음을 내딛었다. 힘이 빠지고 너무 피곤했지만, 계속해야 했다. 그 꿈은 무의미와 피로와 무기력의 절정으로 향했 고, 갑판은 위아래로 출렁댔으며, 내가 깨어났을 때도 여전히 모든 것이 위아래로 출렁대고 있었다.

그뒤로도 어찌나 계속해서 바다 꿈을 꾸었던지, 신기한 일이 었다.

5

로리가 말했다. "에설한테서 멋들어진 편지 한통을 받았는데, 네 가 자기에게 빚진 돈이 있다고 하더라 — 2주 치 방세래. 그리고 네 가 자기 깃털이불이랑 그림이랑 침실의 흰 페인트칠을 망쳐놨대 고 — 세상에, 줄줄이 이어지네. 왜 나한테 이런 얘길 하고 싶어하 나 몰라. 아무튼 편지 여기 있다."

친애하는 로리,

애나가 지난주에 이 아파트를 떠났다는 걸 지금쯤 당신도 알 거라 생각해요. 그런데, 내가 나가라고 한 건 분명히 사실이지만, 나는 그 애가 나에 관해서 하는 얘기들을 당신이 전혀 신경 쓰지 않았으면 좋겠어요. 그 문제에 대한 내 입장이란 것도 있으니까요. 내가 하고 싶은 말은, 와서 나랑 같이 지내자고 애나에게 제안했을 땐 그애가 어떤 애인지 몰랐는데 이제 보니 아주 기만적인 애라는 거예요. 나는 인생이란 게 뭔지 아는 사람이고 누구에게 모질게 대하고 싶지 않아요. 그래서 그애가 처음 레드먼 씨를 집에 들이기 시작했을 때 그 일에 대해 아무 말도 하지 않았죠. 그는 아주 괜찮은 남자였고 어떻게 처신할지 아는 사람이었어요. 하지만 그가 떠난 뒤에 그애는 정말이지 모든 면에서 도를 넘어섰는데, 도무지 존중해줄 수 없는 방식으로 그랬어요. 세상엔 도리라는 게 있고 매사에는 마땅한 행동 양식이 있기 때문이죠. 아가씨가 친구 한두명 둘 수는 있지만, 나한테 허락도 구하지 않고 일언반구도 없이 길거리에서 아무나 데려오고 그러는 건 문제가 전혀 달라요. 그래서 내가 짜증이 난 거죠. 그런 앤 처음 봤어요—농담 한마디, 뭐 기분 좋은 소리 한번을 안해요. 정점을 찍은 건 지난주에 그애가 내게 와서 아이를 가졌다고 말한 순간이었어요. 그애가 한 말로 미루어 거의 3개월은 된 게 분명해 보였어요. 내가 돕기를 원했다면 일찌감치 말했어야 한다고—내가 말하기 전에 왜 너 스스로 뭔가 하지 않았느냐고 하니까 ─ 그애가 말하기를 자기는 이제껏 들어본 모든 방법을 다 시도해보는 중이고 내가 뭔가 다른 방법을 알지도 모른다고 생각했다는 거예요. 빤히 쳐다보는 그애의 눈동자가 꽤나 멍청해 보였죠. 그애는 절망적인 느낌에 사로잡히는 것이 끔찍하다고 말했어요. 내게 물어보는 것은 좀 너무하다고 ─ 그 남자는 도움을 안 줄 것이냐고 ─ 했더니 그애는 그게 누구 애인지 모른다면서 아주 뻔뻔스럽게 웃기 시작했는데, 그걸 보면 걔가 어떤 앤지 알 수 있죠. 세상엔 도리라는 게 있고 매사에는 마땅한 행동 양식이 있잖아요, 안 그래요? 완전히 넌더리가 나서 그애에게 난 내 집에서 이런 종류의 일이 계속되게 놔둘 수 없고 너도 이런 나를 나무랄 수 없지 않겠냐고 말했어요. 당신이 그애가 떠난 방 상태만 봤더라면. 다음 주에는 다른 사람이 들어왔으면 싶은데 말이에요. 내 그림 ─ 유리가 산산조각 나서 이제는 액자도 없는 그림하며 온통 와인 자국으로 못쓰게 된 아름다운 실크 깃털이불하며. 그것 때문에 35실링이나 나갔지만 그 비용은 싼 편이죠. 또 흰 페인트가 칠해진 곳에 숱하게 남은 담뱃불 자국들은 어떻고요. 난 지금 그 방이 부끄러워요. 그애가 들어올 때는 완전히 산뜻하게 수리되어 있던 ─ 그 아름답던 방이 말이에요. 사람이 사람을 잘못 볼 수 있죠 ─ 이게 내가 말할 수 있는 전부이자 그에 대해 내가 치러야 할 댓가의 전부예요. 게다가 그애는 내게 2주 치 방세를 빚졌어요. 5기니예요. 나는 조만간 그애가 당신에게 가서 온갖 거짓말을 해댈 걸 알고 있는데 내가 매우 좋아하는 유형의 아가씨인 당신에게 그애가 그럴 걸 생각하니 견딜 수가 없었어요. 솔직히 내가 그만한 돈을 잃을 여유가 없기도 하고요. 그애가 어떤 인간인지 안다면 당신이 그애와 어떠한 관계도 맺지 않으리라 생각해요. 그애는 도무지 자기 스스로 뭘 알아서 할 애가 아니에요.

그럼 이만,
에설 매슈스

곧 당신을 보기를 바라며. 그리고 우리 집주인 역시 그애에 대해 불평한 적이 있답니다.

"그녀가 왜 언니에게 이렇게 구구절절이 써 보냈는지 모르겠네요." 내가 말했다.

로리가 말했다. "나도 몰라."

"너처럼 그렇게 사람들한테 뭔가 구실을 줘서는 안돼." 그녀가 말했다. "뭔가 구실을 주면 사람들은 여지없이 그걸 잡는단 말이야."

"그녀에게 빚진 돈도 전혀 없어요." 내가 말했다. "완전히 반대야. 그녀가 나한테 거의 3파운드나 빌리고는 갚지도 않았어요. 그녀가 왜 언니에게 이렇게 구구절절이 써 보냈는지 모르겠네요." 그리고 줄곧 내 머리를 맴도는 생각은 그것이 내 안에 존재한다는 것이다. 또 그동안 내가 복용했던 그 모든 것, 그것들 때문에 내가 낳는다면 그건 괴물일 거라는 생각. 애비 써배스천 경구피임약, 프림로즈 라벨 한박스에 1기니, 수선화 라벨 2기니, 오렌지 라벨 3기니. 어쩌면 눈도 없고……. 어쩌면 팔도 없고……. 정신 차려.

손이 차가워지고 있었고 다시 메스꺼워질 것 같은 느낌이었다.

"내가 아는 사람이 하나 있는데," 로리가 말했다. "물론 그녀가 지금 네게 그걸 해줄지 아닐지는 또다른 문제야. 그건 누구에게나 일어날 수 있는 일이지만, 넌 정말이지 그전에 뭔가를 했어야지. 그런 경구용 알약들은 먹어봐야 죄다 아무 소용 없다고 내가 너한테 말해줄 수도 있었는데……. 그런 약을 파는 사람들이란 ─ 그걸로 한몫 잡으려는 거야……. 그녀가 지금 네게 그걸 해줄지 아닐지 모르겠어. 너 돈 좀 가지고 있니?"

"응," 내가 말했다. "내 모피 코트를 팔았어요. 10파운드는 낼 수 있어요."

"그 정도로는 충분하지 않아." 로리가 말했다. "그거 받고 하지는 않을 텐데. 얘, 그 여자는 50쯤 바랄 거다. 그만한 돈 빌려줄 사람 어디 없어? 네게 돈을 주곤 했다던 그 남자는 어때? 너를 도와주지 않을까? 아니면 그 사람에 대한 이야기는 그냥 농담이었어?"

"아니, 농담 아니었어요."

"그럼, 그 사람한테 편지해보지 그래?" 그녀가 말했다. "왜냐하면 내가 경고하는데, 그거 너무 오래 끌다가는 아예 하지 못하게 될 수도 있어. 당장 편지하는 게 어때? 나한테 아주 멋진 편지지가 좀 있으니 그걸 써. 사람들은 편지지를 보고 많은 걸 판단한단다. 돈을 빌리려 할 때 사람들에게 네가 빈털터리가 되었다는 인상을 주고 싶지는 않잖아. 사람들이 그냥 무슨 일인지 의아하게 생각했으면 싶은 거지."

"아프다고 말하고 그 사람한테 너를 보러 와달라고 해." 그녀가 말했다. "그리고 내 주소를 줘. 그 남자를 침실 겸 거실로 부르는 거 보다 그게 나아. 그리고 제발 기운 내. 다 괜찮아질 거야."

"뭐라고 해야 할지 모르겠어요." 내가 말했다.

"바보같이 굴지 말고. 이렇게 쓰는 거야, 친애하는 플러킹아이언 스, 혹은 그 빌어먹을 이름이 뭐든 간에. 내가 몸이 별로 안 좋아요. 당신이 아주 많이 보고 싶어요. 당신은 항상 나를 돕겠다고 약속했 지요. 기타 등등, 기타 등등."

나는 내 펜이 글을 써내려가는 걸 멀찌감치 지켜보았다. '친애하 는 나의 월터……'

6

다데마르의 아파트 맞은편 광장에 있는 큰 나무는 미동도 없이 고요했고, 그 갈라진 나뭇가지들은 뭔가를 가리키고 있는 손가락 처럼 보였다. 모든 것이 마치 죽은 듯이 완전하게 고요했다. 이윽고 새 한마리가 성마르게 지저귀자 모든 새가 따라 지저귀기 시작했 다─첫번째 새, 이어서 또다른 새, 이어서 또다른 새.

"저 소리 들어봐, 저 딱한 쪼그만 것들이 지금 밤인 줄 아네." 로 리가 말했다.

"새들을 나무라면 안되지." 다데마르가 말했다.

그녀가 내게 말한 적이 있었다. "그 사람 약간 맛은 갔지만 엄청 나게 맘씨 좋은 노인네야. 아주 멋진 아파트도 있고, 자기가 막 지저분한 그림들이 실린 기막힌 책을 샀대."

나는 그가 좋았지만, 그는 향수를 뿌렸다. 그 향수 냄새도 나고 내 잔에 담긴 와인 냄새도 났다. 끔찍한 것은, 메스꺼운 느낌이 없을 때조차도 그것이 바로 모퉁이에서 나를 다시 덮칠 순간을 항상 기다리고 있다는 걸 내가 안다는 사실이었다.

점심식사 후에 그는 "속물들, 에삐시에[16]"로 시작하는 어떤 시를 읊으며 방 안을 왔다 갔다 했다. 그러고는 런던의 일요일에 대해, 또 자기 아파트 근처에 있는 포토벨로 로드와 주변 거리들, 그 죽은 거리들에 대해, 그리고 무표정한 집들에 대해 말했다.

"소름 끼쳐," 그가 양손을 흔들어대며 말했다. "슬픔, 무기력. 좌절—사람들은 그걸 들이마시지. 그게 보여. 눈앞의 안개처럼 그렇게 분명히 볼 수 있단 말이오." 그는 웃었다. "신경 쓰지 마시오. 밝은 면을 보도록 합시다. 당연히 좌절이란 것도 뭔가 아늑하고 바람직하고 따뜻한 게 될 수 있거든."

"어서요, 아저씨." 로리가 말했다. "허튼소리 그만하시고. 아저씨가 산 그 지저분한 그림책이나 우리한테 보여주세요."

우리는 오브리 비어즐리[17]가 그린 데생집을 보았다.

"실망스럽네," 로리가 말했다. "아주 실망스러워. 난 저런 걸 화끈한 물건이라고 부르지 않아요. 저게 정말 많은 돈을 줄 만한 가치가 있는 책이에요? 내가 하고 싶은 말은 단지, 어떤 사람들은 자

---

16 프랑스어로 '속물들'이라는 뜻.
17 Aubrey Beardsley(1872~98). 영국의 삽화가이자 작가로 당대의 조류에 반하는 기괴하고 퇴폐적인 그림들을 주로 그렸다.

기 돈을 가지고 뭘 해야 할지 모른다는 거예요."

3시 45분이었다. 내가 말했다. "저는 이제 가봐야 해요."

"그는 언제 오는 거야?"

"4시 30분에."

"가기 전에 꼬냑 한잔들 해요." 다데마르가 말했다. 그는 조그만 잔 세개에 브랜디를 따랐다. "잘난 체하는 속물과 뻐기고 다니는 자칭 도덕군자와 위선자와 겁쟁이와 딱한 바보 들을 위하여! 그리고 또 뭐가 남았지?"

"저애는 주지 마세요. 마시면 속이 안 좋을 테니까." 로리가 말했다.

나는 밖으로 나와 택시를 탔다.

(물론 괜찮아질 거야. 내가 좋아지면 무슨 일인가가 생길 거야. 그러고 나면 다른 일, 그다음에 또다른 일이 생길 테고. 다 괜찮아질 거야.)

그는 늦었다. 기다리는 동안 나는 매우 초조했다. 연신 목에 걸린 덩어리를 삼켰지만 계속해서 다시 올라왔다. 이윽고 벨이 울렸고 나는 가서 문을 열었다.

내가 인사했다. "안녕, 빈센트." 그는 나를 보고 웃더니 "안녕" 하고 말했다. 나는 그를 거실로 데려갔다.

"내가 올 거라고 월터가 당신에게 편지했어요?"

"네, 그가 빠리에서 편지했어요."

"이게 당신 아파트예요?" 그가 돌아보며 말했다.

"아니요, 난 여기 친구랑 같이 있어요 ─ 미스 게이너라고. 이건 그 친구 아파트예요."

"당신이 그간 잘 지내지 못했다는 말을 들으니 마음이 무척 안 좋아요." 그가 말했다. "뭐가 문제예요?" 내가 이야기를 하는 동안 그는 의자에 앉아 몸을 앞으로 기울이고 나를 쳐다보았다. 아주 산뜻하고 말끔하며 친절한 모습이었다. 눈은 푸른색 유리처럼 맑게 빛났고 긴 속눈썹은 쉴 새 없이 움직이고 있었다. 그는 나를 빤히 바라보았다 ─ 그가 바로 그 말을 한 것이나 다름없었다.

"아, 월터 아이라고 말하는 건 아니에요. 누구 아이인지 나도 몰라요."

그는 다시 의자에 몸을 기대더니 잠시 아무 말이 없었다. 이윽고 그가 말했다. "물론 월터는 당신을 도울 거예요. 당연히 그럴 거예요, 우리 꼬마 아가씨. 그건 걱정할 것 없어요. 당연히 도울 거예요. 당신은 어쩌길 원해요?"

"낳고 싶지 않아요." 내가 말했다.

"알았어요." 그가 말했다. 그러고도 그가 계속 이야기했지만, 나는 그가 하는 말을 한마디도 듣지 않았다. 이제 그의 목소리가 멈췄다.

내가 말했다. "네, 알아요. 로리가 내게 어떤 사람을 알려줬어요. 그 사람은 40파운드를 원해요. 금화로 받아야겠대요. 다른 건 받지 않을 거예요."

"알았어요." 그가 다시 말했다. "좋아요. 그 돈을 당신에게 줄게요. 자신을 괴롭히지 말아요. 더이상 비참해지지 말고." 그는 내 손을 잡고 토닥였다.

"가엾은 어린 애나." 아주 친절한 목소리. "당신이 그리 힘든 시간을 보냈다니 내 마음이 미치도록 안 좋아요." 아주 친절한 목소리를 내고 있지만 그의 눈에 담긴 표정은 높고 매끄러워 기어오를 수 없는 벽 같았다. 의사소통 가능성 제로. 그걸 시도라도 해보려면 4분의 3쯤은 미쳐야 한다.

"다 괜찮을 거예요. 이제 마음을 다잡고 이런 일은 다 잊어버리고 새롭게 출발하려 노력해야 해요. 마음을 딱 먹어요, 그럼 이 일은 다 잊힐 거예요."

"그렇게 생각하세요?" 내가 물었다.

"물론이죠." 그가 말했다. "잊힐 거고 언제 그런 일이 있었나 싶을 거예요."

"차 좀 드실래요?" 내가 물었다.

"고맙지만 괜찮아요. 차 안 마셔요."

"그럼 위스키소다를 드세요."

나도 한잔 마셨다 — 놀랍게도 메스껍지 않았다 — 위스키소다를 마시는 동안 그는 그걸 해본 경험이 있는 어떤 여자를 아는데 그 여자가 그게 그리 대단한 일도, 법석을 떨 일도 전혀 아니라고 했다고 말했다.

내가 말했다. "내가 법석을 떠는 건 그 때문이 아니에요. 가끔은 내가 아이를 원하기 때문이고, 그래서 생각하기를 만약 내가 그냥 낳는다면 그건 아마…… 그건 뭔가 문제가 있겠죠. 그 생각이 계속 머릿속을 떠나질 않고, 그게 맘에 걸리는 거예요."

빈센트가 말했다. "우리 아가씨가, 말도 안되는 소리, 말도 안되는 소리."

"이해할 수가 없네요." 그가 말했다. "정말 이해가 안돼요. 돈 때문이었어요? 돈 때문은 아닐 테죠. 월터가 당신을 돌봐줄 거라는 걸 당신도 분명히 알고 있었을 텐데. 그가 이미 모든 걸 준비해둔 참이었는데. 있을 곳을 알리지도 않고 당신이 떠났을 때 그는 엄청나게 걱정했어요. 자기가 얼마나 걱정하는지 여러차례 이야기했고. 그가 이미 모든 걸 준비해둔 참이었는데."

"매주 토요일에 얼마씩 보내기로 말이죠." 내가 말했다. "영수증 동봉해서."

"그런 식으로 말해봐야 소용없어요. 이제 당신에게 그건 꽤 반가운 일이 될 텐데, 안 그래요?"

나는 대답하지 않았다.

"이제 이게 당신 주소예요? 여기로 편지하면 돼요? 당신 친구와 계속 여기서 지낼 생각이에요?"

"앞으로 4~5일 정도만요."

"그다음엔 어디에서 지낼 거예요?"

내가 말했다. "정확히 모르겠어요. 로리가 랭엄 스트리트에 있는 아파트 얘길 한 적이 있긴 한데."

"거기 방세가 얼마인지 알아요?"

"주당 2파운드 10실링이요."

"그 정도면 괜찮네요. 그 정도는 당신이 감당할 수 있겠어요." 그가 기침을 했다. "그 40파운드에 관해서는 ─ 언제 필요한가요?"

"먼저 그녀를 만나야 해요 — 로빈슨 부인 말이에요. 먼저 그녀를 만나서 알아볼게요."

"그래요," 그가 다시 기침을 했다. "그런데 내게 알려줘야겠어요. 편지할 때는 내게 해요 — 월터에게 말고. 그는 당분간 해외에 가 있을 거예요."

"대단히 감사합니다." 내가 말했다. "무척 친절하시군요."

그는 벽난로 선반에 있는 로리의 사진을 보았다. "이게 당신 친구예요?" 그가 물었다. "이렇게 예뻐요?"

"네, 예쁘죠." 내가 말했다.

"분명히 어디선가 본 적이 있는데."

"아마 보셨을지 몰라요." 내가 말했다. "그녀는 친구가 아주 많거든요. 놀라실 거예요."

"정말 예쁘군. 하지만 독해 — 좀 독해." 마치 혼잣말하듯이 그가 말했다. "그네들은 이렇게 된다니까. 딱한 일이지."

"그건 그렇고," 그가 말했다. "딱 한가지 문제가 남았는데. 월터가 당신에게 쓴 편지 중 혹시 가지고 있는 게 있다면 내게 줬으면 해요."

"미안하지만, 반드시 줘야겠어요." 그가 덧붙였다.

나는 가서 편지들을 가져왔다. 나는 그것들을 보지 않았다. 맨 위에 놓인 것만 빼고. 거기에는 이렇게 쓰여 있었다. "오늘밤 11시에 택시 타고 헤이힐과 도버 스트리트 교차로로 올래? 그냥 거기서 기다려. 그럼 내가 데리러 갈게. 수줍은 애나, 난 당신을 너무나 사랑해. 언제나, 월터."

"이게 전부인가요?" 빈센트가 말했다.

"내가 가지고 있는 전부예요." 내가 말했다. "난 대체로 편지를 보관하지 않아요."

"그가 빠리에서 보낸 거, 당신이 나한테 올 거라고 쓴 편지도 있어요—그것도 마저 가져가는 게 좋겠네요." 나는 핸드백에서 그 편지를 꺼내 그에게 주었다.

"당신은 좋은 아가씨예요, 정말 그래요. 자, 이봐요, 머리 복잡하게 생각할 것 없어요. 당신은 그저 상황이 달라질 거라는 생각만 해요. 그러면 달라질 거예요……. 이게 가지고 있는 편지 전부인 거 확실해요?"

"그렇다고 말씀드렸죠." 내가 말했다.

"그래요, 알아." 그는 웃는 척했다. "자, 봐요, 난 당신을 믿고 있어요."

"네, 그렇군요."

"여기를 나서면 어디로 가나요?" 내가 물었다.

"누구—나요? 왜요?"

"그냥 알고 싶어서요. 당신이 여길 나서서 뭘 할지 상상이 안되는데 나는 그런 것들을 상상할 능력이 있었으면 좋겠거든요."

"시골에 가요." 그가 말했다. "화요일 아침까지. 다행이죠."

"뭘 하는데요?"

"골프 치고 뭐, 그런 것들."

"멋지네요!" 내가 말했다. "저메인은 어떻게 지내요?"

"오, 잘 지내요. 그녀는 빠리로 돌아갔어요. 런던을 안 좋아해요."

"시골에서 지내는 건 분명 멋질 거예요."

그가 말했다. "냄새가 좋지."

"당신이 시골 이야길 했죠," 내가 말했다. "당신 편지에."

"무슨 편지? 아, 맞아, 맞아, 기억난다."

"그건 내놓으라고 해봐야 소용없어요." 내가 말했다. "안 가지고 있으니까."

"이봐요, 기운 내요." 그가 말했다. "당신은 이제 다 좋아질 거예요. 그러지 않을 이유가 전혀 없다고 봐요."

로리가 들어왔을 때 나는 울고 있었다. 그녀가 말했다. "아, 제발 좀, 운다고 뭐가 해결되니? 정리는 다 잘됐어?"

"응." 내가 말했다.

"그럼 울 일이 뭐야?"

다데마르가 그녀와 함께 있었다. 그가 말했다. "뗀 페 빠, 몽 쁘띠. 쎼뛴 바스뜨 블라그."[18]

7

로빈슨 부인 아파트의 침실은 아주 깔끔했고, 테이블 위 꽃병에는 미모사가 꽂혀 있었다.

그녀는 미소를 띠며 들어왔다. 그녀는 스위스인 ─ 프랑스계 스

_____

18 프랑스어로 '걱정 말아요, 우리 아가. 그건 하나의 거대한 농담이랍니다'라는 뜻.

214

위스인이었다.

"엘 쏭 졸리, 쎄 플뢰를라."[19] 나는 멋쩍게 웃으면서 말했다. 내가 프랑스어를 할 수 있다는 것을 그녀가 알아주길 바라며, 그녀가 날 마음에 들어하길 바라며.

그녀가 말했다. "부 트루베? 옹 므 레 아 도네. 메 무아, 제 오뢰 르 데 플뢰르 당 라 메종, 쒸르뚜 드 쎄 플뢰를라."[20]

그녀는 금발에 키가 크고 뚱뚱했으며 아주 생기 있어 보였다. 몸에 딱 붙는 붉은색 옷을 입고 있었다. 그녀가 뚱뚱하다는 걸 고려하면 아주 훌륭한 취향은 아니었다. '전혀 프랑스인 같아 보이지 않는데'라는 생각이 들었다. 나는 안에 돈을 넣어 꿰맨 작은 천 주머니를 그녀에게 주었다. 금화가 그렇게 무거운 줄 몰랐다.

그녀는 웃으며 고개를 끄덕이고는 양손을 써가며 내가 지금부터 뭘 해야 할지 말해주었다. 그게 그녀에게서 발견할 수 있는 유일하게 프랑스적인 것이었다 — 손을 많이 쓰는 것.

그녀는 내게 브랜디 한잔을 내왔다. 내가 말했다. "난 럼주를 마실 거라 생각했어요."

"꼬망?"[21]

나는 브랜디를 단숨에 비웠다. 하지만 조금도 취기가 오르지 않았다. 나는 계속해서 나 자신에게 말하고 있었다. '그녀는 엄청나

---

19 프랑스어로 '참 예뻐요, 꽃들이요'라는 뜻. 이후 대화의 외국어는 모두 프랑스어.
20 '봤어요? 누가 내게 줬어요. 하지만 난, 나는 내 집 안에 꽃이 있는 게 싫어요. 특히 저 꽃은'이라는 뜻.
21 '뭐라고요?'라는 뜻.

게 유능해. 로리가 그녀가 엄청나게 유능하다잖아.'

그녀가 저쪽으로 갔고 나는 눈을 감았다. 그녀가 뭘 하고 있는지 보고 싶지 않았다. 그녀가 다시 내 가까이에 선 느낌이 들자 나는 말했다. "제가 못 견디겠으면, 제가 멈추라고 말하면, 멈추실 거예요?"

그녀가 마치 어린아이를 달래듯 말했다. "오, 그럼, 그럼, 그럼, 그럼, 그럼……."

내 밑에서 땅이 솟아오른다. 아주 천천히. 아주 천천히.

"멈춰요." 내가 말했다. "멈춰야 해요."

그녀는 대답하지 않았다. 나는 움직일 수 없었다. 이제 움직이기에는 너무 늦었다. 너무 늦었다.

그녀가 숨을 내쉬며 "라"[22] 하고 말했다.

나는 눈을 떴다. 계속 울었다. 그녀가 내 곁에서 떨어졌다. 나는 일어나 앉았고 모든 것이 달라졌다. 그녀가 내 핸드백을 가져다주었다. 나는 손수건을 꺼내 얼굴을 닦았다.

나는 생각했다. '다 끝났다. 그런데 정말 다 끝났나?'

그녀가 말했다. "괜찮아질 거예요. 2~3주 이내로."

"하지만 정말 확실한가요?"

"네, 정말 확실해요."

그녀는 웃으며 공손하게 말했다. "부 에뜨 트레 꾸라죄즈."[23] 그녀가 내 어깨를 토닥이고 나간 뒤에 나는 옷을 입었다. 곧이어 그

---

22 '자' '그럼'이라는 뜻.
23 '당신은 아주 용감해요'라는 뜻.

녀가 돌아와 나를 현관으로 데려갔고 문간에서 나와 악수하며 "알로르, 본 샹스"[24]라고 말했다.

밖으로 나왔다. 나는 길을 건너기가 두려웠고 비스듬하게 서 있는 집들이 내 쪽으로 쓰러지거나 보도가 솟구쳐 나를 들이받을까 두려웠다. 그렇지만 무엇보다 두려운 것은 지나가는 사람들이었다. 왜냐하면 나는 죽어가고 있었기 때문이다. 내가 죽어가고 있다는 바로 그 이유로 언제든지 그들 중 누구라도 가던 길을 멈추고 내게 다가와 나를 때려눕히거나, 아니면 내게 한껏 길게 혀를 내밀어 보일 수도 있었다. 고향에서 메타가 그랬을 때처럼. 가면무도회가 열렸을 때 그녀는 나를 보러 와서 가면의 틈새로 내게 혀를 내밀었다.

택시 한대가 지나갔다. 손을 들자 운전사가 멈췄다. 내가 문을 열지 못하자 그가 내려서 문을 열어주었다.

로리는 랭엄 스트리트에 있는 아파트에서 나를 기다리고 있다가 내가 들어서자 말했다. "그래, 프로그램 1부는 아무 탈 없이 끝났어?"

"응." 내가 말했다. "그녀 말로는 이제 기다리기만 하면 되고 그럼 좋아질 거래요. 가능한 한 많이 걸어다니고 기다려야 한다는데. 아무 일도 할 거 없이 ─ 그냥 기다리면 다 괜찮아진대요."

"그래, 나라면 그녀가 시킨 대로 할 거야. 그녀는 아주 유능해."

─────────────────
24 '자, 그럼 행운을'이라는 뜻.

"당분간은 기다리겠지만," 내가 말했다. "아주 오래 기다릴 필요는 없었으면 좋겠어요. 그 일이 일어나기를 아주 오래는 못 기다릴 것 같아. 언니는 그럴 수 있겠어요? 그녀가 나한테 밤에 혼자 있냐고 묻더라고요. 안 그러는 게 좋을 거라고."

"그럼, 그 파출부, 아무개 부인에게 좀 있어달라고 하면 안돼?"

"폴로 부인."

"이름도 참! 폴로 부인에게 밤에 있어달라고 부탁하면 안돼?"

"안돼요. 그녀는 아기가 있거든요. 게다가 나는 이 일에 그녀를 끌어들이지 않는 게 낫다고 생각해요."

"맞아." 로리가 말했다. "다른 사람은 끌어들이지 않는 편이 나아. 넌 괜찮아질 거야. 그 여자 아주 유능해."

"그래, 알아요. 그저 그 일이 일어날 때까지 기다리기만 한다는 게 꺼림칙한 거예요."

로리가 말했다. "자, 어쨌든 내가 너라면 진이나 마시면서 슬슬 시간을 보낼 거야. 넌 최근에 너무 많은 일을 겪었어."

그 아파트는 가구와 분홍색 커튼과 쿠션 그리고 수술 달린 매트로 가득 차 있었다. 모디가 입버릇처럼 하던 말대로, 아주 있어 보였다. 그리고 「런던의 외침」도 있었지만, 여기에선 침실에 걸려 있었다.

모든 것이 항상 그토록 똑같았다 ─ 내가 결코 익숙해질 수 없었던 게 바로 그 점이었다. 그리고 그 추위. 또 다 똑같은 집들과 동서남북으로 뻗은 다 똑같은 거리들.

제4부

1

    방은 거의 깜깜했지만 복도 불빛이 방문 아래로 한가닥 긴 노란 색 빛줄기가 되어 들어오고 있었다. 나는 누워서 그것을 바라보았다. 나는 생각했다. '여기에 아무도 없을 때 그 일이 일어난 게 기뻐. 난 사람들이 싫으니까.'

    나는 '고통이란……' 하고 생각했지만, 그게 어떤 것이었는지 이미 아주 오래전에 잊어버렸다. 나는 괜찮았다. 가끔가다 마치 침대 밑을 뚫고 아래로 떨어지는 것 같은 순간이 있는 걸 빼곤.

    폴로 부인이 말했다. "내가 오늘밤에 왔더니 이 모양이었고 어떻게 해야 좋을지 몰라서 당신에게 전화했어요, 아가씨. 그리고 난 이런 일에 말려들고 싶지 않아요."

"그런데 왜 나한테 전화했어요? 이 일은 나랑 아무 관계도 없는데." 로리가 말했다. "의사를 불렀어야죠."

폴로 부인이 말했다. "의사가 여기 와서 질문해대는 걸 그녀가 바라지 않을 거라고 생각했죠. 그녀는 내게 2시에 그 일이 있었다고 했는데 지금 거의 8시예요. 무슨 일이라도 생겨서 한바탕 난리가 난다고 생각해봐요."

"아, 바보같이 굴지 마세요." 로리가 말했다. "괜찮을 거예요. 곧 멈추게 되어 있어요."

"너 괜찮아?" 그녀가 물었다.

"좀 어지러워." 나는 말했다. "지독하게 어지러워. 한잔하고 싶은데. 찬장에 진이 좀 있어요."

"지금 술을 마셔선 안돼요." 폴로 부인이 말했다.

로리가 말했다. "당신은 이 일에 대해 아무것도 몰라요. 한잔해도 아무 문제 없을 거예요. 샴페인 — 이럴 때 주는 게 바로 그거예요. 재가 마셔야 하는 건 샴페인이에요."

나는 진을 마셨고 오랫동안 그들이 뭐라고 속삭이는 소리를 들었다. 이윽고 눈을 감자 침대가 나와 함께 공중으로 솟아올랐다. 아주 높이 솟아오르더니 그대로 멈췄다 — 한쪽으로 약간 기운 채. 그래서 나는 떨어지지 않으려고 시트를 움켜쥐어야 했다. 그때처럼 시계가 큰 소리로 째깍째깍 가고 있었다. 내가 누워서 「충직한 마음」 속 개를 보고 또 그의 가슴이 오르락내리락하는 걸 보면서 계속해서 "그만해요, 그만해요"라고 말했지만 소리가 약해서 에설에게는 들리지 않았던 그때처럼. "이런 걸 하기에는 내가 너무 늙었어." 그가 말했다. "이건 심장에 안 좋아." 그가 웃었고 그 소리는 기이하게 들렸다. 그는 "레 에모시옹 포르뜨"[1]라고 말했다. 나는 말했다. "그만해요, 제발 그만해요." "당신이 그렇게 말할 줄 알았어." 그가 말했다. 그의 얼굴은 흰색이었다.

아주 유용한 가면 저 흰색 가면 저걸 봐 그러면 침 흘리는 어떤 백치의 혀가 튀어나올 거야 ── 아버지는 말했다 가면 뒤에 백치가 있고 난 그 모든 빌어먹을 일이 저것과 같다고 생각해 ── 제럴드 애가 듣고 있어요 헤스터는 말했다 ── 오 아니 듣고 있지 않아 아버지가 말했다 잰 창밖을 내다보고 있고 아무 문제도 없어 ── 그만두게 해야 돼 누군가가 말했다 그런 걸 계속하는 건 품위 없고 점잖지 못하니 그만두게 해야 돼 ── 제인 이모는 말했다 난 왜 그들이 그 가면무도회를 그만둬야 하는지 모르겠네 내가 기억하는 한 그들은 언제나 그 사흘짜리 가면무도회를 해왔는데 대체 왜 그들이 그만두고 싶겠냐고 어떤 사람들은 모든 걸 다 그만두게 하고 싶어한다니까.

나는 블라인드 틈으로 그들을 보고 있었다──그들은 노래를 부르며 창문 아래로 지나갔다 ── 내려다보면 그들은 총천연색 무지개로 보였고 하늘은 너무나 푸르렀다 ── 선두에는 세 명의 연주자가 있었는데 한 사람은 콘서티나[2]로 한 사람은 트라이앵글로 나머지 한 사람은 착착[3]으로 「동그라미 안의 갈색 소녀」[4]를 연주했고 연주자들 뒤를 따라가는 수많은 소년은 빙빙 돌고 몸을

---

1 프랑스어로 '격렬한 감정'이라는 뜻.
2 작은 아코디언처럼 생긴 악기.
3 서인도제도의 전통 악기. 속을 파낸 박에 콩 등을 넣고 흔들어 소리를 낸다.

비틀며 춤을 추고 또다른 아이들은 등유통을 땅바닥에 끌면서 막대기로 두드렸다 ─ 남자들은 조야한 분홍색 가면을 썼는데 가늘게 낸 양쪽 눈구멍이 서로 바짝 붙어 있고 여자들이 쓴 가면은 철사로 촘촘하게 짜여 얼굴 전체를 덮고 머리 뒤쪽에서 끈으로 묶여 있었다 ─ 머리 뒤로 스카프를 넘겨 묶은 끈을 감추었으며 가늘게 낸 눈구멍 위로는 연푸른색 눈이 그려져 있었다 그 아래로는 곧게 뻗어내려온 자그마한 코와 하트 모양의 작고 붉은 입이 그려져 있었고 입 아래로는 또 가늘게 낸 틈이 있어서 그리로 혀를 내밀어 보일 수 있었다 ─ 그들이 등유통을 두드리는 소리가 내게 들렸다

"그만 멈추게 해야 돼요." 폴로 부인이 말했다.
"어지러워," 내가 말했다. "지독하게 어지러워."

나는 블라인드 틈으로 검은 목과 팔에 흰 분을 바른 여자들이 빨갛고 파랗고 노란 옷을 입고 춤을 추며 지나가는 모습을 보고 있었다 ─ 총천연 무지개색 옷을 입은 무리가 콘서티나 연주에 맞춰 춤추며 지나가고 하늘은 너무나 푸르렀다 ─ 검둥이들이 백인처럼 행동하길 기대할 순 없다고 보 삼촌은 줄곧 말했다 그건 인간 본성에 너무 많은 것을 요구하는 거야 ─ 저 뚱뚱한 늙은 여자를 봐요 헤스터가 말했다 저 여자 좀 봐요 ─ 오 그래 저 여자도 하고 있군 보 삼촌이 말했다 그들 모두 다 하고 있고 그들은 신경 안 써 ─ 그들의 목소리가 높아졌다 낮아졌다 하고 있었다 ─ 나는 창밖을 바라보고 있었고 그 가면들이 왜 웃고 있는지 알았으며 콘서티나 연주가 계속되는 걸 들었다

....
4 서인도제도의 전통 동요.

"어지러워." 내가 말했다.

나는 지독하게 어지럽다 ── 하지만 우리는 계속 앞으로 뒤로 뒤로 앞으로 빙글빙글 돌며 춤을 추었다

콘서티나 연주자는 새까만색이었다 ── 그는 땀을 흘리며 앉아 있고 콘서티나가 앞으로 뒤로 뒤로 앞으로 움직였다 하나 둘 셋 하나 둘 셋 뿌르꾸아 느빠 에메 보뇌르 쉬쁘렘[5] ── 트라이앵글 연주자는 한쪽 발로 박자를 맞추면서 트라이앵글을 쳤고 착착을 연주하는 작은 남자는 시선을 고정한 채 미소 짓고 있었다

그만해요 그만해요 그만해요 ── 당신이 그렇게 말할 줄 알았어 그가 말했다

내 사랑 걱정하면 안돼 내 사랑 슬퍼하면 안돼 ── 나는 생각했다 다시 말해봐요 다시 말해봐요 그러나 그는 4시가 다 되었으니 당신은 이만 가는 게 좋겠어 하고 말했다

당신 가야 해 그가 말했다 ── 나는 꾸물거리려고 했지만 소용이 없었고 다음 순간 내 양발은 더듬거리며 등자를 찾고 있었다 ── 등자가 하나도 없었다 ── 나는 애써 양쪽 무릎을 꽉 조이며 안장 위에서 스스로 균형을 유지했다

말은 흔들목마와 같은 과장된 움직임으로 경쾌하게 흔들거리며 앞으로 나아갔다 ── 나는 속이 아주 메스꺼웠다 ── 뒤에서는 줄곧 이어지는 콘서티나 연주와 춤추는 사람들의 발소리가 들렸다 ── 거리에 녹색 그림자가 어른

─────────────
5 프랑스어로 '왜 지고의 행복을 사랑하지 않나'라는 뜻.

거렸다 — 나는 길 양옆으로 늘어선 작은 집들을 보았고 그중 어떤 집 앞에서 한 여자가 숯을 채운 쇠화덕에 어묵을 튀기고 있는 것을 보았다 — 다리가 나오고 널빤지 위를 내딛는 말발굽 소리 — 이윽고 싸바나 — 그 길은 해안을 따라 나 있다 — 그다음에 오른쪽으로 돌더라 왼쪽으로 돌더라 — 물론 왼쪽으로 — 다음에는 그늘의 모양이 항상 똑같은 그 모퉁이 — 그늘은 유령이고 너는 그 유령들을 보지만 알아보지는 못한다 — 너는 모든 것을 보면서도 그것을 알아보지 못하며 단지 가끔씩만 알아본다 지금 내가 알아보는 것처럼 — 아무도 없는 곳 아무도 없이 돌로 가득한 곳을 내려다보는 차가운 달

곧 떨어질 것 같은데 지금 나를 구해줄 수 있는 것은 하나도 없다고 생각했지만 여전히 나는 심한 메스꺼움을 느끼면서 양쪽 무릎을 조이며 필사적으로 매달렸다

"나 떨어졌어." 내가 말했다. "한참 동안 지옥을 향해 떨어졌어."

"맞아," 로리가 말했다. "그가 오면 그렇게 말하렴."

침대가 다시 땅바닥으로 내려가 있었다.

"어디서 떨어졌다고 그 사람한테 그렇게 말해." 그녀가 말했다. "넌 그냥 그 말만 해……."

"오, 그러니까 어디서 떨어졌군요, 그렇죠?" 의사가 말했다. 고무장갑을 낀 그의 손이 거대하게 보였다. 그는 질문을 해대기 시작했다.

"퀴닌, 퀴닌," 그가 말했다. "정말 말도 안돼!"

그는 꼭 순조롭게 돌아가는 기계처럼 방 안에서 민첩하게 움직였다.

그가 말했다. "아가씨들 이렇게 순진해서 어디 살겠어요, 안 그래요?"

로리가 웃었다. 그 두 사람이 웃는 소리가 들렸고 그들의 목소리가 높아졌다 낮아졌다 했다.

"그녀는 좋아질 거예요." 그가 말했다. "당장 처음부터 다시 시작할 준비를 해요. 난 확신해요."

그들의 말소리가 멈추자 빛줄기가 다시 방문 아래로 들어왔다. 마치 모든 것이 다 잊히기 전에 마지막으로 기억이 물밀 듯 되돌아오는 것처럼. 나는 누워서 그 빛줄기를 보며 처음부터 다시 시작하는 것에 대해 생각했다. 그리고 새롭고 신선하다는 것에 대해. 무슨일이든 일어날 가능성이 있는, 아침들과 안개 낀 날들에 대해. 처음부터 다시 시작하는 것에 대해, 처음부터 다시…….

작품해설

무성한 열대와 잿빛 영국을 항해하는
젊은 여인의 초상

진 리스(Jean Rhys, 1890~1979)를 아는 독자들이라면 아마 가장 먼저 『광막한 싸르가소해』(*Wide Sargasso Sea*, 1966)를 떠올릴 것이다. 샬럿 브론테(Charlotte Brontë, 1816~55)의 『제인 에어』(*Jane Eyre*, 1847)를 로체스터의 미친 아내 버사의 관점에서 다시 쓴 이야기라 할 이 작품에서 리스는 영문학 독자들에게 카리브해(식민주의 시기의 서인도제도)라는 이국적 공간을 펼쳐 보이는 동시에, 영소설에 내재하는 유럽중심주의를 파헤치고 전복하는 다분히 현대적인 실험을 했다. 특이하게도 리스의 작품 이력은 20년 이상의 은둔을 사이에 두고 그전에 쓰인 단편집 하나와 네편의 장편소설 그리고 은둔을 깨고 나온 첫 작품이자 마지막 장편인 『광막한 싸르가소해』로 나뉘는데, 리스의 소설에 대한 관심을 대부분 이 작품이 받아온 것이다. 그럴 만도 한 것이, 1960년대 후반은 이른바 카리브문학이 영국 독서 대중에 본격적으로 소개되기 시작한 시기였으며, 이 작품이 제기하는 인종과 식민주의, 페미니즘과 같은 이슈들은 하나같이 그무렵 서구사회를 뜨겁게 달구던 문화적 코드였기 때문이다.

오랜 은둔을 거친 작가의 새로운 작품이라는 사실이『광막한 싸르가소해』의 대중적 성공에 힘을 보태기는 했지만, 1939년 네번째 장편인『한밤이여, 안녕』(Good Morning, Midnight)이 출판된 뒤 홀연대중의 시야에서 사라지기 전에도 리스는 양차 대전 사이 유럽 문단에서 활발하게 작품활동을 해왔다. D. H. 로런스와 그레이엄 그린, 윈덤 루이스 같은 작가들을 일찌감치 알아본 바 있는 포드 매덕스 포드(Ford Madox Ford, 1873~1939)는 리스의 재능 역시 단번에 알아보았고, "낙오자"(underdog)의 삶을 기술하는 놀라운 열정과 더불어 "형식에 대한 본능"을 지닌 드문 작가라고 평가했다. 그의 지속적인 도움으로 1920~30년대 유럽 문단에서 리스의 이름은 조이스와 파운드, 헤밍웨이와 거트루드 스타인 같은 당대 모더니스트들과 함께 거론될 수 있었다. 카리브해의 도미니카연방에서 웨일스인 아버지와 크리올 어머니(증조할머니가 쿠바인으로 추정됨) 사이에서 태어나 어린 시절과 사춘기를 보내고 열여섯살이 되어 영국에 건너온 리스의 남다른 배경 또한 주목을 끌었는데, 이는 그의 작품세계에 직접적이고 깊은 영향을 미친 요소이기도 하다.

『광막한 싸르가소해』와 달리 전반기 네편의 장편소설은 주인공의 이름이나 세부 상황은 상이하지만 10대 후반에서 40대에 걸쳐 각기 다른 삶의 국면에 있는 한 여성에 관한 이야기라는 공통점이 있다. 그 여성은 곧 리스 자신이다. 카리브해와 유럽이라는 두 세계와 연관된 동시에 그 어디에도 쉽게 속하지 못한 리스가 사회적 기반이 거의 없는 유럽으로 건너와 겪은 굴곡진 삶은 소설의 재료가 되기에 좋은 것이기도 했다. 그리하여 그는 1928년 첫 장편 『사중주』(*Quartet*)에 이어 다음해에 『매켄지 씨를 떠난 후』(*After Leaving Mr. Mackenzie*)를 발표하면서 본격적으로 자기 삶의 경험을 소설로 구현해갔는데, 그중 『어둠속의 항해』(*Voyage in the Dark*, 1934)는 리스가 "빠르고 쉽게 그리고 자신 있게 쓴 유일한 책"이라고 말하는가 하면 "가장 자전적인" 소설로서 자신이 "가장 좋아하는 소설"이며 나아가 자신의 "최고작"이라고 평가한 바 있는 작품이다.

한 개인으로서뿐 아니라 소설가로서 리스의 발전에도 결정적인 변화를 일궈낸 시기를 다룬 『어둠속의 항해』는 실제로 자전적 요소를 많이 포함하고 있다. 사회적으로나 자연조건에서나 카리브해의 고향과는 전혀 다른 세계인 영국에서의 삶에 쉽게 적응하지 못한 것이라든가 첫 사회생활이었던 코러스걸로서 불안정하게 살았던 것, 나이 많은 부유한 영국 남자와 깊은 사랑에 빠졌으나 심각한 관계를 원하지 않았던 남자와 고통스럽게 이별한 것, 그후로도 경제적으로는 그에게 의존할 수밖에 없었던 비루한 현실, 극심한 절망감 속에서 일시적으로 유사 매춘을 하거나 새로운 일자리를 찾기도 하지만 갈수록 깊은 무기력감을 느끼며 정신적·육체적 위기에 처한 경험들은 상당 부분 1912~13년 무렵 리스의 실제 삶에 근거하고 있다. 이처럼 자전적 요소가 가장 많기에 작가가 가장 애착을 느끼는 작품일 수는 있겠다. 하지만 『광막한 싸르가소해』라는 대표작, 그리고 기법이나 감정에서 한층 분방하고 세련된 면모를 보인다고 평가받는 『한밤이여, 안녕』이 아니라 『어둠속의 항해』를 최고작으로 꼽은 리스의 평가는 다소 의외이다.

그런데 쉽게 합의하기 어려울 최고작 여부에 대한 판단을 잠시 접어둔다면, 『어둠속의 항해』는 높은 완성도를 지닌 흥미로운 소설로서 리스 특유의 세계를 온전하게 구현해낸 작품이자 젊은 시절의 작가 자신에 관한 "가장 균형 잡힌 초상"이라 평가할 수 있다. 무엇보다 이 작품은 카리브세계와 유럽 모두를 경험한 그만의 자산들을 고스란히 담고 있다. 『광막한 싸르가소해』를 제외하면 대부분 빠리를 중심으로 한 현대적이고 도회적 배경 일색인 작품들과 달리 『어둠속의 항해』에는 카리브해의 무성한 열대가 함께 등장한다는 점에서 중요한 차별성이 있고, 그것이 20세기 초반의 현대 영국과 수시로 교차하며 제시됨으로써 『광막한 싸르가소해』에서와는 또다른 의미를 던진다. 종종 연결고리를 과감하게 자름으로써, 즉 과거와 현재, 사건과 감정과 생각 사이를 구체적인 설명도 큰 단절감도 없이 오감으로써 간결하고 속도감 있게 진행되는 감각적인 서사, 핵심을 생략하고 오히려 주변부를 드러내면서 단순하고 적은 양의 이야기로 많은 것을 전달하는 특유의 기법 역시 이 작품에서 유감없이 매력을 발산한다.

한편으로『어둠속의 항해』는 1833년 공식적인 노예제 폐지 이후에도 여전히 인종에 따른 위계적 사회질서가 유지됐던 카리브세계에서 백인 지배세력의 일원으로 성장했고 영국에 온 뒤로는 하층계급의 젊은 여성으로서 타락한 세계 속에서 자신의 내면적 가치를 지키면서도 사회적 성취를 이루고자 분투하는 주인공의 이야기라는 점에서 성장소설 혹은 교양소설(Bildungsroman) 장르에 해당되기도 한다. 그런 관점에서 보면 작품 제목인 '어둠속의 항해'는 어둠속에서 배를 타고 카리브해를 떠나며 한없이 착잡한 심정으로 멀어져가는 고향을 돌아보던 때를 뜻하는 동시에 세상의 어둠과 맞선 젊은이 앞에 놓인 힘겨운 삶의 여정을 아우르는 표현이라 할 것이다.

『어둠속의 항해』에 성공적으로 이식한 리스 고유의 자산이란 앞서 언급했듯 그의 존재를 구성하는 두 세계의 존재이다. 이 소설의 원제목인 '두개의 곡조'(Two Tunes)라는 표현이 단적으로 시사하듯 작품을 펼치는 순간 독자가 가장 먼저 듣는 말은 바로 그 두 세계 사이의 차이이다.

막이 내려와 그때까지 내가 알던 모든 걸 덮어버린 듯했다. 거의 다시 태어나는 일과 같았다. 색깔도 다르고 냄새도 다르며, 사물이 곧장 사람의 내면에 일으키는 감정도 달랐다. 더위와 추위, 빛과 어둠, 자주색과 회색의 차이에 그치는 게 아니었다. 내가 공포를 느끼거나 행복을 느끼는 방식의 차이이기도 했다.(9면)

작품의 첫 두 문장에서 1인칭 화자인 주인공 애나가 고향을 떠나 영국에 건너와 느낀 바를 두고 연이어 쓴 두번의 비유는 인상적이다. 그것은 새로운 세계에 어렵게 적응해가는 차원이 아니라 그 전까지의 삶이 검은 장막에 덮여 일시에 사라져버린 듯한, 혹은 완전히 다른 곳에서 다른 사람으로 태어난 듯한 전적인 단절감을 전달한다. 감각과 감정을 비롯한 삶의 모든 층위에서 생긴 변화들이 얼마나 심했던지 애나의 의식 속에서는 심심찮게 둘 중 하나가 "꿈"은 아닐까 싶은 혼돈이 일어나곤 한다. 그리고 그는 "결코 그 둘을 제대로 끼워맞추지 못했다"고 토로하는데,(10면) 어떤 면에서 이는 리스가 이 작품을 통해 해내야 할 과제이기도 하다. 두 세계를 구분하고 그 각각이 자신에게 주는 의미들을 파악하는 일, 그뿐만 아니라 둘 사이의 연관성을 읽어내는 일은 젊은 애나의 삶, 나아가 리스의 삶과 문학에 핵심적인 관건이기 때문이다.

화자의 주관적인 느낌뿐 아니라 그가 스케치해 보여주는 두 세계의 풍경 역시 완전히 상반된 그림이다. 강렬한 태양빛과 열기로 가득한 자줏빛의 카리브해에 있는 고향 마을은 특히나 거리마다 풍기는 다양한 냄새로 기억되는 곳으로서, 애나가 결코 익숙해질 수 없었던 영국의 추위, 그리고 거리와 집 들이 온통 똑같아 보이는 어두운 잿빛의 영국 풍경과 극단적인 대조를 이룬다. 이러한 도입부 이후 작품은 영국에서 코러스걸로 살아가는 애나의 현재 삶을 본격적으로 서술하기 시작한다. 그러나 애나가 사랑에 빠지는 영국 남자인 월터와의 관계를 둘러싼 주요 플롯이 진행되는 사이사이에도 애나의 고향 모습과 그곳에서의 삶에 대한 기억들이 함께 등장한다. 이는 간혹 월터를 비롯한 다른 인물과의 대화를 통해 애나의 입으로 직접 전달되기도 하나 대체로는 그의 의식 속에 떠오르는 기억이나 꿈 혹은 환상의 형태로 삽입된다. 이처럼 서로 다른 세계의 이질적인 경험들이 교차하는 가운데 그 둘은 일정한 내적 논리로 연결되거나 대조를 이루기도 하는데, 여기에 효과적으로 사용되는 것은 의식의 흐름이나 내적 독백, 연상 기법과 같은 모더니즘적 장치들이다.

심한 감기에 걸린 애나는 월터가 보살피러 와주기를 기다리는 동안 고향에서 열이 나 누워 있던 때와 그 시절 자신을 돌봐주던 흑인 하녀 프랜신에 대한 기억을 떠올린다. 꾸밈없고 유쾌하며 정다웠던 그와 친구처럼 지내는 사이 애나에게는 자신도 "흑인이 되고" 싶은 갈망이 싹텄지만,(39면) 이후에 드러나듯 둘의 관계는 전형적인 백인 지배층을 대변하는 새엄마 헤스터에 의해 끊임없이 방해받고 좌절될 수밖에 없었다. 이러한 기억들을 통해 카리브세계와 영국사회의 모습이 때로 대조되고 때로 연결되는 일이 지속적으로 일어난다. 카리브세계는 한편으로 애나의 경험들이 증명하듯 모든 인간관계가 크고 작은 '관리'의 대상으로 변한 영국에서는 쉽게 발견할 수 없는 공동체의 따뜻함을 간직하고 있지만 다른 한편으로 20세기 초반 제국주의 영국의 식민지로서 백인 지배계급의 이데올로기가 엄연히 관철되는 곳이다. 이 두 세계 사이의 연상 작용은 애나의 의식 속에서 충분히 자연스럽게 진행될 법한 것들이고, 드물게 "고향 생각"이라는 분명한 표시를 동반할 때도 있다.(51면)

그러나 더욱 빈번하게는 언뜻 표면적인 연관성이 없이, 혹은 구체적인 표시 없이 현재 속에 슬쩍슬쩍 과거가 끼어든다. 제1부의 5장 후반부에서 월터와 잠자리에 들고 난 뒤 곧이어 고향에서 다닌 가톨릭 학교의 설교 시간에 듣던 원장수녀의 '사말 교리'에 대한 연설이 나온다거나, 월터와의 대화 사이에 종종 애나의 내적 독백임을 의미하는 이탤릭체로 노예 명부에 적혀 있던 메일럿 보이드라는 흑인 하녀에 관한 인적 사항 한줄이 삽입된다. 표면적으로 무관해 보이는 이러한 병렬에도 한층 깊은 내적 연관성이 있다. 즉 월터와의 육체 관계를 통해 애나가 경험한 "작은 죽음"의 상태가 죽음 일반에 대한 상념으로 이어지고, 이는 다시 끊임없이 죽음을 상기시킴으로써 인간적 욕구를 억압하도록 강요하는 가톨릭 학교의 설교로 이어지는 것이다. 한편 월터와의 관계에서 자신이 마치 노예 같은 수동적인 위치에 있음을 자각한 것이 애나로 하여금 흑인 하녀와 그의 이름이 적힌 노예 명부를 떠올렸을 수 있다.(68~69면)

그런가 하면 심층적 맥락과 무관한 기계적인 연결도 없지 않다. 월터와 관계를 끝내기를 종용하는 그의 사촌 빈센트의 편지를 받은 애나는 그 낯선 글씨체를 보고 불현듯 어느날 고향집 베란다에서 낮잠 자는 보 삼촌의 입술 사이로 들여다보이던 틀니를 떠올리는데, 이 경우는 단지 처음 보는 낯선 것이라는 공통점에 의한 조합이다.(112~13면) 이와 같이 다양한 연상 작용에 의해 현재의 삶 사이사이로 카리브세계에 대한 기억들이 소환되곤 하는 서사적 특성상 작품 속의 많은 것은 다른 어떤 것을 암시하고 상징하며 서로 의미를 주고받는 관계에 놓인다고 할 수 있다.

카리브세계에 대한 서술들은 이처럼 대체로 기억에 의존하고 또 가끔 꿈이나 환상의 형태로 제시되는 까닭에 종종 함축적이고 시적인 특징을 띠며 자연에 대한 묘사들에서는 그러한 감각이 더욱 돋보인다. 예를 들어 콘스턴스 사유지에 있던 옛집으로 가는 길에 대한 묘사는 고향 마을이 어린 애나에게 심어놓은 감수성과 정서를 실감케 할 뿐 아니라 감각적인 묘사로 읽는 재미를 준다.

일종의 꿈속에서 말을 타고 가면, 이따금 안장에서 삐걱거리는 소리가 나고, 바다 내음과 말에서 풍기는 좋은 냄새를 맡는다. 그러고 나서 — 잠깐. 그다음에 오른쪽으로 돌더라 왼쪽으로 돌더라? 물론 왼쪽으로. 왼쪽으로 돌면 바다는 이제 등 뒤에 있고 길은 지그재그 오르막이다. 언덕을 올라가는 느낌이 든다 — 시원하기도 하고 동시에 뜨겁기도 하다. 모든 것이 초록이고 모든 곳에서 뭔가가 자라나고 있다. 한순간도 고요할 때는 없다 — 항상 뭔가가 윙윙댄다. 그다음에는 거무스름한 절벽과 협곡, 이어지는 썩은 나뭇잎 냄새와 습지 냄새. 콘스턴스로 가는 길은 그러했다 — 초록과 초록의 냄새, 그다음엔 바다 냄새와 어두운 대지 냄새, 썩어가는 나뭇잎과 습지 냄새. 산휘파람새라고 불리는 새가 있는데, 그 새는 한 음으로 울며 소리는 아주 높고 달콤하면서 귀청을 찢을 듯하다. 개울들을 건넌다. 말이 물속에서 발굽을 내딛었다 들어올렸다 할 때 나는 소리. 다시 보면 바다는 저 멀리 아래쪽에 있다. 콘스턴스 사유지까지는 세시간이 걸렸다. 가끔 그 시간은 일생만큼이나 길었다.(183~84면)

작품 말미 애나의 혼돈된 의식에 다시 한번 짧게 등장하기도 하는 이 길에 대한 기억 역시 현재 애나의 삶과 일정한 유비관계에 있다. 열두살이 되어 드디어 애나가 혼자서도 갈 수 있게 된 이 길은 바다를 끼고 가는 아름다운 초록의 여정이었지만 지금 영국에서 애나는 목적지도 없이 어두운 혼돈 속의 길을 가는 중이다. 여행 채비를 갖춰주고 그를 말에 안전하게 올려주는 하인 조지프와 같은 존재도 없다. 그러나 다른 한편 어린 시절의 그 길에도 갑자기 나타나는 그늘이라든가 항상 같은 자리에서 구걸하던 피부병 걸린 여자와 같이 그가 "무서워하는 것들"이 있었으며, 위 기억의 끝자락에 그는 어린 시절 자신을 무섭게 만들던 것들과 같은 어떤 두려운 존재가 바로 지금 앞에 나타난 듯한 환상을 본다.(184면)

영국이라는 '어둠'속의 '항해'에서 애나를 가장 무섭게 만드는 것은 표면적으로 월터에게 버림받은 사실이지만, 한층 근본적으로는 막강한 돈의 힘이 지배하는 사회에서 하층계급 여성으로서의 삶이란 거의 자신의 존재가 부정되는 현실에 맞서는 것이라는 사실이다. 월터의 변심이 애나에게 안긴 충격은 첫사랑의 실패와 아품에 국한된 것이 아니다. 시간이 지나면서 사랑이 식는다는 인지 상정의 논리가 결혼제도의 바깥에 선 애나에게는 단지 일회용으로 서 역할을 다하고 용도 폐기되는 결과로 이어졌기 때문이다. 애나 는 월터로 상징되는 지배계급이 돈으로 쌓아올린 거대한 벽은 도 저히 허물 수 없는 견고한 벽이며 자신은 그 벽 밖으로 내던져진 존재임을, 그리고 그 사이에 진정한 인간관계는 불가능함을 깨닫 는다. 그래서 영국을 생각하면 애나에게는 어김없이 "높고 어두운 벽"의 이미지가 떠오른다.(181면)

월터를 대신해 애나를 '처리'해주는 빈센트라는 인물과 그가 애 나에게 보낸 편지는 그 벽의 실체를 보여주는 단적인 예이다. 이 작 품에는 장문의 편지가 세통 등장하는데, 이 편지들은 돈을 요구하 거나 혹은 상대의 돈 요구를 거절하거나, 관계를 청산하는 등 현실 적으로 난감한 문제들을 처리하기 위한 것이라는 공통점이 있다. 그리고 간간이 삽입되는 이 편지들은 1인칭 화자의 의식의 흐름 이 주를 이루는 작품의 기조를 잠시 산문적으로 바꾸는 효과를 내 는 한편 각 글쓴이의 인간적 특징을 드러내는 역할도 한다. 빈센트 가 애나에게 보낸 편지 역시 애나를 걱정해주는 온갖 위로와 조언 을 담고 있지만 그 목표는 오직 애나로 하여금 자기 주제를 파악하 여 물러나게 하고 무엇보다 월터의 편지라는 물증을 회수하여 뒤 탈을 없애는 것이다. 그의 언어는 애나의 마음에 조금도 가닿지 못 하며, 애나는 그에게 협상과 처리의 대상으로 간주된다. 일찌감치 월터가 애나와 몇마디 대화를 나눈 뒤에 마치 애나를 "다 파악했다는 듯"한 태도를 보였듯이 그들은 철저히 자기중심적이다.(17면) 돈의 힘 위에서 그들은 별 자의식 없이 타인을 대상화하고 폭력적으로 해석하는 것이다. 훗날 낙태수술에 관해 상의하기 위해 방문한 빈센트와의 대화에서 애나가 느낀 바도 같은 맥락 속에 있다. "아주 친절한 목소리를 내고 있지만 그의 눈에 담긴 표정은 높고 매끄러워 기어오를 수 없는 벽 같았다. 의사소통 가능성 제로. 그걸 시도라도 해보려면 4분의 3쯤은 미쳐야 한다."(210면)

어린 시절 카리브해의 고향에서는 한때 농장과 사유지를 소유했던 지배계급의 구성원이었지만, 보 삼촌이 헤스터에게 보낸 편지에서 드러나듯, 애나는 아버지의 죽음과 집안의 몰락 이후 더이상 경제적으로 의존할 데가 없는 고아 신세가 되었다. 따라서 영국으로 건너온 뒤 최소한의 정착을 도와주었던 헤스터가 이제는 손을 떼겠노라고 선언하는 순간 애나는 영국에서 명백히 하층계급의 위치로 전락할 수밖에 없다. 실제로 당대 극장의 코러스걸 대부분이 가난한 노동계급 여성들이었다. 순회공연의 성격상 끊임없이 옮겨다니며 셋방을 구해야 하지만 가끔 쫓겨나기도 하고, 방조차 잘 내주지 않으려는 주인에게 가능한 한 "귀부인"인 척 보이려 애쓰는 모디의 태도에서 알 수 있듯 애나와 그의 동료들은 사회의 밑바닥에서 살아남기 위해 발버둥치는 "저주받은 소수들"(54면)이다.

일정한 거처에서 산다는 것은 한 사람을 정상적인 사회 구성원으로 보이게 하는 최소한의 요건 중 하나로, 영국에서의 삶에 관한 첫 이야기가 셋방에 관한 언급으로 시작하는 것도 우연이 아니다. 기본적으로 돈과 계급의 척도이며 하층계급인 애나에게는 "사방 벽이 점점 조여"오는 것 같은 억압이나 함정의 이미지로 표현되기도 하는 방은 또한 그 주인의 욕망을 대변한다.(38면) 에설이 애나에게 남자들을 자신의 "멋진 아파트"로 데려오라고 말하면서 세상은 사람이 실제로 지닌 가치대로가 아니라 사회적으로 평가되는 가치대로 값을 매긴다고 단언하는 데서도 드러나듯 실제 가진 것이 없다면 가진 척이라도 해야 살아남기 때문이다.(190면) 그들에게 새 옷을 사거나 옷을 잘 입는 일이 중요한 한가지 이유도 여기에 있다. 가끔은 "어떤 여자가 입은 옷이 그 옷 속에 있는 여자보다 더 비싸다"는 것을 부정할 수 없는 현실에서 가진 것 없는 사람이 정말 가진 것 없이 보인다면 물건보다 싼 취급을 받을 위험이 높아지고 모종의 기회나마 얻을 가능성은 더욱 희박해진다.(55~56면)

그런 의미에서 작품 초반 모디가 그간 자기 삶의 지혜를 집약하듯 "좀 있어 보이는 법만 배우면" 된다고 하는 말 속의 'swanky'라는 단어가 이후로도 반복적으로 등장하는 점은 눈길을 끈다.(13면) 세상은 늘 "성공하라"고 부추기지만 코러스걸로서 그야말로 성공하는 것, 곧 "귀족 집안 아들"과의 결혼을 통해 계급 상승을 이루는 것은 신문 기사에서나 볼 만큼 드문 경우이고,(91면) 그렇다고 직업적으로 큰 성공을 거두는 것 역시 소수에게만 가능한 일이다. 따라서 그들의 미래는 모디처럼 부자가 아니더라도 안정적인 직장을 가진 남자와 결혼하려고 노력하거나 로리처럼 사실상 매춘을 하는 것, 혹은 서른을 넘긴 에설이 그러하듯 손톱 손질을 내세운 간접적

매춘 사업을 하는 것으로 나아간다. 그리고 여기서 필요한 전략은 "있어 보이는" 것이다.

특히 도시에서 적절한 노동 기회 자체를 찾기 어려웠던 당대 여성들에게 그러한 편법은 '생존 전략'에 가깝다. 애나의 좌절은 그가 남성중심 세계를 살아가기 때문에 더욱 배가되는 것이고, 그의 경험 속에서 계급과 성에 의한 차별은 하나로 결합되어 있다. 그런 관점에서 보면 작품 초입에서 애나와 모디가 에밀 졸라(Émile Zola, 1840~1902)의 소설 『나나』(*Nana*, 1880)에 관해 이야기하는 부분에는 특별한 함의가 있다. 우선 애나가 그 책의 표지 그림과 글자 모양을 보고 "슬프기도 하고 설레기도 하고 무섭기도" 한 감정을 느끼는 것은 사실상 나나와 비슷한 사회적 위치에 있는 그 자신의 삶에 장차 드리울 어둠을 예시하는 측면이 있다. 그러나 더욱 의미심장한 점은, "매춘부에 관한 책을 쓰는 남자는 이런저런 거짓말을 해대는" 것이라는 모디의 비난이 암시하듯 나나라는 인물이 상당히 남성중심적인 관점에서 그려진 게 사실이라면, 『어둠속의 항해』는 여자, 그것도 매춘부 자신이 서술하는 '매춘부에 관한 책'이라는 점이다.(12~13면) 그런 의미에서 이 작품의 플롯은 철저히 애나를 중심으로 그의 동선에 따라 진행된다. 그 과정에서 위계적인 남녀관계라든가 여성성, 처녀성이나 매춘 등에 관한 인습적이고 남성중심적인 시각들이 비판되거나 전복되기도 한다.

물론 그러한 비판이 본격적으로 이루어지는 것은 아니다. 간혹 직설적인 발언이 나오더라도, 예를 들어 처녀성이란 단지 만들어진 말에 불과할 뿐 전혀 무의미한 것이라든가 매춘 역시 여느 다른 일과 같은 하나의 직업일 뿐이라는 정도의 단발성 발언에 그치곤 한다. 말하자면 이 작품 곳곳에서 발견되는 20세기 초 영국사회의 인종적, 계급적, 성적 차별의 이데올로기에 대한 지적들은 카리브 해에 대한 기억과 마찬가지로 애나의 행동이나 발언을 통해서보다 대부분 의식의 흐름 속 단편적인 생각으로 제시되거나 간접적으로 암시되는 것이다. 그리고 이러한 서사 방식은 앞서 언급했듯이 기본적으로 당대 모더니즘의 깊은 영향을 시사한다. 리스뿐만 아니라 조이스나 T. S. 엘리엇, 파운드와 같은 주요 모더니스트들에게 중요한 정서 가운데 하나는 고국을 떠난 망명자의 정서였다. 그들이 즐겨 채용한 파편적인 서사라든가 꼴라주와 같은 기법들은 이질적인 문화 속에서 그들이 느끼는 단절감이나 소외를 표현하기에 적절했다.

그러한 일반적인 흐름을 공유하면서도 리스는 카리브해라는 더욱 멀고 이질적인 공간에서 옮겨왔다는 차이가 있다. 작품 속에서 애나가 전형적인 영국 숙녀로 자라지 못하는 것을 개탄하며 헤스터는 "네가 그런 말을 하면 영국에 사는 사람들은 널 아주 싫어할"거라고 단언하는데,(87면) 그에 대한 두려움을 애써 감추려 하는 애나의 모습에는 영국이라는 낯선 곳에서 살아가고 자신의 이야기를 하는 것에 대한 리스의 두려움이 투영되어 있다. 특히 하층계급 여성으로서 느꼈던 박탈감과 소외가 리스가 자기 이야기를 발설하는 행위 자체를 한층 어렵게 만들었음을 짐작케 하는 대목도 있다. 애나가 물속에서 말을 하려 애쓰는 자신을 바라보는 아래 대목은 발설에 대한 그의 욕망과 동시에 의사소통의 불가능성 또는 강력한 억압의 기제를 함께 전달한다.

그건 마치 다 놓아버리고 다시 물에 빠져서 자신이 활짝 웃고 있는 모습을 물속에서 올려다보는 것과 같았다. 얼굴은 가면 같고, 물속에서 뭔가 말을 하려고 애쓰는 것처럼 거품이 보글보글 솟아오르는 모습을 본다. 물에 빠져서 물속에서 뭔가 말을 하려고 애쓰는 게 어떤 건지 어떻게 알지?(120면)

이는 월터와의 관계를 회복해보려는 마지막 노력도 쓸모없음을 느낀 애나가 모든 걸 놓아버리자고 생각하는 순간 떠오른 상념이다. '다 놓아버리고' 물에 빠졌으나 그는 물속에서 '뭔가 말을 하려고' 애쓴다. 이방인이자 하층계급이며 여성이라는 여러 층위의 사회적 억압이 그의 삶뿐 아니라 자유로운 발설을 가로막고 있으며, 여기에는 의사소통의 가능성을 회의하는 그의 자기억압도 개입되어 있다. 그러나 억압이란 그만큼 강렬한 욕구의 존재를 반증한다는 점에서 위 대목은 그 두가지를 모두 암시하는데, 문제는 어떤 내용의 발설이든 일단 그가 살아서 물 밖으로 나와야만 가능하다는 사실이다.

이런 맥락에서 볼 때 마지막 제4부는 물속에서 죽음과 사투를 벌이며 거기서 빠져나오고자 하는 애나의 몸부림이 최고조에 이르고 더불어 그 위기를 해소할 작은 단초도 제시되는 작품의 클라이맥스라 할 수 있다. 낙태수술 후 애나의 육체적 위기, 그리고 그만큼이나 심각한 정신적 위기가 최고조에 이르는데, 상대적으로 짧은 분량이긴 하지만 제4부의 대부분은 애나의 의식의 흐름으로 채워진다. 시계의 째깍거리는 소리가 임신과 낙태의 순간을 서로 연결짓고 월터의 흰 얼굴이 고향에서 매년 열리던 흑인들의 축제에서 그들이 쓴 가면을 연상시키며, 그 전통 축제를 그만두게 해야 한다고 주장하는 누군가의 말은 낙태수술 후 애나의 위태로운 상태를 보고 그만 멈추게 해야 한다는 폴로 부인의 말과 일치한다. 병상에서 애나가 느끼는 지독한 어지러움은 축제 행렬이 만들어내는 어지러운 춤의 이미지들로 인해 더욱 악화된다. 그의 삶의 두 축에서 생성된 혼란스럽지만 내적 연관을 지닌 다양한 이미지들이 긴박하게 오가는 상황은 사경을 헤매는 애나의 육체적 상태와 어우러져 혼돈 속의 마지막 몸부림처럼 보인다.

처음 리스의 원고에서는 이 의식의 흐름이 현재보다 훨씬 길었고 마지막에는 애나의 죽음이 암시되었다. 그러나 지나치게 난해하고 비관적이어서 대중성이 없을 것이라는 비판에 부딪쳤고 완강히 거부하던 리스도 작품의 출판을 위해 결말을 수정하지 않을 수 없었다. 그리하여 의식의 흐름 부분이 대폭 줄어들고 애나가 문틈으로 들어오는 한가닥 "빛줄기"를 바라보며 "처음부터 다시 시작하는 것"을 생각하는 현재의 마지막 장면이 더해졌다.(227면) 의식의 흐름 분량을 줄인 것은 적절한 선택으로 보이지만 결말을 납득

하는 데는 다소 시간이 필요하다. 애나의 '행동'을 중심에 두고 생각하면 '처음부터 다시 시작하는 것'의 구체적인 내용이 모호하고 빈약한 까닭에 언뜻 상투적인 말로도 들리기 때문이다.

감상주의적 해피엔딩이 싫었던 리스는 모든 것이 어둠속으로 빠져들고 애나의 죽음이 암시되는 애초의 결말이 가능한 유일한 결말이라고 주장했다. 비록 이야기 자체에서 철저히 소거되어 있지만 이 작품의 시대적 배경을 감안한다면, 비관적 결말은 제1차대전을 앞두고 어둠속으로 빠져드는 유럽세계에 대한 전망에 더욱 부합하기도 한다. 그럼에도 불구하고 전적인 비관 역시 이 작품의 내적 논리와 시적 정의에 완전히 들어맞는 것은 아니라는 느낌을 남긴다. 무엇보다 유럽이 아닌 또 하나의 공간, 즉 시종일관 작품 속에 기입된 카리브세계에 대한 기억, 더욱 정확히 말하면 제국주의 영국의 지배 이데올로기가 채 지우지 못한 그 생명력 혹은 순수한 관능성과 따뜻함에 대한 기억은 애나를 죽음으로부터 끌어올려줄 한가닥 희망이 될 만한 힘이 있기 때문이다. 그런 의미에서 카리브세계는 이 작품의 처음과 끝이자 핵심이다. 작품의 말미에서 이러한 사실을 떠올리는 순간 어둠이 지배적인 가운데 다만 새로운 시작이 가능하리라는 최소한의 희망을 남겨둔 현재의 결말이 최선의 선택으로 다가오기도 한다.

한편 『어둠속의 항해』를 통해 마침내 리스가 자기만의 '생존 전략'을 발견하고 사회적 성취를 실현했다는 점, 즉 소설가로서 자기정립을 해냈다는 점에서도 이 작품의 결말에는 일말의 가능성이 필요하다. 작품 속 이야기가 끝난 지 얼마 안되는 시점인 1914년 벽두에 리스가 열흘 이내의 짧은 시간 동안 이 작품의 초고가 될 글을 열정적으로 써내려갔다는 일화가 시사하듯이, 이 작품은 요컨대 그가 물 밖으로 나와 자유로운 발설을 시도한 구체적인 성과이다. 수월하고 자신 있게 썼다는 작가의 말처럼 발설의 힘겨움 자체를 정확히 응시하고 적시함으로써, 나아가 이 작품을 완성함으로써 리스는 자유로운 발설의 경지를 적극 성취한 것이다. 자기 존재를 규정하는 핵심적인 두 세계와 젊은 시절의 가장 큰 좌절 경험을 제대로 발설하게 한 계기이며 그것을 향한 힘겨운 여정의 기록이자 성과로서 『어둠속의 항해』는 그의 "최고작"이 될 만하다. 마지못해 수정을 하고 내내 불만을 표현하던 리스가 훗날 작품의 개정판을 낼 때 결말을 되돌릴 수 있는 충분한 여건이 주어졌지만 정작 그렇게 하지 않은 이유도 수정된 결말에 담긴 그러한 함의들을 감지하고 또 인정했기 때문이 아닐까 한다.

끝으로 번역과 관련하여, 난삽한 초고의 크고 작은 오류들을 바로잡고 곳곳에서 적절한 표현들을 제안해준 편집부 양재화 씨의 도움과 노고에 깊은 감사를 표한다. 그럼에도 불구하고 남아 있을지 모르는 오역의 책임은 물론 전적으로 역자의 몫이다.

최선령(영문학자)

작가연보

1890년   8월 24일 도미니카연방의 수도 로조에서 엘라 퀜덜린 리스 윌리
            엄스(Ella Gwendolyn Rees Williams)로 출생. 아버지 윌리엄 리스
            윌리엄스(William Rees Williams)는 웨일스 출신의 의사였고 어머
            니 미나 윌리엄스(Minna Williams)는 스코틀랜드 출신 할아버지
            와 아마도 쿠바 출신일 할머니를 둔 크리올(Creole) 여성.

1907년   도미니카를 떠나 영국으로 가서 케임브리지에 있는 퍼스 여학교
            (Perse School for Girls)에 입학.

1909년   퍼스 여학교를 그만두고 현재의 왕립연극학교(RADA)인 트리 학
            교(Tree's School)에 입학.

1909~10년   트리 학교를 그만두고 극단의 코러스걸 생활 시작.

1910년	아버지 사망.
1914년	20년 뒤 『어둠속의 항해』(*Voyage in the Dark*)로 출판될 작품의 전신인 소설을 습작함.
1919년	영국을 떠나 네덜란드로 가서 저널리스트이자 시인인 장 렝글레(Jean Lenglet)와 결혼.
1920년	아들 윌리엄(William)이 태어나 3주 만에 사망. 장 렝글레와 함께 빈, 부다페스트로 이동.
1922년	브뤼셀에서 딸 마리본(Maryvonne) 출산.
1923~24년	남편 장 렝글레가 빈에서 통화 규정을 위반하고 불법적으로 빠리에 들어온 죄로 투옥되었다가 네덜란드로 추방됨. 리스는 포드 매덕스 포드(Ford Madox Ford)를 만나 작품을 쓰도록 격려받고 그와 연인이 됨. 단편소설 「빈」(Vienne)이 포드의 교정을 거쳐 그가 주관하는 『트랜저틀랜틱 리뷰』(*Transatlantic Review*)에 게재됨.
1927년	포드가 서문을 쓴 단편집 『왼쪽 둑』(*The Left Bank and Other Stories*) 출판.
1928년	첫 장편 『자세들』(*Postures*) 출판(미국에서는 '사중주'(*Quartet*)라는 제목으로 나옴).
1929년	런던에서 출판 에이전트인 레슬리 틸든스미스(Leslie Tilden-Smith)와 함께 생활하며 『매켄지 씨를 떠난 후』(*After Leaving Mr. Mackenzie*) 집필.
1931년	『매켄지 씨를 떠난 후』 출판.
1933년	장 렝글레와 이혼.

1934년	『어둠속의 항해』 출판. 레슬리 틸든스미스와 결혼.
1936년	레슬리 틸든스미스와 함께 카리브해 방문.
1939년	『한밤이여, 안녕』(*Good Morning, Midnight*) 출판. 제2차세계대전 발발 이후로 문단에서 자취를 감춤.
1939~45년	영국의 작은 마을이나 런던 등지에서 지냄. 딸 마리본과 첫번째 남편 장 렝글레는 나치 점령지인 네덜란드에서 살며 반나치 레지스땅스 운동에 참여. 렝글레가 체포, 투옥되어 독일 강제수용소로 이송됨.
1945년	레슬리 틸든스미스 사망.
1947년	레슬리 틸든스미스의 사촌인 맥스 해머(Max Hamer)와 결혼하여 런던에서 생활.
1949년	이웃과 경찰을 공격한 죄목으로 체포되어 정신감정을 위해 홀러웨이 감옥의 병원으로 이송됨. 일주일 뒤 석방되어 보호관찰 대상에 오름. 이 경험을 이후 단편소설 「재즈라고 하라지」(Let Them Call It Jazz)에 씀.
1950~52년	맥스 해머가 회사 공금유용 혐의로 투옥.
1956년	1947년에도 리스의 근황에 대한 정보를 구하는 광고를 냈던 쎌마 배즈 디아스(Selma Vaz Dias)가 『한밤이여, 안녕』을 라디오극으로 만들기 위해 다시 광고를 내 리스의 행방을 수소문함. 이후 리스는 점차 은둔생활에서 벗어나기 시작함.
1961년	첫번째 남편 장 렝글레 사망.
1964년	『광막한 싸르가소해』(*Wide Sargasso Sea*)의 1부 출판. 리스가 심장

발작을 일으킴.

1966년	세번째 남편 맥스 해머 사망. 리스는 두번째 심장발작을 일으킴. 『광막한 싸르가소해』 완결판 출판. 이 작품으로 W.H.스미스 문학상과 하이네만(Heinemann)상 수상.
1968년	단편집 『호랑이는 멋지기나 하지』(*Tigers Are Better-Looking*) 출판.
1975년	자전적 에세이 세편을 묶은 『나의 날』(*My Day*) 출판.
1976년	단편집 『한잠 자고 나면 괜찮을 거예요, 부인』(*Sleep It Off Lady*) 출판.
1978년	대영제국훈장(CBE)을 받음.
1979년	5월 14일 엑서터에서 사망. 미완성 자서전 『좀 웃어봐요』(*Smile Please: An Unfinished Autobiography*)가 사후에 출판됨.
1981년	『사중주』 영화화.
1993년	『광막한 싸르가소해』 영화화.

발간사

고전의 새로운 기준, 창비세계문학

오늘날 우리는 인간의 존엄과 개성이 매몰되어가는 시대를 살고 있다. 물질만능과 승자독식을 강요하는 자본주의가 전지구적으로 확산되면서 현대사회는 더 황폐해지고 삶의 질은 크게 훼손되었다. 경제성장만이 최고의 선으로 인정되고 상업주의에 물든 문화소비가 삶을 지배할수록 문학은 점점 더 변방으로 밀려나고 있다. 삶의 본질을 성찰하는 문학의 자리가 위축되는 세계에서는 가진 자와 못 가진 자 할 것 없이 모두가 불행할 수밖에 없다.

이 시대야말로 인간답게 산다는 것의 의미가 무엇인지 근본적인 화두를 다시 던지고 사유의 모험을 떠나야 할 때다. 우리는 그 여정에 반드시 필요한 벗과 스승이 다름 아닌 세계문학의 고전이라는 점을 강조한다. 고전에는 다양한 전통과 문화를 쌓아올린 공동체의 경험이 녹아들어 있고, 세계와 존재에 대한 탁월한 개인들의 치열한 탐색이 기록되어 있으며, 새로운 세상을 꿈꾸는 아름다운 도전과 눈물이 아로새겨 있기 때문이다. 이 무궁무진한 상상력의 보고이자 살아 있는 문화유산을 되새길 때만 개인의 일상에서 참다운 인간적 가치를 실현하고 근대적 삶의 의미와 한계를 성찰하는 지혜를 얻을 수 있을 것이다.

'창비세계문학'은 이러한 문제의식에서 출발한다. 세계문학의 참의미를 되새겨 '지금 여기'의 관점으로 우리의 정전을 재구성해야 할 필요성이 그 어느 때보다 절실하다. '정전'이란 본디 고정된 목록으로 존재하는 것이 아니라 그때그때 주어진 처소에서 새롭게 재구성됨으로써 생명을 이어가는 것이다. 우리는 먼저 전세계 문학들의 다양성과 차이를 존중하면서 국가와 민족, 언어의 경계를 넘어 보편적 가치에 기여할 수 있는 가능성에 주목하고자 한다. 근대를 깊이 성찰한 서양문학뿐 아니라 아시아와 라틴아메리카, 중동과 아프리카 등 비서구권 문학의 성취를 발굴하고 재평가하는 것 역시 세계문학의 지형도를 다시 그리려는 창비의 필수적인 작업이 될 것이다.

여러 전집들이 나와 있는 세계문학 시장에서 '창비세계문학'은 세계문학 독서의 새로운 기준이 되고자 한다. 참신하고 폭넓으면서도 엄정한 기획, 원작의 의도와 문체를 살려내는 적확하고 충실

한 번역, 그리고 완성도 높은 책의 품질이 그 기초이다. 독서시장을 왜곡하는 값싼 유행과 상업주의에 맞서 문학정신을 굳건히 세우며, 안팎의 조언과 비판에 귀 기울이고 독자들과 꾸준히 소통하면서 진정 이 시대가 요구하는 세계문학이 무엇인지 되묻고 갱신해나갈 것이다.

1966년 계간 『창작과비평』을 창간한 이래 한국문학을 풍성하게 하고 민족문학과 세계문학 담론을 주도해온 창비가 오직 좋은 책으로 독자와 함께해왔듯, '창비세계문학' 역시 그러한 항심을 지켜나갈 것이다. '창비세계문학'이 다른 시공간에서 우리와 닮은 삶을 만나게 해주고, 가보지 못한 길을 걷게 하며, 그 길 끝에서 새로운 길을 열어주기를 소망한다. 또한 무한경쟁에 내몰린 젊은이와 청소년들에게 삶의 소중함과 기쁨을 일깨워주기를 바란다. 목록을 쌓아갈수록 '창비세계문학'이 독자들의 사랑으로 무르익고 그 감동이 세대를 넘나들며 이어진다면 더없는 보람이겠다.

2012년 가을
창비세계문학 기획위원회
김현균 서은혜 석영중 이욱연 임홍배 정혜용 한기욱

창비세계문학 66

어둠속의 항해

초판 1쇄 발행 / 2019년 1월 4일

지은이 / 진 리스
옮긴이 / 최선령
펴낸이 / 강일우
책임편집 / 양재화
조판 / 박아경
펴낸곳 / (주)창비
등록 / 1986년 8월 5일 제85호
주소 / 10881 경기도 파주시 회동길 184
전화 / 031-955-3333
팩시밀리 / 영업 031-955-3399 편집 031-955-3400
홈페이지 / www.changbi.com
전자우편 / lit@changbi.com

한국어판 ⓒ (주)창비 2019
ISBN 978-89-364-6463-9 03840